Glória & Ruína

SÉRIE GRAÇA E FÚRIA
vol. 1: *Graça e fúria*
vol. 2: *Glória e ruína*

TRACY BANGHART

GLÓRIA & RUÍNA

Tradução
ISADORA PROSPERO

O selo jovem da Companhia das Letras

Copyright © 2019 by Alloy Entertainment e Tracy Banghart
Publicado mediante acordo com Rights People, Londres.
Produzido por Alloy Entertainment, LLC.

O selo Seguinte pertence à Editora Schwarcz S.A.

Grafia atualizada segundo o Acordo Ortográfico da Língua Portuguesa de 1990, que entrou em vigor no Brasil em 2009.

TÍTULO ORIGINAL Queen of Ruin
CAPA Claudia Espínola de Carvalho
ILUSTRAÇÃO DE CAPA E MAPA Carolina Pontes
PREPARAÇÃO Lígia Azevedo
REVISÃO Renato Potenza Rodrigues e Érica Borges Correa

Dados Internacionais de Catalogação na Publicação (CIP)
(Câmara Brasileira do Livro, SP, Brasil)

Banghart, Tracy
    Glória e ruína / Tracy Banghart ; tradução Isadora Prospero. — 1ª ed. — São Paulo : Seguinte, 2019.

    Título original: Queen of Ruin.
    ISBN 978-85-5534-088-8

    1. Ficção norte-americana I. Título.

19-26668   CDD-813

Índice para catálogo sistemático:
1. Ficção : Literatura norte-americana 813

Iolanda Rodrigues Biode – Bibliotecária – CRB-8/10014

[2019]
Todos os direitos desta edição reservados à
EDITORA SCHWARCZ S.A.
Rua Bandeira Paulista, 702, cj. 32
04532-002 — São Paulo — SP
Telefone: (11) 3707-3500
www.seguinte.com.br
contato@seguinte.com.br

/editoraseguinte
@editoraseguinte
Editora Seguinte
editoraseguinteoficial

*Às mulheres da minha família,
que me ensinaram tantas maneiras de ser forte*

VIRIDIA

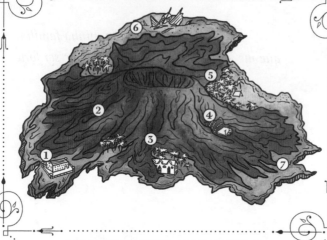

1. COMPLEXO DOS GUARDAS 2. BANDO DA CAVERNA
3. HOTEL TORMENTO 4. ANFITEATRO
5. BANDO DA FLORESTA 6. BANDO DA PRAIA
7. BANDO DOS PENHASCOS DO SUL

MONTE RUÍNA

UM

Serina

SERINA TESSARO SENTIA A COSTELA QUEBRADA ARDER a cada puxada de ar. O corte não cicatrizado no braço queimava, o ferimento de bala no ombro doía e os hematomas dos socos do comandante Ricci gritavam. Na verdade, era difícil encontrar um pedaço de seu corpo *não* atormentado por dores intensas.

Mas as lembranças do corpo sem vida de Jacana, dos olhos cegos de Oráculo e das fileiras de mulheres corajosas que tinham morrido eram uma agonia maior.

Ela devia saber que, em Monte Ruína, sobrevivência significava dor.

Desde o momento em que chegara à ilha, condenada por ler — crime da irmã, não dela —, Serina não parou de sentir dor. A dor das algemas, dos soluços das outras prisioneiras, de ser despida e inspecionada pelo comandante Ricci. E a agonia das lutas em si, de ver mulheres matarem umas às outras por comida. De ver Petrel, sua amiga, morrer. Quando chegara sua hora de lutar, Serina descobrira que não conseguia. Preferira se render a matar Anika, do hotel Tormento. Também havia pagado por aquela decisão com dor: banimento, ataques e a vingança do comandante Ricci. Ele a capturara e tinha obrigado a subir no palco e escolher uma mulher para enfrentar.

Quando Serina se recusara a lutar contra uma mulher e desafiara o próprio Ricci a ser seu adversário, imaginava que morreria.

Não tinha esperado uma rebelião.

Mas Retalho e o bando do hotel Tormento tinham atacado os guardas; Oráculo e Âmbar haviam matado o comandante Ricci; e Serina, diferente de muitas outras, havia sobrevivido até a manhã seguinte.

Cada respiração dolorosa era um presente de Oráculo, Retalho e todas as mulheres que haviam escolhido lutar contra os guardas em vez de entre si. Enquanto esfregava o sangue delas do anfiteatro, Serina jurou a si mesma que não deixaria que aquelas mortes fossem em vão — e que não decepcionaria as sobreviventes.

A aurora dançava pela ilha como uma graça em um vestido dourado, iluminando cada folha e rocha vulcânica dura com filigranas de luz enquanto ela e as outras tentavam apagar a carnificina da noite anterior. Todos os corpos já tinham sido levados — as mulheres haviam sido entregues ao brilho vermelho do vulcão e os guardas às profundezas frias do mar. Logo, todos os rastros de sangue sumiriam também.

Engolindo um gemido, Serina levantou devagar. O sol aquecia seu rosto. Penhasco passou do seu lado carregando um balde de água ensanguentada. Sua testa larga e queimada de sol estava franzida, em uma reflexão — ou apenas cansaço. A mulher mais velha era encarregada das novatas do bando da caverna e tinha sido uma das primeiras que Serina conhecera na ilha, junto com Oráculo.

Serina perdeu o fôlego. Lembrava perfeitamente daquela noite e de como estava aterrorizada antes mesmo de ver uma luta e ficar sabendo que as mulheres deveriam se matar. Tinha se sentido sozinha e com saudades da irmã.

Aquilo não havia mudado. A separação de Nomi era uma dor mais aguda — e mais profunda — que as costelas quebradas e o ferimento de bala.

Penhasco levou o balde até a beira do anfiteatro de pedra rachada, onde a grama amarelada e resistente de Monte Ruína balançava na brisa. Outra mulher, curvada e exausta do trabalho da noite, coletava os pedaços de tecido que elas tinham usado para lavar as pedras. Serina enxugou o suor da testa com as costas da mão.

Nomi.

Ela precisava de um plano. A irmã estava presa em Bellaqua como uma das três graças do herdeiro. Pouco tempo antes, Serina queria exatamente o que Nomi possuía agora — uma vida de luxo e beleza nos braços do homem mais poderoso de Viridia. Mas, para Nomi, aquela vida era uma prisão tão real quanto Monte Ruína, e Serina estava determinada a libertá-la.

Anika e Val apareceram no topo do anfiteatro empurrando um carrinho enferrujado cheio de sacos de juta — as rações que o comandante Ricci tinha escondido. Enquanto o levavam na direção de Serina, uma fila de mulheres se formou atrás delas, espalhando-se pela rocha vulcânica que cobria uma seção dos bancos de pedra. Outras vieram da base do teatro, onde estavam descansando contra a parede da torre de vigia. No total, ela estimava que cerca de cento e cinquenta mulheres tinham sobrevivido, talvez uma dúzia a mais ou menos. A maioria encarava os sacos de juta com um olhar faminto.

Val e Anika pararam no fundo do anfiteatro.

O cabelo desgrenhado de Val se curvava em todas as direções ao redor de seu rosto bronzeado. Sua mandíbula estava machucada e seu pescoço, sujo de terra. Serina sorriu para ele, emocionada. Tivera a chance de escapar e deixá-la para trás, mas havia ficado e ajudado. Ele notou sua expressão e relaxou, abrindo um sorriso.

— Como quer que a gente distribua as rações? — Anika perguntou. Longos raios do sol matinal douravam sua pele morena. Tinha um olho inchado e tufos de cabelo escapavam de suas tranças apertadas, mas ela demonstrava a mesma confiança e resistência de quando chegara à ilha.

Serina tinha ouvido um boato de que as mulheres do hotel Tormento haviam tentado apelidá-la de Sombra, mas Anika se recusava a reconhecer qualquer nome exceto o seu, alegando que era a única coisa que a mãe lhe dera que ninguém podia tirar dela.

Serina havia se rendido a Anika em vez de matá-la quando foram postas para lutar. Aquele fora o começo de tudo, tornando Serina um alvo. Se o comandante Ricci não a tivesse obrigado a lutar, talvez elas nunca tivessem se rebelado.

— Vai ser mais fácil dividir a comida de modo justo se estivermos todas no mesmo lugar — Serina disse. — Acho que cabemos no hotel Tormento, não? — Elas já tinham organizado uma enfermaria improvisada em um dos antigos salões de baile no térreo.

Serina ficaria contente se nunca mais tivesse que dormir no tubo de lava que seu bando chamava de lar. Oráculo não parecia se importar com os ventos sulfúricos da caldeira ou com a proximidade da parte ativa do vulcão, mas a rocha sempre parecera se fechar sobre Serina, e ela nunca conseguira esquecer que aquele espaço tinha sido aberto pela lava... a qual poderia se derramar sobre elas a qualquer momento.

Anika olhou de relance para as outras mulheres do seu bando. Nas horas que se seguiram à luta, na qual sua líder Retalho fora morta, Anika tinha assumido o comando, gritando ordens enquanto ajudava Val a levar os sete guardas sobreviventes ao complexo.

Ela se virou para Serina e assentiu.

— Temos espaço.

— Como podemos confiar no bando do hotel Tormento? — alguém perguntou. — Elas vão nos matar enquanto dormimos!

Serina encontrou a fonte da voz na multidão — uma mulher com pouco mais de vinte anos, cabelo platinado e o rosto tenso e corado.

— Qual é o seu nome? — Ela contraiu os músculos da perna para não cambalear. Estava prestes a cair de cansaço.

— Raposa — a mulher cuspiu. — Sou a líder do bando da floresta agora que Veneno morreu. — Ela deu um olhar furioso para Anika. — Graças a *ela*.

— Veneno matou muitas de nós — uma voz amarga retrucou. O coro foi crescendo, insistente e furioso como um ninho de vespas.

— Ei! — Serina gritou, erguendo as mãos para pedir silêncio. — O comandante nos forçou a lutar, lembram? Anika não matou Veneno porque quis. *Nenhuma* de nós matou por escolha. Não somos inimigas. Só vamos sobreviver se trabalharmos juntas, como ontem.

— Acha mesmo que vamos sobreviver? — Garra, uma mulher baixa e atarracada do bando da caverna, gargalhou. — Não temos comida e nenhum jeito de arranjar mais. Vamos todas morrer aqui.

Serina cruzou os braços, ignorando a dor aguda que irradiou do seu peito.

— Não vamos morrer. O próximo barco de prisioneiras chega daqui a uma semana, talvez duas, e vai trazer rações. Podemos subjugar os guardas e pegar a comida, então usar o barco para escapar...

Sua voz morreu. Aonde elas iriam? E como encontraria Nomi? Anika inclinou a cabeça.

— Os guardas não têm barcos? Por que não os pegamos? Podemos sair já desta rocha e voltar para nossa família.

— Foi minha família que me mandou pra cá! — alguém gritou.

Val ergueu a voz sobre a algazarra crescente.

— Não há barcos. Esta ilha também é uma punição para os guardas, inclusive para o comandante Ricci. Todos decepcionamos o superior de alguma maneira. Éramos cruéis demais, ou cruéis de menos. Ele enviava os soldados fracassados pra cá. Não temos barcos nem para uma evacuação de emergência. Nosso único contato com o mundo lá fora é por meio dos homens que chegam com as prisioneiras.

Val olhou para Serina com uma pergunta implícita.

Ela sabia o que ele queria. Val tinha um barco que mantivera em segredo por anos, no qual os dois haviam planejado escapar, rumando para Bellaqua para resgatar Nomi. A um sinal de Serina, ele ficaria calado. O barco continuaria sendo um segredo e a melhor chance que tinha de reencontrar a irmã.

No dia anterior, ela estivera pronta para partir, mas descobrira que não podia abandonar Jacana, que a ajudara a procurar um jeito de sair da ilha. Agora Jacana estava morta. Serina não conseguira salvá-la. Não havia nada que a prendesse ali e a impedisse de pegar o barco de Val e salvar a irmã.

Nada exceto as mulheres de Monte Ruína. As mortas, como Jacana e Oráculo, por quem ela jurara vingança, e as vivas, que prometera tentar salvar.

Serina não podia escapulir num barco e abandoná-las, nem por Nomi. Daria um jeito de tirar a irmã das garras do herdeiro e do olhar gélido e vigilante do superior — mas não daquele jeito.

— Existe *um* barco na ilha — ela disse, ainda olhando para Val. Ele acenou de leve, mas seu cenho se franziu de tristeza. — Mas é pequeno e só aguenta duas ou três pessoas. Mesmo assim, pode ser útil.

— E como você sabe disso? — Anika perguntou, estreitando os olhos.

— É meu — explicou Val. — Escondi onde nenhum guarda e nenhuma prisioneira pudesse encontrar. Vim para a ilha para resgatar minha mãe, mas... — A voz dele falhou. — Ela já tinha morrido quando cheguei.

Anika relaxou um pouco.

— Mas... não entendi direito — disse uma voz baixa. Pertencia a Theodora, chamada de Boneca por seu corpo alto e flexível e pelo rosto moreno perfeitamente oval. Ela tinha sido designada para o bando da caverna junto com Serina. — O que vamos fazer quando o barco da prisão chegar? Você falou em fugir. Para onde?

Serina abriu a boca, mas nada saiu. Ela não tinha uma resposta.

Val foi até o lado dela no palco, virou-se para encarar as mulheres no anfiteatro e pigarreou.

— Existe um país chamado Azura a leste de Viridia, do outro lado do mar Galáteo — ele disse. — Meu pai era mercador e o visitou uma vez. Ele me contou que em Azura as mulheres trabalham, têm posses e cuidam do próprio dinheiro. Podem até ler. Não é tão longe, mas nosso lado da fronteira é fechado, exceto para delegações convidadas pelo superior. Só que o lado *deles* da fronteira permite livre passagem.

Val tinha contado a Serina sobre aquela viagem, que havia inspirado o pai dele a ensinar a esposa a ler. Ela, por sua vez, passara a ensinar garotas que iam à casa deles em segredo. Aquele fora o motivo pelo qual o pai de Val tinha sido morto e a mãe, mandada para Monte Ruína. Explicava muito sobre o filho deles também.

— E você acha que devemos ir pra lá? — Raposa perguntou, afastando o cabelo platinado da testa franzida. — Por que eles iam nos receber?

Val deu de ombros.

— Não há como ter certeza. Mas parece mais seguro que ficar aqui ou voltar para Viridia.

E então posso partir, Serina pensou. *Quando as mulheres estiverem a caminho de Azura e não precisarem mais de mim, vou pegar o barco de Val e salvar minha irmã.*

Mas e se Nomi não quisesse ser salva? Serina mordeu o lábio. Era possível que ela tivesse se acostumado à vida no palazzo e agora achasse seu papel de graça menos repugnante do que esperava. Mas Serina duvidava. Nomi sempre falara que ser graça não fazia diferença alguma quando você não poderia escolher não ser uma.

E estava certa.

Por mais sofisticada que fosse a vida de Nomi, Serina ia lhe dar uma *escolha*. Era tudo o que a irmã sempre quisera, a chance de escolher seu próprio destino.

E, ainda que morresse tentando, Serina realizaria seu desejo.

— Então tomamos o barco da prisão — Serina disse, erguendo a voz acima dos murmúrios céticos das mulheres. — E vamos para Azura começar uma vida nova.

Os ombros de Anika caíram, mas Serina não entendeu sua decepção. Seu olhar foi até as mulheres que enchiam o anfiteatro, algumas sentadas em bancos de pedra, outras em pé sobre a onda de rocha vulcânica negra que cobria metade dos assentos.

Havia tantos rostos macilentos, tantos ferimentos e olhos afundados. Fome e medo a encaravam. Algumas daquelas mulheres estavam ali havia *anos* e tinham presenciado inúmeras lutas e visto inúmeras colegas morrerem.

— Vocês vêm lutando há muito tempo — Serina disse, com a voz falhando. — Fica difícil acreditar que acabou ou que as coisas podem melhorar. Mas é verdade. Pelos próximos dez dias, essa ilha é nossa. Conquistamos a liberdade, assim como nosso nome e nossa vida. Não importa o que aconteça quando chegarmos em Azura, isso vai se manter. Não somos mais prisioneiras.

As mulheres relaxaram um pouco. Serina vislumbrou sorrisos esperançosos em meio à exaustão. Até as líderes dos outros bandos pareceram se animar. Os braços de aço de Graveto pendiam ao lado do corpo. No contingente dos penhascos do Sul, um sorriso fino cruzou o rosto cheio de cicatrizes da líder Chama. Mas Anika não era a única que ainda parecia incomodada.

— Não somos mais prisioneiras — Serina repetiu, recordando a si mesma. Mesmo estando na ilha havia semanas, e não anos, ainda parecia um sonho.

Ela se virou para Anika.

— Pode acomodar as mulheres no hotel e distribuir a comida? Val e eu vamos falar com os guardas.

Anika endireitou a coluna e assentiu, subindo o anfiteatro com o carrinho e gritando comandos para os outros bandos: *Levem as feridas para o antigo salão de baile. Se têm rações ou pertences nos acampamentos, tragam com vocês. Não temos muitos quartos, então vamos ter que dividir.*

Quando Serina tentou segui-las, suas pernas tremeram. Ela parou para recuperar o equilíbrio — não podia se dar ao luxo de desabar agora.

— Posso falar com os guardas sozinho — Val ofereceu, segurando o braço dela. — Por que não descansa?

Serina balançou a cabeça e mancou até o topo do anfiteatro, segurando o braço dele para se equilibrar.

— Depois.

Ele não discutiu, o que foi bom, porque ela não teria energia para insistir. A verdade era que tinha medo de diminuir o ritmo. Não queria descansar ou parar. Se — *quando* — fizesse aquilo, o corpo pequeno e quebrado de Jacana ocuparia sua mente.

Se tivesse tempo para pensar, poderia se afogar em arrependimentos.

E Jacana não seria a única a assombrá-la. Cada vez que parava, cada momento em que não se concentrava na próxima tarefa, Serina via a cabeça de Oráculo ricocheteando quando a bala atingira sua testa, sentia o peso da mulher no ombro enquanto elas escalavam até a boca do vulcão, lembrava do cadáver ensanguentado de Retalho sobre o homem que ela matara.

— Serina? — Val perguntou.

— Estou bem. — Ela percebeu que estava se apoiando nele e forçou o corpo a ficar reto.

Os dois subiram devagar até o hotel Tormento — tão devagar que, quando alcançaram o mármore rachado, Anika já estava lá gritando ordens e distribuindo comida. Seguiram para o complexo dos guardas. O prédio enganava. Quando chegara, Serina tinha imaginado que seria mantida ali numa cela pequena como uma princesa em uma torre macabra. Mas a população feminina enviada a Monte Ruína tinha excedido a capacidade do local muito tempo antes; agora, as celas eram usadas para estocar armas e rações e serviam de dormitório para os próprios guardas.

Os poucos que tinham sobrevivido à rebelião haviam sido trancados em seus "quartos", em um retorno ao uso original. Serina não podia ignorar a ironia enquanto sentia o peso das chaves contra a coxa. Enfiou a mão no bolso e fechou os dedos ao redor do metal frio.

— Você contou às outras sobre o barco — Val comentou quando se afastaram o bastante. — E quanto a Nomi?

— Vou atrás dela, mas só quando todas estiverem a caminho de Azura. — Ela esfregou a nuca. — Acho que Anika quer voltar para sua família, e talvez outras também queiram. Não seria certo ir sozinha atrás da minha e manter o barco em segredo.

Val arranhou a bota contra a rocha áspera da trilha.

— É pequeno, Serina. Anika pode vir com a gente, mas só.

— Com a *gente*? — Ela tropeçou numa pedra afiada.

Val a puxou para perto.

— Vou com você.

O coração de Serina deu uma cambalhota.

— As mulheres não vão precisar de você para navegar ou negociar quando chegarem em Azura?

Serina queria a companhia dele para encontrar Nomi, mas também queria que todas naquela ilha ficassem a salvo. Tinha imaginado que Val iria a Azura e que ela e Nomi seguiriam para lá depois, se pudessem.

— O comandante Ricci tinha mapas, e algumas mulheres vêm de famílias de marinheiros. Mesmo que não saibam lê-los, posso ensinar. Elas vão conseguir. — Ele acariciou as costas de Serina. — E não vão precisar de um homem para negociar. Em Azura, vão poder falar por si.

Um nó cresceu na garganta dela.

— Sim, é claro. — Sua voz estava embargada de emoção. — Elas vão gostar disso.

Por um tempo, os dois caminharam em silêncio.

Finalmente, o complexo surgiu diante deles, cinza e imponente. Serina ainda sentia os ecos do terror que experimentara ao subir a trilha desnivelada do cais pela primeira vez com aquela monstruosidade com grades de ferro assomando à sua frente.

Seu olhar foi para a água azul e cintilante, que se estendia até o horizonte. Dali, ela podia ver a ponta do cais, e além dele...

— Val. — Serina estancou, arfando. Sentia uma dor agonizante no tornozelo ferido e seu estômago se revirava.

Não conseguia respirar.

Apontou com a mão trêmula.

— Val, um barco.

DOIS

Nomi

Nomi se ergueu no convés instável, com o vestido dourado manchado de sangue, e deu um grito quando a silhueta escura de Monte Ruína surgiu à sua frente. Aquela não era a missão triunfante para salvar a irmã que ela tinha imaginado — estava rumando para sua própria cela e punição. Asa havia prometido reuni-la com Serina, mas ela nunca imaginara que seria daquele jeito até vê-lo cortar a garganta do pai com a adaga.

Infelizmente, Maris, outra graça, também tinha visto a cena. Então Asa havia mandado as duas para a ilha como prisioneiras para manter a ilusão de que seu irmão mais velho, o herdeiro, era o assassino. Alguns passos à frente de Nomi, Maris estava jogada contra a amurada, com o cabelo preto emaranhado e o vestido vermelho encharcado. Inclinada sobre a beirada, ela olhava a água. Talvez tivesse pulado se os pulsos não estivessem acorrentados ao barco. Não dizia nada havia um bom tempo.

Nomi abriu a boca para oferecer algo — uma palavra de conforto, outro pedido de desculpas —, mas o vento roubou seu fôlego. Talvez soubesse que ela só tinha palavras vazias.

Estavam perto o bastante de Monte Ruína para ver o cais de concreto rachado. Nomi puxou o ar marítimo para os pulmões.

Os marinheiros foram para a proa, onde Malachi estava deitado. O herdeiro era uma massa imóvel no convés. Seu casaco de veludo vinho estava manchado com o próprio sangue e o do pai. Asa tinha matado o superior e tentara matar o irmão também.

Tudo graças a Nomi, que havia confiado nele e acreditado que seria um herdeiro e um superior melhor.

Os marinheiros se inclinaram sobre o corpo imóvel de Malachi.

— Não toquem nele! — ela gritou, rouca, como tinha gritado dezenas de vezes durante a travessia, desesperada para que notassem o peito dele subindo e descendo. Asa ordenara que jogassem Malachi no oceano quando parasse de respirar.

Mas ele não tinha parado.

— Devíamos jogar o corpo quando ele morresse — um dos marinheiros disse, sua voz grave quase abafada pelo ronco constante do motor a vapor. — Mas estamos quase lá e nada ainda.

— A prisão não sabe das nossas ordens. — O outro marinheiro coçou o queixo. — É melhor nos livrarmos dele agora.

Nomi gritou de novo, mas eles a ignoraram.

— É tarde demais — disse Maris, o rosto mortalmente pálido encoberto pelo cabelo, os olhos escuros queimando. Em algum momento, as duas tinham perdido as máscaras do baile. Nomi não conseguia lembrar a última vez que sentira o tecido áspero sobre o nariz. Era inacreditável que a festa do herdeiro tivesse acontecido horas antes. Ela dissera ao irmão, Renzo, que fugisse em vez de ajudar a incriminar Malachi. Àquela altura, entendera que Asa não era confiável, mas ainda não sabia de tudo que ele era capaz. Agora só podia esperar que seu irmão tivesse obedecido. Tinha certeza de que Asa ia matá-lo se o encontrasse.

Os marinheiros ergueram o herdeiro nos ombros, e ele tossiu fracamente.

— Não estão vendo que ele está vivo? — Nomi berrou.

Malachi entreabriu os olhos e desapareceu sobre a amurada engasgando.

Um soluço escapou de Nomi.

Suas correntes chacoalharam quando ela saltou em direção aos marinheiros, forçando as algemas. Seus pulsos estavam arranhados e ensanguentados.

— Vocês o mataram! — ela gritava sem parar. Os marinheiros a ignoraram, e talvez estivessem certos. Ela não sabia se estava falando com eles ou consigo mesma.

Você o matou.

Ela era a culpada por ter confiado no irmão errado. Asa havia prometido liberdade para Nomi *e* sua irmã, um fim às graças e mudanças nas leis de Viridia. Tinha dito que daria direitos às mulheres e permitiria que lessem... tudo o que ela queria ouvir. E Nomi havia caído. Tinha sido fácil acreditar que Malachi era tão cruel e volátil quanto o pai. Asa a convencera daquilo, mas era tudo mentira. Asa era o irmão cruel.

O irmão assassino.

As palavras de Malachi a assombravam. *Não quero manter uma graça contra sua própria vontade. Não vou mais forçar você.* Tinha sido uma das últimas coisas que ele dissera a Nomi, libertando-a de suas obrigações. Ele não ia forçá-la a ser uma graça.

E agora estava morto.

O barco estremeceu ao bater no cais. As pernas de Nomi vacilaram, mas o brocado duro do vestido a manteve em pé. Os marinheiros removeram as correntes de Maris e então as dela. Nomi cuspiu no rosto do mais próximo, que a empurrou para a prancha, fazendo-a tropeçar. Maris manteve as costas rigidamente eretas, mas lágrimas escorriam por seu rosto. Nomi odiava aquilo; Maris jamais deveria ter sido envolvida naquela história. Não fizera nada para merecer aquele sofrimento exceto testemunhar o crime de outra pessoa.

Mas a garota tinha razão. Era tarde demais.

Os marinheiros puxaram as duas para o convés. Um guarda da prisão esperava na beira do cais, com o chapéu abaixado sobre os olhos.

— Esse barco é menor que de costume — ele disse bruscamente. — E a carga também. Só duas prisioneiras?

O marinheiro que agarrava o braço de Nomi deu de ombros.

— É. Qual o problema?

— E as rações? — perguntou o guarda quando os homens empurraram as duas diante dele.

O outro marinheiro coçou a nuca.

— Rações? A ordem era trazer as garotas pra cá. Ninguém disse nada sobre rações.

— Vocês têm os documentos de admissão? — O guarda estendeu a mão, impaciente.

Nomi se perguntou o que aconteceria se gritasse a verdade — que Asa matara o superior e as mandara para a prisão para silenciá-las. O homem provavelmente não ia se importar.

— Não tenho papel nenhum. — O marinheiro ao lado dela deu de ombros. — Essas aqui vieram do palazzo. Não sei como as coisas funcionam aqui, só nos mandaram trazer essas duas. Foi o que fizemos. — Ele limpou o nariz com as costas da mão. — Agora são problema seu.

O guarda notou o sangue no vestido de Nomi e o rosto pálido de Maris. Estaria preocupado que fosse uma armadilha? Elas não eram exatamente uma ameaça.

Finalmente, com um aceno curto e outra olhada para o barco, ele dispensou os homens. Os pulmões de Nomi doíam, apertados pelo espartilho e pelo horror que a atravessava. Ela apoiou as mãos na cintura, desejando se livrar daquele vestido, dos seus erros e da sua vida. Os dedos encontraram um buraco no tecido, e Nomi precisou de um momento para lembrar que Asa a tinha esfaqueado também. Poderia ter sido morta como Malachi, não fosse o espartilho, que a deixava lentamente sem ar. Ela engoliu outro soluço.

Em sua mente, o superior erguia seus olhos gélidos para ela, a garganta escorrendo sangue.

— Vamos — o guarda disse bruscamente. Maris gemeu quando ele agarrou seu braço.

Nomi virou para o barco e as águas revoltas na margem do cais. Os marinheiros a observavam enquanto se preparavam para o trajeto de volta. Não havia sinal de Malachi. Ela se virou e seguiu Maris e o guarda, arrastando os pés. A única coisa que a impedia de se jogar no oceano agitado era a esperança de encontrar Serina em breve.

Por favor.

O guarda andava depressa, puxando Maris pelo caminho escarpado. Ele olhava com frequência para Nomi, com a outra mão sobre o revólver. Sua expressão a alertava para não ficar para trás.

A luz do sol aquecia os penhascos escurecidos que emolduravam a trilha e logo ela estava suando no vestido pesado como ferro. O terreno não ajudava; seus sapatos de baile ficavam presos na estranha rocha irregular. Nomi torceu o tornozelo duas vezes.

Diante dela, a prisão surgiu como um caroço canceroso, suas janelas de aço e seus muros de concreto artificiais se erguendo acima das espirais graciosas de rocha vulcânica.

Havia alguém na frente da cerca de arame farpado do prédio. A princípio, Nomi pensou que era outro guarda — não conseguia enxergar além de Maris. Mas havia algo familiar na figura.

— Estamos fora do campo de visão do barco — disse o guarda, soltando Maris. — Vocês estão a salvo.

— A salvo? — Maris perguntou incrédula, afastando-se dele. O caminho se abriu e revelou a figura que os esperava.

A mulher jogou o cabelo sobre o ombro, em um movimento tão familiar que Nomi às vezes o imitava sem perceber.

O choque despertou todos os seus nervos. Ela esqueceu o guarda, os marinheiros, Renzo, Maris, Malachi.

Tudo o que via era a irmã.

— SERINA! — gritou.

Ela ergueu as saias, desviou de Maris e correu.

— Nomi? — Serina sussurrou, seus olhos se arregalando enquanto a irmã jogava os braços ao seu redor.

A força do abraço a fez recuar um passo, mas Nomi não conseguia se acalmar ou soltá-la.

— Serina! Serina! — O nome era doce como uma prece atendida.

— Como veio parar aqui? — Serina perguntou, apertando os braços ao redor dela. — Você está ferida. O que aconteceu? Tem sangue no seu vestido!

— Estou bem, o sangue não é meu. Estou...

— Você está aqui. *Aqui.*

Nenhuma das duas conseguia formar um pensamento coerente. Nomi se enterrou nos braços da irmã e respirou fundo pelo que parecia a primeira vez em meses. Nada mais importava. O mundo todo era um sonho desfocado e esquecido. Nada era real, exceto Serina.

De repente, Nomi começou a chorar.

— Sinto muito pelo livro — ela disse no ombro da irmã. — Eu não fazia ideia. Eu não...

— Tudo bem. Sinto muito também. Eu devia ter ouvido você. Não via as coisas do mesmo jeito, mas agora entendo. Eu... — Serina a apertou mais forte. — Tanta coisa aconteceu por sua causa.

Algo dentro dela se quebrou. Inexplicavelmente, Serina dissera aquilo como se fosse uma coisa boa. Mas Nomi tinha visto o superior morrer, sentido o sangue do herdeiro nas mãos e mandado Renzo se esconder com uma sentença de morte à sua espera. Não havia nada de bom naquilo. Nada de bom nela.

— Se você soubesse... — Nomi abriu a boca para contar todas as coisas vergonhosas que tinha feito.

— Calma — Serina a silenciou. — Não importa. Agora você está aqui, a salvo. Ambas estamos.

Com essas palavras, a realidade começou a perfurar a névoa. Nomi a soltou. A trança da irmã estava desfeita e seu rosto, machucado e inchado. Era tão diferente da versão elegante e tranquila de Serina — a única versão que havia até pouco antes — que Nomi se perguntou como a tinha reconhecido.

— Como assim, a salvo? — ela perguntou, encarando os ferimentos de Serina. *Ferimentos*. As roupas dela estavam rasgadas e manchadas de sangue. Onde ficava sua cela? E onde estavam os guardas? Aquele que as tinha acompanhado do barco...

Ela começou a virar para ele, mas a expressão de Serina — uma mistura de cansaço e orgulho — a fez parar.

— É verdade — disse Serina. — Por enquanto, pelo menos. As mulheres de Monte Ruína se rebelaram. Não somos mais prisioneiras.

A cabeça de Nomi girava. Ela encarou os hematomas roxos no rosto da irmã.

— Mas... parece que você foi espancada.

— Fui, mas me defendi — Serina disse. — Sou uma rebelde agora, exatamente como você.

Com aquelas palavras radicais zumbindo nos ouvidos, Nomi observou a postura imponente de Serina e se lembrou da força do abraço dela.

— Não *exatamente* como eu — ela disse, trêmula.

Serina sorriu.

Nomi retribuiu o sorriso, mas sua expressão se desmanchou depressa. Serina não sabia por que ela estava ali nem o que tinha feito. Não sabia sobre Malachi ou por que o vestido dela estava coberto de sangue dele.

— Serina, eu...

— Este é Val. — Serina apontou o guarda, que parecia estranhamente alegre. — Ele nos ajudou. Ele... ele não é um guarda muito bom. — Serina abriu um sorriso conspiratório para o jovem.

Nomi deu um aceno curto e constrangido. Momentos antes, tivera pavor dele. Seus instintos lhe diziam que o guarda era uma ameaça.

— Foi uma pena não estarmos preparados para esse barco — disse Val, tirando a mão da arma. — Eram só dois marinheiros.

— Só dois? — Serina repetiu com os olhos arregalados. — Então podíamos ter tomado o barco e saído daqui *agora*. Por que você não...

— Por que não os matei? — Val perguntou, de repente tenso. — Eles eram inocentes, Serina. Não eram os guardas de sempre. Nem sabiam o protocolo.

Nomi queria protestar que os guardas *não eram* inocentes — tinham acabado de matar o herdeiro —, mas não sabia do que os dois estavam falando nem entendia a expressão teimosa da irmã.

— Mas podíamos ter saído desta ilha *hoje* — Serina insistiu, parecendo melancólica e irritada ao mesmo tempo.

— Não estamos prontos. — Val olhou para Nomi e Maris. — Se o barco não tivesse voltado para o palazzo, teríamos só algumas horas até que o superior enviasse alguém para investigar.

O guarda deu um passo em direção a Serina e sua expressão fez Nomi se perguntar que tipo de relação tinham. Por que parecia tão chateado?

— Sinto muito. Tive que tomar uma decisão na hora.

A expressão de Serina se suavizou.

— Tudo bem, assim ganhamos um pouco de tempo. Podemos seguir com o plano original.

Nomi estava prestes a perguntar que plano era aquele quando Serina se voltou para a outra garota.

— Seu nome é Maris, não é? Me lembro de você. É uma graça do herdeiro também.

— Não mais — Maris disse, inexpressiva. — O herdeiro está morto e o pai dele também. Asa é o superior agora.

Os olhos de Serina se encheram de perguntas.

— Posso explicar tudo — Nomi disse. Ela tinha que contar a Serina sobre Renzo também, e um soluço ameaçou escapar de sua garganta. — Aconteceu... aconteceu muita coisa.

— Graça! Graça! — Uma garota desceu a trilha correndo até eles, seu rosto cheio de sardas corado. — Precisamos de você.

Serina desviou o olhar.

— O que foi, Espelho?

Graça? Espelho?

A garota chamada Espelho parou, observando Nomi e Maris.

— Quem são vocês?

— Chegou um barco não programado. — Serina hesitou. — É complicado.

— Isso também. — Espelho deu meia-volta e subiu pela trilha.

Serina e Val a seguiram.

Nomi correu atrás deles, o coração disparando mesmo sem entender nada. Maris segurava seu braço como se tivesse medo de largá-la.

— Você encontrou sua irmã — a garota murmurou. — Já é alguma coisa.

— É uma loucura, isso sim — Nomi respondeu.

Subiam e desciam a rocha vulcânica, eternamente congelada. Árvores esparsas se erguiam para o céu e um gramado amarelado e resistente crescia em alguns pontos. Elas passaram pelo prédio apavorante que Nomi imaginara ser a prisão. Alguns minutos depois, outro apareceu, parcialmente em ruínas, mas elegante, com uma fonte de mármore rachado na frente. Não era uma prisão.

Serina e Espelho pararam.

— Por aqui — disse Espelho, guiando-os para um salão escuro com chão de mármore que parecia ter sido o saguão de um hotel. No meio, um grupo de mulheres estava reunido ao redor de algo no chão.

— O que é? — Serina perguntou. As mulheres abriram caminho para ela. Nomi e Maris pararam fora do círculo, mas estavam próximas o bastante para ouvir Serina.

— Eu o conheço — ela disse. — É o herdeiro.

A mente de Nomi ficou em branco. Ela empurrou as outras, ignorando as reclamações e cotoveladas, para conseguir ver o que as outras viam — o corpo no chão.

Nomi caiu de joelhos ao lado dele. Estava encharcado. As mulheres sussurravam logo atrás. *O herdeiro. Ele está morto?*

Ela correu as mãos sobre o peito de Malachi, examinando seu rosto pálido e as pálpebras fechadas e roxas de frio. Estaria mesmo morto?

— O que aconteceu? Onde o encontraram? — Serina perguntou.

— Ele estava na praia ao sul do cais — outra garota respondeu. — Tem um ferimento feio do lado do corpo.

— Estávamos no mesmo barco — Nomi sussurrou. — Eles... o jogaram.

Ela viu o peito dele se mover tão de leve que teria perdido o movimento se não estivesse esperando por aquilo.

— Ele está vivo. — Nomi mal conseguiu formar as palavras.

— Maris disse que ele e o superior estavam mortos. O que aconteceu? — Serina se agachou ao lado dela e apertou seu ombro.

— Eu estava tentando salvar você — Nomi contou, sem fôlego. — Achei que podia... mudar Viridia. Mas o irmão de Malachi me traiu e matou o pai. E Malachi... O que Maris disse é verdade, Asa é o novo superior. — As palavras rasgavam sua garganta como facas. — E é culpa minha.

— Asa tentou matar o próprio irmão? — Serina perguntou, encarando o herdeiro com os olhos arregalados.

— E, se não fizermos algo depressa, vai ter conseguido — Nomi respondeu. Malachi tinha perdido sangue demais e ficado tempo demais sem ajuda. Era forte, mas não ia aguentar muito mais.

— Ótimo — ouviu-se uma voz dura em meio ao grupo de mulheres. — Que todos eles morram.

Outra voz se juntou à primeira:

— O pai dele matou meu primo.

— E tomou minha irmã como graça. Ela morreu no parto dois anos depois. Que o filho dele morra também.

Nomi acariciou a bochecha de Malachi. *Não, ele não pode morrer.*

— Deixe que morra! — O grito ficou mais alto e se difundiu. As palavras ecoavam ao redor dela.

— Não! — Nomi gritou finalmente, abafando as outras vozes. O salão ficou em silêncio. Ela não se ergueu nem olhou para as mulheres próximas, mantendo os olhos no leve movimento do peito de Malachi e no tremular fraco em sua garganta. — Vocês não querem que este homem morra — acrescentou alto.

Ela sabia mais do que aquelas mulheres. Tinha visto o rosto de Asa depois de matar o pai — vazio e sem remorso. Sabia como ele era bom em manipular as pessoas.

— Acham que o superior era ruim? — Nomi continuou, com a voz cheia de convicção. — Acham que ele era caprichoso e cruel? Não fazem ideia de quem é Asa. Ele assassinou o próprio pai a sangue frio. Me deixou pensar que queria o que todas queremos, liberdade e escolha para as mulheres. Me enganou de tal modo que o ajudei numa trama para que tomasse o lugar do irmão como herdeiro, me fazendo acreditar que Malachi era tão volátil e terrível quanto o pai. Mas ele *não é o pai*. — As palavras a preenchiam e a fúria transbordava dela. Nomi se ergueu e encarou Serina. — Você não pode deixar que ele morra. Malachi é o único que pode impedir Asa. E, confie em mim, Asa *precisa* ser impedido.

O coração dela batia tão alto que sentia a pulsação nos ouvidos. Serina olhou para as mulheres que as cercavam.

— Nomi... — começou. Ela via a sede de sangue nos olhos das outras. Aquelas mulheres tinham sofrido e queriam que o herdeiro sofresse também.

Nomi pegou as mãos dela. Não entendia o que estava acontecendo ali, mas as mulheres pareciam ouvir sua irmã. Todas estavam esperando Serina falar.

— Malachi não merece morrer — Nomi disse mais suavemente. — Ele está aqui por minha culpa. Tenho seu sangue em minhas mãos. Não posso deixar que morra.

Serina olhou para o corpo imóvel de Malachi por um longo momento. Então sua voz soou forte e ela assumiu uma expressão que Nomi nunca vira antes: severa e determinada, sem qualquer traço de serenidade.

— Esta é minha irmã, Nomi. Ela vivia no palácio. Se diz que o herdeiro precisa viver, eu acredito.

— E se ela estiver errada e ele for tão ruim quanto os outros? — uma garota com a bochecha inchada perguntou, cruzando os braços.

Nomi abriu a boca para contar o que ele dissera no baile: que permitiria que ela deixasse de ser uma graça.

Mas Serina falou primeiro.

— Ela é minha *irmã*, Anika. Confio nela, então vamos tentar salvar a vida dele. Talvez morra de qualquer jeito, mas, se sobreviver, vamos vigiar o herdeiro de perto. Monte Ruína não pertence a ele. Se nos ameaçar de alguma forma... se não for o homem que minha irmã alega ser, vai ser morto. Essa ilha é nossa, foi conquistada com nossos corpos e sangue. Não vamos ceder a ninguém.

Nomi a encarou como se fosse uma desconhecida. Sua irmã tinha perdido todos os traços de suavidade e submissão. Não tinha *nada* de graça. Em vez de passos de dança e loções, falava de corpos, sangue e assassinato.

A verdade que ela estivera encarando desde o momento do reencontro se cristalizou em sua mente. Serina havia se tornado uma guerreira.

— Você... é a líder delas? — Nomi perguntou, assombrada.

— Ela é a razão de estarmos livres — Anika respondeu. — Os guardas nos obrigavam a lutar umas contra as outras. A *matar* umas às outras.

Nomi não conseguia levar ar aos pulmões. O segredo dela tinha levado Serina a matar? Ela fora condenada por roubar um livro e por saber ler, mas aquele crime era de *Nomi*. A punição deveria ter sido para ela.

— Sua irmã se recusou a me matar — Anika continuou. — Graça podia ter acabado comigo e ganhado rações para seu bando, mas ela se rendeu. Ninguém nunca tinha feito isso. — A mulher olhou para Serina. — Ela virou tudo de cabeça para baixo. Convenceu alguns bandos a trabalhar em conjunto, e nós vencemos.

— Não entendo — Maris disse, rouca e à beira das lágrimas. — Eles faziam vocês se matarem?

— Serina foi condenada por *ler* — Nomi acrescentou. — Como...

— Como a morte pode ser a punição para isso? — Anika terminou a frase por ela. Seus olhos negros se estreitaram. — Essa prisão não é só para assassinas e conspiradoras, entende? É para qualquer mulher que desafia o funcionamento de Viridia, em qualquer instância. É para as *desobedientes*.

Nomi finalmente entendeu. Ela pensou nas rainhas de Viridia e em como tinham sido apagadas da história. Os superiores, no passado e no presente, tinham tentado destruir cada resquício de independência e rebelião das mulheres no país.

— Como você desobedeceu? — ela perguntou, encarando o rosto forte de Anika.

Os lábios da garota se curvaram num sorriso sombrio.

— Bem, eu *sou* uma das assassinas. — Maris quase engasgou. Anika fechou a cara e abaixou a voz. — Mulheres não podem se defender nesse país.

No silêncio, Malachi gemeu.

TRÊS

Serina

Serina sabia que precisava lidar com Malachi, mas não conseguia se concentrar em nada além da irmã. Reparou em seu cabelo emaranhado, que tinha se soltado das presilhas, em sua pele lisa e em seus olhos âmbar delicados. Em sua postura graciosa.

Nomi estava *ali*. Não importava por que ou como aquilo tinha acontecido. O importante era que a irmã caçula dela estava ali e *ambas* estavam livres. A esperança brotou no coração de Serina, alimentada por aquele milagre estranho e impossível. Se suas costelas não ardessem a cada respiração, acharia que estava sonhando.

Não conseguia imaginar o que Nomi via quando retribuía seu olhar. Em outro momento, talvez tivesse ficado com vergonha por estar tão suja e selvagem, tão distante do ideal de graça, mas sabia o que seus braços fortalecidos tinham conquistado e o que o corpo suado havia suportado.

O herdeiro gemeu de novo.

— Ajudem Malachi, por favor.

Val abriu caminho pelas mulheres, carregando uma bolsa de couro grande.

— Peguei os suprimentos médicos.

Serina olhou para Anika. Ela assentiu e ergueu a voz mais alto que os resmungos e perguntas.

— Abram espaço pra ele. Quem está ajudando com as outras

mulheres feridas? Temos feridas para cuidar e comida a distribuir. Se mexam.

Antes que pudesse dar sua atenção total a Malachi, Serina parou para observar as mulheres se dispersarem. Não sabia o nome da maioria, mas viu o corpo alto de Boneca e os ombros curvados de Garra. Ficou se perguntando o que Âmbar estaria fazendo; ela parecia desolada desde a morte de Oráculo. Depois que haviam lançado o corpo junto com os outros no vulcão, ela se mantivera distante do grupo e se recusara a participar das discussões.

Serina precisava verificar quantas mulheres estavam feridas, se a mudança para o hotel Tormento estava prosseguindo como planejado e se as rações estavam sendo distribuídas de modo justo. E ainda tinha que falar com os guardas capturados. Ela e Val haviam abandonado aquela tarefa ao avistar o barco.

Tanta coisa para fazer e ela já estava exausta.

Maris, a outra graça, andava sem jeito pelo chão de mármore, com os olhos fixos no corpo imóvel de Malachi. Serina se perguntou qual era o papel dela naquela história. Por que Asa a enviara para lá?

— O que podemos fazer? — Nomi perguntou, ajoelhando-se de novo ao lado de Malachi.

Apesar das dores, ela se agachou e afastou a jaqueta molhada do herdeiro para expor seu estômago. Ele gemeu baixinho. Havia um pequeno buraco em sua pele mortalmente pálida.

— Ele ainda está sangrando, mas não estou vendo pus nem líquido escorrendo — Nomi observou. — Isso é bom.

Ela soltou um ruído baixo, e Serina se perguntou por que se importava tanto com o destino de Malachi. Seria só culpa por ter confiado no irmão errado ou a irmã havia se afeiçoado a ele? Era difícil de imaginar; ela lembrava o horror de Nomi ao ser escolhida como graça.

Mas as pessoas podiam mudar. A própria Serina era a prova disso.

No entanto, se Nomi tivesse sentimentos por Malachi, não o teria traído. Serina ainda não sabia de todos os detalhes, mas sentia que havia mais naquela história do que a irmã havia compartilhado — assim como ela mesma não contara tudo.

— Vamos levar o herdeiro à enfermaria — Val sugeriu. Ele chamou algumas mulheres que vagavam por corredores vazios para ajudá-lo a erguer o corpo mole de Malachi. Serina agradeceu; ainda estava dolorida de carregar Oráculo até o topo do vulcão.

Depois que haviam acomodado Malachi em um catre em um canto escuro do salão de baile, longe das mulheres, Val buscou uma garrafa de vidro com adstringente e gazes. Nomi e Maris arregalaram os olhos.

Serina gentilmente apalpou a beirada do ferimento. Então pegou agulha e fio na sacola de couro. Com o cuidado de não perturbar o paciente, costurou-o.

Atrás dela, Nomi engoliu em seco.

— Você... você está...

— Sempre fui boa em bordado — Serina disse com um sorriso irônico. Ela envolveu o torso de Malachi com gazes espessas. Ele se mexeu e retorceu o rosto bonito, mas não abriu os olhos.

— Tem um corte no braço também — Val disse em voz baixa, rasgando a jaqueta para expor a pele ferida.

Serina trabalhou rapidamente. Quando terminou, passou unguento por cima.

— Não eram cortes muito profundos.

Nomi estava pálida e parecia se esforçar para não cair.

Serina não sabia se a irmã estava prestes a vomitar ou desmaiar. Limpou as mãos com um pedaço de gaze e passou um braço ao redor dos ombros de Nomi. Seus próprios pontos se esticaram e o braço e as costelas doeram, mas ela ignorou a sensação.

Nomi não relaxou.

— Ele vai ficar bem?

Serina olhou para Malachi outra vez. Ele estava respirando de modo regular e ela sentira uma pulsação forte, mas ainda parecia mal.

— Não sei — ela respondeu com sinceridade.

Ficou sentada com Nomi e Maris por alguns minutos, vigiando a respiração do herdeiro e segurando a mão da irmã.

Val foi verificar se mais alguém precisava dos suprimentos médicos. Quando voltou, disse baixinho:

— Precisamos ver os guardas.

Serina assentiu e levantou com um grunhido, os ferimentos ardendo outra vez. Nomi apertou sua mão com força.

— Aonde você vai?

Serina quase chorou ao pensar naquela breve despedida depois de tanto tempo querendo rever a irmã.

— Alguns guardas sobreviveram à rebelião. Precisamos falar com eles. Volto logo. Prometo.

Apesar do medo e da exaustão, Nomi sorriu. Para Serina, era tudo o que importava.

Encorajada, ela foi em direção à arcada principal. Lá fora, Anika direcionava as mulheres dos outros bandos a seus novos quartos. Serina notou alguém nas sombras sob as árvores a alguns metros, observando a cena com as mãos fechadas. Algo nela era familiar — o cabelo escuro, o olhar furioso...

Ela sentiu um aperto no peito. Era a garota que havia matado Petrel, erguido o punho ensanguentado e gritado em triunfo.

De repente, era difícil lembrar de suas próprias palavras diplomáticas sobre como o comandante as obrigara a lutar. A assassina de Petrel tinha um ar... bem, ela parecia ter gostado daquilo.

— Qual é o nome dela? — Serina perguntou, inclinando a cabeça.

Val seguiu seu olhar.

— Acho que Escorpião.

Serina reprimiu um tremor.

— Ela é forte — ela disse, lembrando do rosto de Petrel quando a faca oculta de Escorpião cortara sua garganta. — Devia vigiar os guardas.

— Boa ideia — disse Val.

Desde que não fique no meu turno, Serina pensou.

Eles subiram a trilha estreita em direção à prisão, refazendo o caminho da manhã. A mão de Val roçava a dela enquanto caminhavam. Toda vez, sua atenção se voltava àquele ponto de contato, ao breve momento de conexão. Era difícil manter a concentração.

— Não acredito que sua irmã estava naquele barco — ele disse, maravilhado. — Você deve estar tão feliz... e aliviada. Ela está aqui e agora podemos ir todos para Azura.

Feliz. Serina pensou naquela palavra.

— Sim, é um grande alívio.

Quando chegaram ao complexo dos guardas, o cheiro estagnado do salão úmido a fez torcer o nariz. Val a conduziu por uma escadaria até uma porta de aço pesada que não precisava de chave, embora as celas com grades no longo corredor estivessem trancadas. Serina fechou a mão ao redor das chaves frias outra vez. No meio do corredor, duas mulheres se encaravam, sentadas no chão.

Vozes raivosas as cercavam.

Uma das garotas se ergueu. Gia, do bando da caverna. Suas bochechas marrons estavam coradas e o cabelo curto espichado estava descolorido pelo sol.

— É hora da troca de turno? — ela perguntou, ansiosa.

Quando Serina se aproximou, as vozes dos guardas ficaram mais claras.

— Vou te estrangular.

— Vou te fazer implorar pra viver.

— Você nem imagina o que vou fazer. Abra essa porta que eu te mostro.

E pior.

A impaciência de Gia fazia sentido.

Quando Serina se aproximou das mulheres, um dos guardas estendeu o braço, agarrou a trança dela e deu um puxão violento. Sua cabeça bateu com força contra as grades de aço da cela.

O pânico explodiu em seu peito. Ela se debateu enquanto o guarda forçava sua orelha contra o metal frio.

— Diego, *pare*! — Val berrou, enfiando a mão pelas grades e agarrando o pescoço do guarda. — Solte.

Diego deu uma risada desafiadora, sem diminuir a força do aperto.

Serina cravou as unhas na mão dele, apoiou o pé machucado na grade da cela e empurrou. Com um uivo felino, Diego a soltou.

Ela recuou até trombar com Gia. As duas caíram no chão duro, batendo cotovelos e quadris. Só então Serina ouviu a algazarra: os outros guardas estavam torcendo por Diego.

Val apertou com mais força, até que Diego começou a se debater e seu rosto foi ficando roxo. Quando seus olhos estavam começando a revirar, Val o soltou.

Diego caiu contra as grades, engasgando. Seu rosto corado exibia uma tonalidade arroxeada que contrastava com sua careca. Ele tinha cerca de quarenta anos e músculos feitos para a violência.

— Vamos, Val — gritou outro guarda. — Deixe a gente sair. Prometo que te damos uma chance antes de te matar, seu traidor.

Val estava ruborizado. Seus olhos cuspiam fogo. Ele precisou de alguns momentos para se controlar antes de responder:

— Você tem sorte de ainda estar vivo, Carlo.

As pernas de Serina tremiam. Havia sete guardas presos. Exceto por um, todos balançavam os braços através das grades e a encaravam como cães raivosos.

Devagar, ela se separou de Gia e as duas levantaram, tomando cuidado para ficar fora do alcance de Diego. A outra garota que estava de vigia tinha fugido, e Serina não a culpava. Mandou Gia atrás dela, afirmando que estava bem quando a jovem ergueu uma sobrancelha.

Serina levou Val na direção oposta, rumo aos depósitos. Ele se movia devagar, provavelmente resistindo ao impulso de espancar Diego.

— Esse lugar é seguro? — ela perguntou em voz baixa. Sua cabeça ainda doía.

Val passou os dedos pelo cabelo, ainda corado de raiva.

— Deveria ser — ele respondeu. — Tiramos tudo o que poderiam usar como arma, e eles não podem sair das celas. Você tem todas as chaves. Eu me certifiquei de que não houvesse cópias.

— É melhor avisar a todas pra ficar longe das celas — disse Serina, estremecendo.

— Vou fazer isso. — Val acariciou o braço dela. — Você está bem?

— Só um pouco assustada. — Serina olhou para os homens, que ainda gritavam insultos. — Imagino que a gente tenha que alimentar esses homens. — Aquilo saiu um pouco como uma pergunta. Era uma pena desperdiçar as preciosas rações com homens que queriam matá-las.

— Se as rações estiverem acabando, eles serão os primeiros a passar fome — Val disse tranquilamente.

Serina o observou. A traição não parecia incomodá-lo; na verdade, ele parecia mais calmo e confortável do que nunca.

— Você queria que isso acontecesse? — ela perguntou em voz baixa. — Parece tão satisfeito com a rebelião.

Val parou diante de uma cela trancada que guardava o restante dos sacos de juta com rações. Tomou a mão dela gentilmente e entrou ali, para sair do campo de visão dos guardas.

— Sim — ele murmurou. — Eu queria uma rebelião. Odiava esse emprego e essa vida. Cada dia parecia um castigo por não ter chegado a tempo de salvar minha mãe. Cada dia era uma agonia que só aumentava enquanto via mais mulheres morrerem.

— E agora tudo isso acabou — Serina murmurou. — Ninguém mais vai morrer.

— Ninguém mais — ele concordou.

Ela se aproximou até sentir a respiração dele. A adrenalina percorreu seu corpo, mas os sinais agora eram diferentes. Serina colocou mão uma no ombro de Val, ignorando a pontada nas costelas feridas, e ele envolveu sua cintura.

O coração dela batia na garganta.

— Serina...

— Você disse que havia algo entre nós — ela falou com a voz embargada. — E eu disse que precisava de um tempo para considerar.

— É verdade — ele confirmou, os olhos escurecendo enquanto encarava a boca de Serina.

— E se eu dissesse que as coisas mudaram, agora que você não é mais um guarda e eu não sou mais uma prisioneira?

Val tocou sua bochecha ferida. Um toque leve que acendeu uma chama dentro dela. Mas não era a dor flamejante das últimas horas, e sim um fogo que ardia sem doer.

O primeiro beijo deles tinha sido impulsivo. Breve.

Fora iniciativa dela. Serina fez o mesmo agora, se inclinando até que seus lábios se tocassem.

A resposta de Val foi uma pressão suave e uma confirmação. Ele retribuiu o beijo devagar, com doçura, e a deixou estabelecer o ritmo.

A barriga de Serina se encheu de calor. Ela queria que aquele momento durasse para sempre, que bloqueasse todos os horrores da noite anterior, o sangue, a morte e a dor. Queria que apagasse as vozes duras dos guardas e a lembrança de Diego puxando seu cabelo.

E, por alguns segundos preciosos, Serina conseguiu esquecer.

Quando recuou, Val abriu os olhos. Sua expressão era doce e preguiçosa, como se tivesse acordado de um sonho.

— Fico contente por ter reconsiderado.

Ela lhe deu outro beijo rápido entre risos, percebendo que ele tinha razão. *Feliz*. Por mais implausível que fosse, Serina *estava* feliz, mesmo com a violência de Diego. Ela tinha Nomi e Val.

— Venha — ela disse, virando para a porta sem pegar um saco. — Os guardas podem ficar sem rações até amanhã. Não vão morrer, vão?

Val assentiu com segurança.

— Não mesmo.

Encorajada pelo beijo e ansiosa para rever Nomi, foi fácil ignorar os guardas enquanto voltavam pelo corredor. Os gritos de "Vou te matar" e "Você está morta, flor" tinham perdido o poder de amedrontá-la.

QUATRO

Nomi

— Não aguento mais — disse Maris, andando de um lado para o outro e encarando as mulheres deitadas no outro lado da enfermaria improvisada. Uma delas gemia sem parar.

Nomi apertou a mão flácida do herdeiro. Ele ainda estava pálido e imóvel.

— Tenho medo de deixar Malachi sozinho. E se... e se as outras não obedecerem Serina e tentarem algo?

— Sei que está preocupada, mas vamos só dar uma volta lá fora? — Maris passou as mãos pelo cabelo, desembaraçando os nós. — Só um pouquinho, pra sentir o ar fresco? Ficamos de olho nele. — Ela sempre tinha mantido sua agitação escondida, mas agora era como se quisesse escapar de seu corpo.

Nomi não queria deixá-lo, mas não aguentava ver Maris naquele estado. Ela se ergueu, mantendo os olhos fixos no peito do herdeiro, que subia e descia quase regularmente. Os gemidos e o cheiro de sangue também a incomodavam. Um pouco de ar faria bem às duas.

— Só um pouquinho.

Maris saiu na frente, quase correndo. Nomi manteve os olhos no quadrado dourado de luz e evitou encarar as mulheres que se remexiam nos catres, tentando cuidar de seus ferimentos.

Ela emergiu na luz do dia e sentiu o aroma de plumérias e fósforos, como se alguém tivesse apagado uma vela aromatizada. O cheiro de queimado devia vir do vulcão. Maris parou perto da fonte rachada, inclinou a cabeça para trás e inspirou fundo.

Nomi ficou mais perto da entrada, mas aproveitou o ar fresco e fragrante.

Outras mulheres passaram pelo pátio, guiadas por Anika. Nomi procurou Serina, mas não a viu. As outras eram todas desconhecidas — mulheres usando camisas rasgadas e sem manga, botas ou sandálias frágeis, e levando lanças ou facas improvisadas. Algumas apertavam frutas cítricas contra o peito. Uma mulher alta e robusta carregava uma carcaça de animal sobre o ombro.

De repente, um borrão azul atravessou as mulheres como uma flecha e uma garota se jogou contra Maris com tanta força que as duas caíram no chão.

Nomi ergueu os braços para se proteger do massacre iminente — uma reação covarde.

Maris deu um grito.

— Helena!

Nomi abaixou os braços.

Helena? A garota por quem Maris era apaixonada?

As mãos bronzeadas de Helena seguravam o rosto de Maris enquanto beijava suas bochechas, sua testa, sua boca. As duas se derreteram uma contra a outra, seus corpos entrelaçados como vinhas no chão empoeirado.

Nomi corou e desviou o olhar para a mulher de mármore desgastada na fonte, dando um pouco de privacidade às garotas. Maris tinha contado sobre seu plano de levar Helena ao palazzo como sua aia para que pudessem ficar juntas. Mas seu pai tinha descoberto e a enviara sozinha. A garota não sabia o que tinha acontecido com Helena e imaginava que nunca ia revê-la.

O peito de Nomi se encheu com uma alegria inesperada. Contra todas as expectativas, as duas tinham se encontrado.

E não era o único milagre: Serina estava livre e Malachi ainda respirava.

Por enquanto.

Ela olhou para a entrada da enfermaria, mas não queria voltar ao salão escuro com cheiro de sangue.

Maris e Helena finalmente se soltaram, coradas e sorrindo.

Nomi nunca vira a garota tão feliz, com um sorriso brilhante que atingia os olhos. Parecia outra pessoa — ou a mesma pessoa, mas purificada.

Ela percebeu que Asa nunca a fizera sorrir daquele jeito, e o pensamento lhe trouxe algum conforto. Tinha gostado dele, confiado nele quando não devia, mas não o tinha *amado*. Não como Maris amava Helena. Aquilo tornava mais fácil odiá-lo.

— Não sabia que você estava aqui — Maris disse a Helena, ainda sem fôlego. Ela se ergueu e limpou o vestido empoeirado sem nunca tirar os olhos da outra. — Achei que estaria casada, que seus pais...

— Não importa — Helena interrompeu, prendendo uma mecha de cabelo atrás da orelha de Maris. O dela mesma era espesso e cor de areia. — Não acredito que está aqui! Achei que nunca mais te veria. — Ela tocou o rosto de Maris como se quisesse se certificar que não era um sonho.

— Meu pai te denunciou, não foi? — Maris perguntou com a voz dura. — Mesmo depois que eu fiz tudo o que ele exigiu?

Helena deu de ombros.

— Não sei quem me denunciou. Foram me buscar no meio da noite, e meu próprio pai não tentou impedir.

Maris enterrou o rosto no ombro de Helena e elas se envolveram num abraço.

O coração de Nomi se apertou. O próprio pai tinha deixado que a levassem?

Ela não queria pensar no que sua família teria feito se soubesse que sabia ler e escrever.

Serina apareceu no topo da trilha e se apressou quando viu a comoção.

— Está tudo bem? — perguntou a Nomi, olhando para Maris e Helena ainda nos braços uma da outra.

— Sim — a outra respondeu, sorrindo. — Foi só um reencontro.

Serina relaxou.

— E Malachi?

— Ainda dormindo — Nomi respondeu. — Pode ver se podemos fazer mais alguma coisa?

— Claro — Serina respondeu.

As duas voltaram à enfermaria, deixando Maris e Helena ao sol.

Nomi estava no centro de um salão de baile. Luzes cintilavam. Cores passavam num borrão. Ela era o único ponto imóvel na sala, enquanto os dançarinos giravam ao seu redor. Com inquietude crescente, notou que não usavam as máscaras brilhantes do baile, e sim máscaras pretas e pesadas com fendas para os olhos. Máscaras de carrascos.

Seu vestido era da cor do sangue velho, pesado e aprisionador. Ela tentou se mexer, mas não conseguiu.

Prendeu o fôlego.

À sua frente, o superior estava sentado em um estrado elevado. Diferente dos convidados, não usava uma máscara. Seu rosto fino e doentio estava voltado para a frente — diretamente para ela.

Três pessoas sentavam ao seu lado.

Malachi.

Renzo.

Serina.

Usavam roupas pretas e não tinham máscaras. Seus olhos estavam vazios e mortos.

Nomi ofegou, se debatendo contra o vestido sem conseguir se mexer.

Os dançarinos não diminuíram o ritmo. Giravam ao redor dela sem notá-la, com as máscaras pretas voltadas para o parceiro, inexpressivas e macabras.

Através da multidão, uma figura se movia com propósito. *Ele* notou as pessoas no estrado. *Ele* percebeu que ela estava ali. Quando chegou ao superior, Asa se virou e encontrou o olhar desesperado de Nomi. Então parou diante do pai, puxou uma adaga e cortou a garganta dele.

Ela tentou gritar, mas não saiu nenhum som. Os músicos continuaram tocando. Os dançarinos continuaram dançando.

Asa se moveu pela fileira. Sua expressão tranquila não mudou e seus olhos não desviaram dela.

Nomi sentiu a pressão de um soluço crescendo no peito, mas não conseguia libertá-lo. Não conseguia se mover, gritar ou salvá-los.

Asa calmamente cortou a garganta de Malachi.

O sangue do superior e de seu filho escorreu pela pista de dança, fluindo como um rio e manchando os sapatos delicados e as botas de couro dos dançarinos, ondulando em direção ao vestido vermelho de Nomi e seus pés sujos e descalços.

Seu coração batia freneticamente; seus músculos se contraíram. Asa sorriu.

Sua adaga cortou a pele morena de Renzo, fazendo sangue escorrer. Nomi se lançou inutilmente para a frente, debatendo-se em vão e gritando sem voz enquanto sua alma explodia em angústia.

Asa levou a faca à garganta macia de Serina, e Nomi foi tomada pela raiva.

De algum modo, conseguiu dar um grito.

O som ecoou pelo salão, quebrado e desesperado.

Mãos a sacudiram.

A escuridão engoliu o sorriso brilhante de Asa.

— Nomi! Acorde!

Ela sentou bruscamente, tentando puxar o ar. Seus braços estavam estendidos como se lutassem contra amarras.

— Está tudo bem, você está segura.

Nomi abriu os olhos e viu Serina, seu rosto iluminado pela luz dos lampiões. Aos poucos, o salão de baile destruído e tomado pela lava negra desvaneceu ao seu redor.

Serina segurava seus ombros. Val estava atrás dela, com uma expressão assombrada. Malachi dormia a poucos passos.

— Você estava gritando — Serina murmurou.

O olhar de Nomi pousou no rosto emaciado do herdeiro.

— Ele não acordou — ela sussurrou.

— Não se preocupe. — Eram as palavras reconfortantes de uma irmã mais velha, um gesto de amor, não uma garantia de que ela não tinha motivo para se preocupar.

— Eu vi Asa — Nomi balbuciou, esfregando o rosto. — No meu sonho.

— Foi um pesadelo — Serina corrigiu. — Só isso.

A garganta dela doía como se tivesse gritado por horas. No outro extremo do salão, figuras se remexiam e suspiravam nos catres. Algumas das mulheres feridas a observavam.

— Sinto muito, não quis acordar ninguém.

O choque finalmente a alcançou, e ela sentiu os olhos ardendo e um nó se formando na garganta.

Serina a puxou pelo braço gentilmente.

— Venha, vamos tomar um ar. Val pode ficar de olho em Malachi.

Nomi levantou e a seguiu devagar. Antes que ela e Maris deitassem no canto da enfermaria, Serina tinha lhes dado uma camisa e uma calça puída a cada uma para que pudessem tirar os vestidos sujos. Nomi estava feliz por se movimentar com facilidade, mas não conseguia esquecer o peso do vestido no sonho e o modo como a paralisara.

Maris tinha ido para o quarto de Helena no hotel; Nomi se perguntou se ela estava dormindo bem ou se enfrentava seus próprios pesadelos.

Serina a conduziu através da escuridão iluminada pelo luar até a borda de um penhasco, onde o vento soprava o cabelo delas e as ondas marcavam o ritmo. Serina sentou e ficou balançando as pernas. Nomi não se sentia tão corajosa.

Ela se acomodou ao lado, inclinando-se contra a irmã. Serina jogou um braço sobre seu ombro.

— Também tive dificuldade para dormir na minha primeira noite aqui — ela disse. — Estava com tanto medo...

Serina contou sobre a luta chocante daquela noite, sobre a lava e o modo como a rocha parecia esmagá-la.

— Te imaginei numa cela — Nomi admitiu, mexendo com uma pedrinha e arranhando a ponta dos dedos em suas bordas ásperas. — Você estava presa e com raiva de mim, mas relativamente segura. Eu não... eu não imaginava que estava lutando por sua vida. Me sentia tão culpada, mas *isso*... Serina, eu...

A irmã a puxou para mais perto, fazendo seu corpo rígido relaxar.

— Nenhuma de nós conhecia o perigo de possuir um livro — Serina disse delicadamente. — E, se você soubesse, teria feito diferença? *Você* seria diferente?

Nomi se escondeu no ombro da irmã, envergonhada.

— Não sei.

Acho que não.

Ela deu um suspiro profundo.

— Mas, se soubesse que você pagaria pelo meu crime, eu jamais teria pego aquele livro. Jamais teria tocado em *nenhum* livro. Eu juro, queria contar a verdade e dizer que era meu. Mas Ines disse que não faria diferença e que você teria sido punida por mentir. — A voz de Nomi saiu trêmula. — Fiz planos com Asa pra tirar você daqui.

— Acho que é hora de você me contar o que aconteceu — Serina disse, sem se afastar nem endurecer a voz. Nomi ainda não entendia como a irmã não a odiava.

Seu estômago se revirou. Ela não sabia por onde começar.

— Aconteceu tanta coisa... Asa e Malachi... Malachi me deu um livro, mas achei que tinha sido Asa. Malachi suspeitava que eu sabia ler e queria confirmar. Me provocou com um livro sobre a história verdadeira de Viridia e...

— Espere — Serina interrompeu. — Uma coisa de cada vez, Nomi. O que a história de Viridia tem a ver com tudo isso?

O lábio de Nomi se curvou num sorriso triste.

— Mais do que você imagina. Já tivemos *rainhas* em Viridia. A primeira veio de Azura. Era uma guerreira que seduziu e envenenou um cardeal corrupto que estava no poder. Então ela e as filhas governaram por duas gerações antes que seus conselheiros as traíssem e as apagassem da história.

Serina balançou a cabeça.

— É claro que elas foram apagadas. Eles nos apagam diariamente. Mas não entendo como isso está relacionado à sua chegada aqui.

— Pensei que Asa tivesse me dado o livro porque queria que

eu fosse sua rainha, como aquelas mulheres. Pensei que eu teria o poder de te tirar daqui. — Ela respirou fundo. — Mas era tudo mentira, ele nunca considerou te libertar. Não queria uma rainha, não pretendia dar direitos às mulheres. Só que quando me dei conta disso, já era tarde demais.

Com o coração apertado de culpa e arrependimento, Nomi contou a Serina sobre como tinha escrito a Renzo e pedido que ajudasse, então mudara de ideia no último segundo e implorara que fugisse.

— Não sei aonde ele foi nem se conseguiu escapar — ela disse, apertando a pedra dura até machucar os dedos. — Usei o endereço de Luca para a carta, mas Asa conheceu Renzo. Ele pode ter dito seu nome de verdade, onde mora, não sei.

— Você envolveu Renzo nisso? — A voz de Serina ficou mais alta que as ondas que batiam no penhasco. — Pediu a ele que *matasse o superior?*

— Não!

Nomi explicou qual era a trama: Renzo só devia fingir um ataque para lançar a suspeita sobre Malachi.

— Ele queria ajudar. Estávamos tentando salvar você.

O rosto de Serina se encheu de horror.

— E agora Asa está atrás dele.

Lágrimas escorriam pelo rosto de Nomi.

— Preciso encontrar Renzo. Tenho que ajudar nosso irmão.

A cabeça de Serina pendeu sobre as mãos, como se ela não tivesse forças para mantê-la erguida.

— Sim, precisa.

— Sinto muito — Nomi sussurrou. Uma ideia terrível surgiu em sua mente: e se Asa já tivesse matado Renzo? Ela se odiava profundamente. Sua falta de juízo tinha colocado os dois irmãos em perigo. — Sinto muito por tudo isso. É tudo minha culpa.

CINCO

Serina

Renzo está em perigo. A família dela inteira estava em perigo.

Serina sentiu uma raiva familiar aflorar dentro de si. Tinha as mesmas palavras que havia dito tantas vezes a Nomi na ponta da língua: *Como pôde fazer isso?*

Mas não as disse. Como podia repreendê-la se a irmã estivera lutando para salvá-la? E a quem mais Nomi podia ter recorrido? Claro que Renzo ia querer ajudar, era um rebelde como a irmã.

E como eu.

— Nada disso é sua culpa — Serina disse com convicção, já não sentindo raiva de Nomi. — É culpa de *Viridia*. Condenar mulheres à morte por ler e por querer tomar suas próprias decisões... Esse país é doente, Nomi. Podre até os ossos.

A irmã olhou para ela, brilhando sob o luar.

— Mas se eu não tivesse roubado aquele livro...

— Você não deveria ter tido que *roubar*. Deveria ser livre para ler.

— Serina... — Nomi balbuciou, obviamente chocada.

Era verdade que ela nem sempre tinha apoiado o segredo da irmã, mas agora compreendia. Serina pigarreou.

— O importante é descobrir o que fazer sobre Renzo.

— E nossos pais — Nomi acrescentou. — Enquanto Asa estiver no poder, eles estão em perigo.

A mente de Serina girava. O que podiam fazer?

— O plano é esperar pelo próximo barco de prisioneiras, subjugar os guardas e fugir para Azura — ela explicou. — Quando as mulheres estivessem a salvo, Val e eu íamos levar o barco dele até Bellaqua para te encontrar. Podemos encontrar Renzo e nossos pais e levar todos a Azura. Devemos estar a salvo lá.

Nomi cutucou um buraco na calça.

— Quando o barco chega?

— Daqui a uma ou duas semanas. — Ela imaginou Renzo tentando evadir os soldados do superior. Não conseguiu manter as mãos paradas.

— É tempo demais — Nomi retrucou, enrijecendo. — Asa está atrás dele. Vai matar Renzo se o encontrar. Precisamos ir *agora*.

— E como vamos encontrar Renzo?

Nomi se remexeu.

— Não sei. Ele não vai voltar pra casa. Podemos... Não sei como vamos achar nosso irmão, mas precisamos fazer isso antes de Asa.

Serina queria desesperadamente ajudar Renzo, mas tinha feito uma promessa àquelas mulheres. E a si mesma.

— Precisamos pensar — ela disse. Odiava protelar daquele jeito, mas era verdade, elas precisavam de um plano. — E precisamos esperar Malachi acordar. Asa acha que ele está morto, o que nos dá uma vantagem. Precisamos garantir que ele vai sobreviver antes de voltar a Bellaqua.

Nomi suspirou.

Serina encarou a escuridão infinita do oceano, o brilho constante das estrelas e as luzes distantes de Bellaqua. Apontou para a cidade.

— Está vendo as luzes? Eu sempre vinha aqui e ficava tentando imaginar o que você estava fazendo. Se estava feliz ou assustada.

— Ela se virou para o perfil da irmã no escuro. — Sinto muito por não ter entendido por que aquele mundo seria tão terrível pra você. Mas agora entendo.

— Foi como eu esperava, mas diferente também — disse Nomi. — Malachi... Eu não percebi no começo, mas ele é diferente. Você tem razão, não posso ir embora até saber que ele vai ficar bem.

Serina lembrou da intensidade no rosto da irmã ao implorar pela vida dele.

— Por que está tão determinada a proteger Malachi? Vocês... quer dizer, você gosta dele?

Nomi demorou para responder. Um brilho no horizonte antecipava a aurora, mas a luz não era suficiente para revelar sua expressão.

— Não é uma simples questão de gostar — ela disse por fim. — Tenho uma dívida com ele. Julguei Malachi mal desde o momento em que o conheci e destruí sua vida. Ele não merecia isso. — Ela prendeu o cabelo bagunçado pelo vento. — Duas noites atrás, no baile de aniversário dele, ele disse que não ia me obrigar a ser sua graça. Que tinha sido injusto escolher uma pessoa contra sua vontade.

Serina ergueu as sobrancelhas.

— Sério?

Nomi assentiu.

— Foi por isso que tentei cancelar o plano para incriminar Malachi, mas era tarde demais. Asa decidiu agir sozinho. — A voz dela falhou.

Era impossível não perceber a infelicidade na voz da irmã.

— Ele... deve gostar de você, para deixar que fosse embora. — O rosto de Nomi desmoronou e Serina finalmente entendeu. — Mas você gostava de Asa.

A voz da outra soou dura.

— Achei que gostava. Confiava nele, e Asa tirou proveito disso. Usou o carinho que eu tinha por ele e o amor que tenho por você para seus próprios fins. Matou o pai e tentou matar o irmão. Me despachou para a prisão... Mas, antes de tudo, me beijou e disse que queria que eu fosse sua rainha, e eu acreditei.

Serina abraçou a irmã, com o coração apertado. Ficou em silêncio enquanto Nomi chorava, como faziam quando eram crianças. Sentia emoções conflitantes: odiava ver a irmã sofrer, mas estava grata pela chance de confortá-la. Pouco tempo antes, tivera certeza de que nunca faria aquilo de novo.

— Asa vai pagar pelo que fez — ela disse depois de um tempo. — Tenho certeza.

Nomi enxugou o rosto na camisa.

— Espero que sim.

Elas se enroscaram nos braços uma da outra e ficaram ouvindo as ondas, deixando o vento balançar seus cabelos até a manhã as encontrar.

Um grito despertou Serina de um cochilo inquieto. Ela endireitou as costas doloridas, sentindo a costela quebrada latejar. Só tinha dormido algumas horas na enfermaria antes de Nomi acordar com o pesadelo. Todas as dores no corpo indicavam que não tinha sido suficiente.

Mas o rosto suave da irmã contra seu ombro valia a dor.

As duas viraram para Val, que corria na direção delas.

Nomi levantou desajeitada; Serina precisou de alguns momentos para convencer seu corpo dolorido a se mexer.

Val parou diante delas, seu peito subindo e descendo depressa sob a camisa cinza. Devia ter corrido o caminho todo.

— Imaginei que estivessem aqui — ele disse como cumprimento.

— O que houve? — Serina perguntou, sentindo o medo crescer em seu peito. O cabelo de Val estava bagunçado e seus olhos azuis pareciam alertas, mas a boca e a testa não estavam franzidas em preocupação.

— Malachi acordou — ele anunciou simplesmente, olhando para Nomi. — Pensei que gostaria de saber o quanto antes.

Ela arregalou os olhos.

— Ah, obrigada! — Nomi tentou erguer as saias instintivamente, então percebeu o que estava fazendo e saiu correndo pela trilha.

Serina seguiu com Val ao seu lado. A mão dele roçou a dela e, inspirando fundo para tomar coragem, Serina entrelaçou seus dedos nos dele. Val apertou a mão dela sem hesitação e sorriu.

Eles seguiram assim até o hotel Tormento.

Quando entraram na enfermaria, alguns passos atrás de Nomi, ela teve que parar para que seus olhos se ajustassem à escuridão. O cheiro de sangue era pungente e nauseante, então vieram os sons: um choro baixo, um gemido dolorido e vozes sussurrando.

No outro lado do salão, Malachi estava sentado contra a parede, encarando o nada.

Nomi olhou ansiosa para Serina antes de se aproximar. Ela e Val seguiam mais devagar, mas estavam perto o bastante para ouvir Nomi chamar o herdeiro.

Ele ergueu os olhos para ela. Serina estudou seu rosto bonito, as maçãs do rosto e a mandíbula proeminentes, a barba por fazer e os lábios carnudos. Tentou ver se os olhos se suavizavam ou se ele esboçava um sorriso ao ver Nomi. Certamente devia sentir afeto pela irmã se a tinha libertado de sua posição. Mas Malachi permaneceu inexpressivo.

— Nomi — ele disse, seco. Um fio de gelo desceu pela coluna dela.

— Estou tão feliz que tenha acordado. — Nomi se ajoelhou ao lado dele. Serina odiou o modo como ela abaixou a cabeça e sua voz estremeceu. — Sinto muito, por tudo. Não percebi que... sinto muito.

O herdeiro umedeceu os lábios rachados.

— Nomi — ele repetiu, e Serina percebeu a raiva se insinuar em sua voz. Ele não se importava com o arrependimento da irmã. — Como pôde fazer isso?

Os ombros de Nomi tremeram e Serina deu um passo à frente, querendo confortá-la — ou dizer algo rude ao herdeiro —, mas a mão de Val tomou a dela.

— Dê um momento a eles — Val sussurrou. Relutante, Serina assentiu. Só podia imaginar a culpa que Nomi carregava.

O olhar de Malachi permaneceu fixo em Nomi enquanto ela contava tudo: a trama, como tinha envolvido Renzo, como usara o endereço do irmão para enviar uma mensagem, como percebera que Asa estava mentindo e mandara Renzo fugir. A expressão pétrea de Malachi não se alterou. Ele não reconheceu a presença de Serina e Val logo atrás nem perguntou quem eram.

— Sinto muito — Nomi repetiu, a voz vibrando de emoção. — Eu só queria ajudar Serina e as mulheres de Viridia. Não devia ter confiado em Asa. Não sabia...

— Você devia ter confiado em mim — Malachi interrompeu, com a voz afiada como um chicote. — Se tivesse falado comigo e dito que queria salvar sua irmã...

Nomi soltou um ruído de escárnio e ergueu a cabeça.

— É claro que queria salvar minha irmã — ela respondeu com firmeza. — Eu não tive que contar isso a Asa, ele já sabia. Foi ele quem falou comigo sobre ela, não o contrário.

— Ele estava te usando — Malachi disparou.

— Sim, mas como eu podia confiar em você? Asa me disse que você era volátil e cruel. Ele se aproveitou dos meus próprios preconceitos. Você me escolheu como graça sem considerar minha vontade, lembra? E nunca disse nada sobre Serina. Como eu podia sugerir que a libertasse?

Malachi franziu o cenho, mas, para a surpresa de Serina, não retrucou.

Nomi olhou para ela por cima do ombro, mas as palavras eram dirigidas ao herdeiro.

— Você sabia que os guardas daqui forçavam as mulheres a se matar por comida? *A se matar*, Malachi.

Os olhos dele se arregalaram. Serina achava que o choque era genuíno, mas não tinha certeza.

— Elas resistiram — Nomi continuou, ainda olhando para a irmã com orgulho. Depois de um momento, virou-se para o herdeiro. — Não queriam continuar se matando. Minha irmã foi enviada aqui para morrer porque sabia ler. E você não fez nada.

— Eu não sabia. Se soubesse...

Serina não conseguiu mais segurar a língua.

— Você sabia — disparou, aproximando-se dele. — Talvez não sobre as lutas, mas sabia que as mulheres nunca voltavam desse lugar. — Ela apoiou a mão no ombro de Nomi. — Você sabia que eu morreria aqui, de um jeito ou de outro. E por quê? *Por ler?* Algumas mulheres daqui não fizeram nada além de desagradar aos pais. *E você sabia.* Seu irmão pode ser o monstro, Malachi, mas você ainda é parte do problema.

Os olhos dele faiscaram. Por um segundo, Serina estava de volta à biblioteca do palazzo, e o superior destruía sua máscara de serenidade com um olhar penetrante. Ela soubera que sua sentença estava a caminho. Mas então lembrou que ali, em Monte Ruína, era *ela* quem detinha o poder. Era o futuro de Malachi que estava na balança dessa vez.

— Tudo bem — o herdeiro disse, com a expressão dura como aço. — Então me ajudem a ser a solução. Me ajudem a retomar Viridia. Me ajudem a *resistir*.

Serina soltou o ar.

SEIS

Nomi

Era a última coisa que Nomi esperava ouvir de Malachi. Por um momento, não conseguiu falar.

Ele tentou mudar de posição — levantar ou endireitar a coluna. Estremeceu, apertando o estômago. Seu rosto, que tinha recuperado um pouco o vigor, ainda estava emaciado, com olheiras escuras e faces escavadas.

Serina se ajoelhou ao lado da irmã e se inclinou para verificar os curativos.

— Ele está com febre? — Nomi encostou uma mão hesitante na testa de Malachi. Estava um pouco úmida, mas não muito quente.

Ele se afastou.

— Não estou doente — rosnou. — Estou furioso. Perdi meu pai e meu trono. Quero meu país de volta. Com suas forças...

— *Forças?* — Serina deu uma risada cruel. — Não somos um exército. E, mesmo se fôssemos, não seríamos *seu* exército.

Nomi esfregou as coxas. Malachi estava ali por sua causa, e ela sabia como Asa era perigoso. E havia Renzo... Se Malachi recuperasse o trono, o irmão não teria que fugir. Mas só se...

— Serina — ela começou. — Talvez...

— Não. — Serina se ergueu e olhou firme para os dois. — Não vou ver mulheres morrerem por um país que quer destruí-las. Que já as destruiu.

— Então não faça isso. — Nomi levantou também, seu peito se enchendo de um desejo e uma esperança que nem Asa tinha conseguido aniquilar completamente. — Não lute pelo mundo antigo, mas por um novo.

Ela olhou para as feições afiadas, a pele pálida e os lábios carnudos de Malachi. Ele lhe lançou um olhar de alerta, mas Nomi não se importou.

— O herdeiro fará concessões — ela disse, sem reconhecer a própria voz. Parecia com a de Serina: firme e confiante. — Se quer nossa ajuda, vai *mudar* as leis quando vencermos.

Malachi não hesitou.

— Quais leis?

O coração dela disparou, roubando todo o ar.

— Uma mulher que lê não merece a pena de morte.

— Concordo, nem qualquer outra punição — ele disse. — Vou banir todas as leis que impeçam as mulheres de estudar.

Serina ofegou de surpresa, mas Nomi não desviou os olhos de Malachi. O momento era frágil, como uma camada de gelo sobre um balde d'água. Um respiro, um pequeno movimento, e tudo podia rachar.

Ela respirou fundo.

— Nenhuma mulher será vendida como gado pelo pai — Nomi continuou. — Os casamentos arranjados e o trabalho forçado vão acabar. E só será graça quem quiser por livre e espontânea vontade. Ninguém vai forçá-las. — Ela não se moveu, sequer respirava. Ele com certeza sabia que o custo seria alto.

Malachi abaixou os olhos só por um segundo, mas foi o bastante para algo nela quebrar.

— Isso vai levar tempo — ele disse. — É mais do que mudar as leis. Nossa sociedade inteira é baseada em…

— Um ano — Serina interrompeu. — Então as mulheres terão

um lugar à mesa. Você terá conselheiras: eu, minha irmã e quem mais entre nós quiser ter voz. — Ela se virou para Nomi. — Se o herdeiro não nos escutar ou nos trair, vamos lidar com ele como lidamos com o comandante Ricci e assolar o país.

Nomi sentiu um arrepio na espinha ao ouvir a promessa e a convicção na voz da irmã. E o alerta: Serina esperava que ela escolhesse um lado.

Ela assentiu. Estava ao lado da irmã, da família, em primeiro lugar. Sempre.

— Renzo está correndo perigo — ela acrescentou, tentando manter a voz firme. — Asa está atrás dele porque sabe a verdade sobre o que aconteceu na noite do baile. Jure que nosso irmão ficará a salvo do seu. E de você.

Houve um silêncio longo e doloroso. Nomi conseguia ouvir sua respiração acelerada e os grunhidos de uma mulher do outro lado do salão. Não conseguia encarar Malachi. Atrás de Serina, Val estava inquieto, mas mantinha silêncio.

— Concordo com suas condições — Malachi disse finalmente, com a voz um pouco engasgada.

Só então Nomi percebeu que estava apertando os punhos como se esperasse uma briga. Com dificuldade, se forçou a abrir as mãos.

— Confia na palavra dele? — Serina perguntou.

O sorriso de Asa passou pela cabeça de Nomi. A irmã não sabia como era difícil responder àquela pergunta. Ela examinou o rosto de Malachi e tentou afastar a lembrança do irmão dele, mas não era só Asa que a assombrava. Nomi não sabia se confiava em *algum* homem. Era pedir demais.

— Confio nas intenções dele. — Era o máximo que ela podia oferecer.

— Pode confiar em *mim* — Malachi insistiu, surpreendendo-a com a veemência em sua voz.

Ele estendeu a mão. Depois de hesitar um segundo, Nomi a apertou, reprimindo uma exclamação quando sua grande palma tocou a dela. Seu aperto foi mais forte do que ela esperava de um homem se recuperando de uma tentativa de assassinato.

Então Malachi apertou a mão de Serina também.

— Vou colocar tudo por escrito — Nomi disse de repente, sentindo que tornaria aquilo mais oficial. Como se palavras escritas por sua própria mão pudessem silenciar seu medo de ser traída.

— Tem papel e tinta na sala do comandante — disse Val, falando pela primeira vez desde que haviam entrado na enfermaria. Nomi quase tinha esquecido que ele estava ali e ficou surpresa por não ter se metido nas negociações.

— Vamos pegar e Nomi vai escrever o acordo — disse Serina.
— Então as mulheres de Monte Ruína vão decidir.

— Como assim? — perguntou Malachi, franzindo o cenho.
— Achei que a decisão estava tomada.

Serina ergueu o queixo.

— Não sou o comandante Ricci. Não vou obrigar as mulheres a lutar. Não estamos falando só do seu futuro. Vou fazer a proposta e todas vão votar.

Malachi tensionou a mandíbula.

— Certo.

Não era como se ele pudesse discutir; Serina tinha o poder ali. Nomi se preocupava com o que viria depois — se elas vencessem.

A irmã apertou seu ombro outra vez.

— Vou pegar algo pra você comer.

Depois de um olhar pensativo para ela, Serina seguiu para o retângulo de luz do outro lado do salão, com Val atrás.

Nomi sentou ao lado de Malachi, mantendo certa distância, e se inclinou contra a parede. Sua mente ainda girava. Seria possível? Se as mulheres de Monte Ruína tomassem o palazzo e recuperassem o trono, Malachi realmente mudaria as leis? Como seria poder ler, escolher o próprio trabalho e o próprio marido? Escolher o próprio futuro?

E Renzo... Aquele plano contava com que ele se mantivesse escondido até que pudessem tomar o barco dos guardas e atacar o palazzo. Seria tempo demais?

Mas não importava. Mesmo se elas soubessem exatamente onde ele estava, como poderiam deixar a ilha em seu barquinho quando Malachi tinha prometido um novo mundo às mulheres de Viridia?

— Maldição — Malachi xingou, com mais cansaço que raiva. Ele se remexeu, desconfortável, interrompendo os pensamentos dela.

— Está com dor? — ela perguntou.

— É claro que estou com dor! — ele disparou.

Nomi fez menção de levantar, mas Malachi a parou com a mão.

— Sinto muito — disse com mais calma. — Não vá, por favor. Eu estou... frustrado com minha própria fraqueza.

— Seu corpo vai sarar — ela disse, tomada pela culpa outra vez. — Já está muito mais forte.

— Não são só os ferimentos — ele admitiu. — Eu não estava preparado para aquela conversa e suas exigências. Você tem talento para negociação.

— E minha irmã para ameaças — Nomi acrescentou.

O canto dos lábios dele se ergueu.

— É verdade. Monte Ruína a transformou.

— Como não transformaria? — Sua voz parecia indicar desaprovação, mas ela estava maravilhada. Serina tinha falado com Malachi como se fossem iguais. Melhor ainda, como se *ela* tivesse o poder. Como aquela mulher podia ter sido sua irmã doce e submissa?

Nomi nunca sentira tanto orgulho dela.

Eles ficaram em silêncio por um tempo, mas não demorou para que as questões explodissem de Nomi.

— Por que você me ofereceu liberdade no baile? — Ela não sabia o que pensar de Malachi. Em certos momentos ele era volátil, como Asa o tinha descrito. Em outros, parecia até atencioso. Não conseguia entendê-lo, o que a deixava ansiosa. Para o plano funcionar, precisava confiar nele e não sabia se era capaz daquilo. E ele provavelmente pensava o mesmo dela. Afinal, Nomi o tinha traído.

Malachi olhou para as mãos, ainda imóveis como mármore sobre o colo. Através da manga rasgada da camisa, ela podia ver o fim dos pontos no seu antebraço.

— Quanto mais tempo passávamos juntos, mais me incomodava pensar que a escolhi sem aviso ou consentimento. A situação ficou insustentável quando percebi que você não estava preparada para a vida como graça e eu a forçava a ficar.

— Então *por que* me escolheu? Foi um erro, na verdade você queria escolher Serina? — Ela se perguntava aquilo desde o começo, porque ele tinha parecido muito insatisfeito com ela. Quando Malachi não respondeu, Nomi emendou: — No palazzo, você disse que eu era desafiadora e diferente das outras, mas nunca disse por que achava isso atraente.

Ela olhou para ele. Para sua surpresa, seu rosto estava ruborizado. Malachi focou toda a atenção no chão entre eles e cutucou o mármore rachado, limpando a garganta.

— Bem. A verdade é que você não me atraiu desde o começo. Mas, hum, servia a um propósito.

— Um propósito? — Era um jeito insensível de falar sobre alguém.

— Lembra quando nos conhecemos no corredor? — Ela assentiu, e ele continuou: — Eu estava com raiva porque tinha acabado de sair de uma reunião com meu pai e seus magistrados. Tinha imaginado que *eu* ia escolher minhas graças e estava pronto para cumprir meu dever, mas então fui informado de que a escolha era dos magistrados. Eles fazem campanha pelas garotas de suas províncias. É uma honra pra eles e um jeito de conseguir favores. Se suas garotas são escolhidas, eles têm mais acesso ao superior, o que pode ser muito bom para seus interesses. Naquela noite, meu pai decretou que eu selecionaria as candidatas de Lanos, Ilha Dourada e Sola.

— Serina, Maris e Cassia — Nomi disse baixinho. Ela não fazia ideia de que os magistrados tinham tanto poder e de que o signor Pietro, representante de Lanos, poderia pressionar o superior a escolher sua irmã.

Malachi assentiu.

— Fiquei furioso. Eu pensava que era um tipo de dever sagrado ou algo assim... No mínimo, pensava que era a *minha* vida. Odiava ter que fazer o que mandavam.

A ironia a fez revirar os olhos, mas ele ainda encarava o chão.

— Quando conheci você, tive uma ideia súbita: pensei que poderia te escolher para irritar meu pai. Não interferiria com a política, já que você também é de Lanos, mas eu estaria tomando minha própria decisão. Só... não pensei no que você acharia disso.

Era a parte menos surpreendente de toda aquela história. É claro que ele não tinha considerado suas opiniões. Afinal, ela era uma mulher.

— Eu ficava me perguntando por que você havia escolhido duas garotas que obviamente não queriam estar lá — Nomi disse, lembrando sua raiva e a tristeza de Maris. — Asa e o superior disseram que era porque você queria nos quebrar. Acho... que ele gostava das mais rebeldes.

Malachi traçou a fileira de pontos no braço.

— E eu achei que estava sendo rebelde. Não queria te quebrar... não queria ter nada a ver com você, na verdade. Mas então sua irmã foi acusada de ler e fiquei curioso. Queria saber se você também lia, queria saber tudo sobre você. Não tentava me agradar como Cassia, nem era melancólica como Maris. E era... bem, era *minha*. A única garota que escolhi de verdade. E, mesmo pelos motivos errados, estava contente de ter escolhido você. Comecei a sentir... a me importar com...

— Mas você disse que eu podia ir embora — Nomi interrompeu, subitamente incomodada. — Me libertou da posição de graça.

Nomi não sabia o que pensar. Pensava que Malachi gostava dela, mas saber que ele só estava sendo rebelde do seu próprio jeito...

Se eu tivesse confiado nele, será que teria mesmo encontrado um jeito de ajudar Serina? Ela lembrou de todas as conversas que haviam tido e em como tinham sido influenciadas pelas coisas que Asa lhe contara.

Malachi finalmente ergueu os olhos, retorcendo a boca num sorriso triste.

— Eu te disse que podia ir, mas também pedi que ficasse. Eu queria você, Nomi. Esperava que me quisesses também.

Por um momento, ela ficou presa nos olhos dele como no corredor naquela primeira noite. Mas, dessa vez, raiva e medo não eram as emoções que faziam seu rosto corar.

Malachi voltou a encarar o mármore.

— Mas você queria meu irmão.

As palavras estavam na ponta da língua: *Não quero mais*. No entanto, Nomi não podia dizê-las. Não sabia se Malachi ainda gostava dela depois de tudo o que fizera, mas não ia arriscar o próprio coração. Ainda estava quebrado.

Ela ainda estava quebrada.

SETE

Serina

Serina sentou encostada nas grades de uma cela vazia, esticou as pernas e ignorou as ameaças de Diego.

— Você vai morrer aqui como todas as outras — ele cuspiu. Uma veia latejava do lado de sua cabeça.

— Vou te abrir no meio. — Carlo enfiou o rosto com pústulas por entre as grades e lhe lançou um olhar faminto.

— Vou te enterrar — rosnou Heitor. Era o maior dos guardas, tão grande quanto o comandante Ricci, com olhos próximos e dentes podres e quebrados.

Serina aprendera o nome de cinco dos sete guardas conforme uns encorajavam as ofensas dos outros. Um deles, no fim do corredor, mantinha-se calado, mas observava as garotas com um brilho no olhar. Ela sabia que não representava uma ameaça menor.

Nenhum deles implorou pela vida ou tentou apaziguá-las de algum modo. Não fingiam se sentir como Val nem admitiam qualquer arrependimento. Não se importavam por ter sido responsáveis pela morte de centenas de mulheres. Pelo contrário, deleitavam-se com aquilo.

Ao lado dela, Espelho cruzou os braços.

— Queria que calassem a boca — murmurou.

— É por isso que não calam — Serina respondeu.

Cada turno era mais cansativo que o anterior, mas parecia menos perigoso que deixar os homens sem supervisão. Val passava muito tempo ali, para dar uma folga às mulheres, mas Anika não confiava nele e sempre insistia em ir junto.

Dias haviam passado desde a chegada de Nomi. Serina tinha dado tempo às mulheres — e a Malachi — para sarar. Havia explicado as opções para todas — escapar para Azura ou tomar o trono — e o que cada uma implicaria. Malachi tinha explicado como podiam assumir o palazzo, descrevendo as passagens secretas que podiam usar para atravessar o canal e atacar de surpresa, além do número de guardas e soldados que teriam que enfrentar. Ele fazia a missão parecer factível.

Val começou a treinar as mulheres com as armas dos guardas e respondia a perguntas sobre Azura na medida do possível.

Nomi tinha explicado as promessas que Malachi fizera se o plano desse certo e ele se tornasse superior, então mostrara as páginas com os termos e a assinatura do herdeiro. Uma das garotas lhe pediu que fosse incluído que elas seriam anistiadas por seus crimes se voltassem a Viridia, e Malachi assinara novamente.

As mulheres só falavam daquilo: ir para Azura ou lutar em Bellaqua.

A votação seria naquele dia.

O barco de prisioneiras chegaria em uma semana, talvez menos, e era hora de se comprometer com um plano. Serina sentia o coração bater mais forte quando pensava na possibilidade. Era a melhor chance que tinham de proteger Renzo. Além disso, ela *queria* lutar — tinha jurado que tentaria mudar Viridia e queria cumprir a promessa.

Só esperava que as outras sentissem o mesmo.

Ela cutucou o braço de Espelho.

— Vamos, precisamos ir para o anfiteatro.

— Voltando aos velhos hábitos, hein? — Heitor perguntou

com um sorriso grosseiro e desdentado. — Não conseguem viver sem as lutas e o sangue.

Os outros guardas gargalharam.

— Consigo viver sem você perfeitamente bem — Serina resmungou.

Ninguém chegou para substituí-las — os guardas teriam que insultar uns aos outros por um tempo. Todas mereciam um voto.

— Nunca votei em nada na minha vida — Espelho disse como se lesse os pensamentos dela enquanto desciam a trilha.

— Nem eu — Serina respondeu. Em Viridia, as únicas eleições abertas eram para administradores de província, e só os homens votavam. Todos os outros cargos, como os magistrados e as graças, eram escolhidos pelo superior.

— Queria voltar para Viridia e ver minha irmã — disse Espelho. Ela tinha contado a Serina que a irmã era idêntica a ela, até nas sardas. Ganhara seu nome por causa daquilo. — Mas foi por causa dela que me mandaram pra cá. Eu fugi para morar com ela e seu novo marido, pensando que podia servir como criada ou algo assim, mas ele me denunciou porque meu pai não tinha me dado permissão para ir. As autoridades nem me mandaram para casa, vim direto pra cá. Se eu voltar agora, ele vai fazer de novo.

— Não vai — Serina respondeu. — O herdeiro vai pôr fim a tudo isso. Você vai poder escolher aonde ir e o que fazer.

— Vou votar por Azura — Espelho disse, endurecendo a voz. — Por que o herdeiro mudaria as leis? Quando conseguir o que quer, vai esquecer suas promessas.

— Não acredito nisso — Serina disse com firmeza. No fundo, ela tinha dúvidas, mas confiava em Nomi e nunca deixaria sua família para trás.

Quando elas chegaram no anfiteatro, a maioria das mulheres já estava reunida. Val esperava no palco com Malachi e Nomi.

Serina analisou a plateia enquanto ia até eles. As mulheres não estavam mais divididas por bandos. Penhasco e Âmbar sentavam juntas no banco que Serina e as outras novatas da caverna tinham ocupado, mas havia algumas garotas da praia com elas. Maris e Helena estavam lá também, e Helena era do bando da floresta. Todos a chamavam de Serpente. Até Serina tinha ouvido a história de como ela capturara e cozinhara uma cobra quando seu bando tinha passado semanas sem rações.

Val dissera que tanto Maris como Helena estavam indo bem com o treinamento com armas, e Serina se perguntara se elas imaginavam como alvos os homens que as tinham separado.

Quando chegou ao palco e se virou para o público, ela sentiu o coração disparar. Não pisava no anfiteatro desde a manhã da revolta.

Tudo parecia familiar demais, e as lembranças, os horrores, formaram um nó em sua garganta.

Serina enxugou as mãos suadas na calça. Obrigou-se a não se virar para a sacada dos guardas. Não havia homens treinando com revólveres e o comandante não estava se preparando para lançar uma caixa de aranhas ou tijolos. Aquele lugar era seguro agora.

Este lugar é nosso.

E Nomi estava com ela, além de Val e Malachi. Serina ergueu as mãos.

— Silêncio, por favor. — As vozes foram morrendo e todas se viraram para ela.

Val se aproximou e Serina tirou força do seu apoio enquanto falava com a plateia de quase cento e cinquenta mulheres.

— Sei que ainda estamos nos adaptando à nova realidade. Este lugar é nosso pela primeira vez, mas o próximo barco de prisioneiras vai chegar em poucos dias e, com ele, mais guardas e homens que querem nos fazer mal. Vamos tomar esse barco e defender nossa liberdade. — Ela olhou de relance para Malachi, que mantinha a cabeça erguida mesmo vestido num uniforme de guarda usado. — Essa noite, decidiremos o nosso próximo passo: procurar asilo em Azura ou voltar para Bellaqua.

Ela assentiu para Val, que repetiu o que sabia sobre Azura.

— Acredito que ficaremos a salvo lá — ele concluiu. — Mas teremos que abandonar nossos amigos e familiares em Viridia.

— A outra opção é resistir — Serina prosseguiu, dando um passo em direção à beira do palco e indicando Malachi. — Temos o superior de direito aqui. Como todas sabem, ele concordou em implementar mudanças em Viridia se o ajudarmos a atacar o palazzo. Vai dar mais direitos às mulheres e nos reunir com nossos familiares. Se o ajudarmos a retomar Viridia, podemos mudar o país para sempre. — Serina imaginou a batalha: guerreiras invadindo as praias douradas do palazzo, o rugido das armas ecoando por seus corredores delicados.

Asa cairia e as mulheres de Viridia triunfariam.

— Não podemos deixar Asa no governo — Nomi acrescentou com a voz trêmula. — Ele é ainda pior e mais caprichoso que o superior, e não vai hesitar em destruir todos que entrarem em seu caminho. Matou o próprio pai e tentou matar o irmão, mas o verdadeiro perigo é seu sorriso. Ele vai convencer os magistrados, os generais e a corte de que é gentil e caridoso, de que só quer o melhor para Viridia. — A voz dela endureceu. — Mas só se importa consigo mesmo. É um perigo para todos.

— Mas como podemos confiar *nele*? — Raposa gritou, apontando para Malachi. — O que o impede de nos usar para conseguir o que quer e depois comandar o país como o pai?

Malachi pigarreou.

— Vocês têm minha palavra, ao vivo e por escrito. Sei que pode ser difícil acreditar, mas também quero mudanças em Viridia.

Percebi como é cruel negar a vocês o direito de escolher seu próprio caminho. — Ele olhou para Nomi.

Serina tentou analisar a expressão que cruzou seu rosto.

— Lutar ou fugir — interveio Chama, perto do palco. — Só discutimos essas duas opções. Mas e se ficássemos aqui? Para algumas de nós, a ilha é um lar.

— Podemos tentar — Serina disse. Tinha ouvido comentários parecidos nos últimos dias. — Mas temos recursos limitados e só um guarda para preservar a ilusão de que a ilha funciona normalmente. Os barcos vão continuar vindo e vai ficar cada vez mais difícil não levantar suspeitas. Mesmo assim, é uma opção. Vamos acrescentar à votação.

— E se quisermos voltar para nossas famílias, sem lutar? — alguém gritou.

— E se nossas famílias nos denunciaram? — outra retrucou.

O ruído de vozes cresceu enquanto as mulheres discutiam.

Serina ergueu as mãos, mas Anika ergueu a voz antes que ela pudesse falar.

— Nenhuma solução é perfeita. Algumas de nós estão desesperadas para voltar para a família, outras querem se vingar dos homens que as mandaram para cá ou fugir. Mas não podemos fazer tudo. Não podemos dividir nosso foco. Independente do que fizermos, teremos que lidar com o barco de prisioneiras. E precisamos sobreviver aqui até que ele chegue. Se não encontrarmos um objetivo em comum, se não trabalharmos juntas, não vamos conseguir.

Serina observou a plateia. Algumas balançaram a cabeça, outras pareciam assustadas, mas todas estavam ouvindo Anika. Até Raposa.

— Viemos aqui para votar — Serina prosseguiu. — Vocês podem votar para ficar, ir a Azura ou lutar em Bellaqua. Anika tem razão, não podemos nos dividir. Só teremos um barco, então todas devemos aceitar a decisão da maioria.

Ela fez uma prece silenciosa.

— Quem quer ficar em Monte Ruína? — Nomi perguntou.

Serina contou as mãos: só algumas, a maioria era de mulheres mais velhas, que estavam ali havia mais tempo. Ela ficou surpresa ao ver Âmbar erguer a mão. Tinha imaginado que ia querer se vingar pela morte de Oráculo.

— Catorze — Serina anunciou.

— Quem quer ir a Azura? — Val perguntou.

Mais mãos levantaram. Maris e Helena. Raposa e a maior parte do bando da floresta. Havia muito mais votos do que Serina esperava, e ela levou um bom tempo para contar.

Seu estômago se revirou. Ela olhou para Nomi, que franzia o cenho e apertava as mãos. Malachi se mantinha inexpressivo.

— Oitenta e dois — Serina anunciou, sentindo o coração disparar. Precisou de um momento para controlar o nervosismo. — Quem quer lutar?

Era agora.

Para a surpresa dela, Espelho ergueu a mão — devia ter mudado de ideia. Penhasco e Anika também. Muitas votaram pela luta.

— Sessenta.

Mas não o suficiente.

Ela ficou paralisada com o choque e sentiu Nomi murchar ao seu lado. Seus próprios ombros queriam cair, mas ela se manteve rigidamente ereta. O propósito da votação era dar uma escolha àquelas mulheres.

— O voto foi claro. Vamos tomar o barco quando chegar e buscar asilo em Azura. — Ela tentou manter a voz firme enquanto suas esperanças para Renzo e um novo futuro para as mulheres de Viridia morriam.

OITO

Nomi

NOMI ANDOU DE UM LADO PARA O OUTRO NO PALCO, rangendo os dentes com tanta força que a mandíbula doía. Seu futuro e o de Renzo tinha virado pó. Por quatro dias, ela havia se permitido acreditar que era possível ter tudo o que queria — liberdade, a segurança do irmão e sua família de volta.

Não conseguia olhar para Malachi. Tudo o que ele queria e merecia também estava além do seu alcance.

O anfiteatro irrompeu em discussões.

— Estou cansada de lutar!

— Cansada? Eu estou com *raiva*. Aqueles malditos merecem nossa fúria!

— Não confio no herdeiro, ele vai quebrar suas promessas! Já conheceu um homem que mantivesse uma?

— Meu pai. Ele prometeu que me mandaria pra cá se eu me recusasse a trabalhar na fábrica, e aqui estou. Se não resistirmos, nada vai mudar.

— Não quero mudança, quero uma cama macia e comida fresca. Não me importo se nunca mais pisar em Viridia.

Era demais para Nomi.

Fora do palco, Anika batia o punho contra a perna.

— Isso é ridículo, temos que ir para Bellaqua. Vamos abandonar nosso país, nossa família? *Ridículo!*

— A votação foi justa — Serina disse suavemente, sua própria decepção clara em seu cenho franzido. — Temos que respeitar o resultado.

Nomi puxou a irmã de lado. Notou que Val e Malachi também conversavam, com as cabeças inclinadas.

— Não posso fazer nada, sinto muito — Serina disse. Nomi sabia que ela estava triste, mesmo que seu semblante estivesse impassível.

— E Renzo? — ela perguntou. — Não podemos ir para Azura e abandonar nosso irmão.

Seu estômago se revirou; ela não sabia se ia vomitar ou gritar. Tinha apoiado a votação, é claro. Queria dar uma escolha às mulheres. Mas tivera *certeza* de que elas escolheriam voltar para Viridia e impedir Asa.

Serina massageou as têmporas com círculos pequenos.

— Vamos ter que pegar o barco de Val, mas outras vão querer ir junto... Anika quer voltar para a família... Não sei como, mas teremos que ser discretas.

— Serina, você não pode ir embora — ela disse, apertando a barriga e tentando se acalmar. — Ainda não. É a líder dessas mulheres e elas confiam em você para chegar a Azura em segurança.

— Podemos ir todos para Azura e de lá partir atrás de Renzo. Levamos um grupo pequeno das que querem voltar, como Anika — Serina sugeriu.

Nomi balançou a cabeça com tristeza.

— Não, vai demorar demais. E você não pode abandonar essas mulheres.

Serina deu de ombros, derrotada.

— E você não pode ir sozinha no barco de Val.

— Não mesmo, porque eu também vou — Malachi interrompeu bruscamente, aproximando-se delas. Nomi olhou para ele chocada.

O herdeiro estava se recuperando bem dos ferimentos, mas não tinha condições de sair em uma missão sozinho. Seu rosto tinha perdido o vigor, e ele se movia rigidamente, como se todos os seus músculos doessem. Precisava descansar.

— Vou para Porto Rosa encontrar um regimento que seja leal a mim. Há um homem chamado Dante, meu amigo, que pode ajudar.

— O barco não é seu — Serina disparou. — Você não tem di...

— Serina, ele é o superior — Val disse gentilmente, aproximando-se delas. — Pode não encontrar apoio em Azura se vier com a gente, mas se houver tropas leais em Viridia, talvez consiga incitar uma rebelião. Não podemos lhe negar essa chance.

— Claro que podemos — Serina insistiu. — O barco é *seu* e você faz o que quiser com ele. Malachi não pode simplesmente chegar aqui *exigindo coisas* como todos os outros...

— Eu vou com ele — Nomi interrompeu, não se dando tempo para pensar. — Para encontrar Renzo e garantir que está bem.

Malachi negou imediatamente.

— De jeito nenhum. Pretendo começar uma guerra, Nomi.

— Você mal consegue andar — ela retrucou, fortalecendo a voz e a própria determinação. — Não pode conduzir um barco sozinho nesse estado. Vou ajudar você a chegar a Porto Rosa e, em troca, você vai me ajudar a salvar meu irmão. Prometa que vai proteger Renzo se der certo, como discutimos antes.

Ele pressionou os lábios.

— Não preciso de...

— De que, ajuda? — ela cortou, irritada. — Estava disposto a aceitar o auxílio das mulheres de Monte Ruína alguns segundos atrás. Talvez eu não seja útil na guerra, mas posso te ajudar a sobreviver até que ela comece.

— É perigoso, Nomi. — Algo na expressão dele mudou e suas sobrancelhas se uniram. — Perigoso demais.

— Essas coisas estão acontecendo porque *eu* errei — ela argumentou, se recusando a recuar. — A vida do meu irmão está em risco por minha causa. Sua situação também é culpa minha. Sou eu quem devo resolver essas injustiças, Malachi. Tem que me deixar ir com você.

Ele a olhou por um longo momento.

Um nó se formou na garganta dela. A verdade era que queria ir para Azura com Serina e se afastar o máximo possível de Asa — e dos olhos penetrantes de Malachi. Mas não podia abandonar sua família.

— Como queira — o herdeiro respondeu por fim, e Nomi soltou o ar. — Mas partimos amanhã.

Naquela noite, ela dormiu segurando a trança de Serina, as duas juntas num catre em um canto da enfermaria perto de Malachi e Val.

Muito tempo depois que a respiração da irmã ficou regular, Nomi adormeceu. Sonhou com Asa, seu sorriso pingando sangue e as mãos apertando sua cintura, puxando-a para cada vez mais perto e se inclinando para beijá-la com os lábios vermelhos...

— Nomi! Nomi!

Ela acordou sacudida por Serina.

— Você estava gritando de novo — disse a irmã.

— Sinto muito — Nomi balbuciou, tentando afastar a imagem do sorriso macabro de Asa.

Pouco tempo depois, a aurora iluminou a enfermaria e elas levantaram, sonolentas.

Val desapareceu por alguns minutos, voltando com a notícia de que a maré estaria baixa em algumas horas.

— Precisamos ir logo, é uma longa caminhada até o barco.

Nomi sentiu um aperto no coração. Pensara que teria mais um dia com a irmã e começou a procurar desculpas para adiar a partida, mas sabia que Malachi não esperaria.

Serina a encarou como se quisesse memorizar suas feições, e ela sentiu que uma expressão parecida se formava em seu próprio rosto. Tinham acabado de se reencontrar e aquela nova despedida ameaçava estilhaçar sua determinação.

Mas não podia amar Serina e não amar Renzo. Não podia esquecer o resto da família só porque tinha encontrado a irmã.

— Eu devia ir com vocês — Serina disse pela centésima vez.

— Mas não pode — Nomi a lembrou. — Já falamos sobre isso. Você e Val precisam negociar com Azura para garantir a segurança das mulheres. E, se Malachi e eu falharmos, você é a única esperança de Renzo. Vou deixar uma carta para ele com nosso pai falando para encontrar você em Azura. Não vai adiantar se você não estiver lá.

Serina olhou para o saco de juta que elas estavam enchendo de suprimentos.

— Passamos tanto tempo separadas e agora...

Agora colocariam ainda mais tempo e distância entre si.

O coração de Nomi estremeceu. Ela queria abraçar a irmã e nunca soltar, pedir que fosse com eles ou sugerir que ficassem na ilha esperando o barco de prisioneiras. Mas a vida toda vira Serina cumprir com seu dever e enfrentar seu destino com serenidade. Agora era a vez dela.

— Vocês vão precisar de mais água — disse Serina, com a voz embargada. — Vou pegar outro garrafão.

— Obrigada. — Nomi a observou deixar a enfermaria com o

estômago embrulhado, então olhou para Malachi, que estava mais pálido e se encolhia a cada movimento. — Tem certeza de que está pronto para a trilha?

— É claro. — Ele tensionou a mandíbula quadrada. Ainda tinha olheiras, mas seus olhos haviam recuperado a intensidade e estavam tão vibrantes e aterrorizantes como sempre.

— É claro — Nomi ecoou num sussurro sarcástico. Ele ainda achava que podia se virar sem ela, mas mal conseguia se inclinar sem gemer.

— Nomi... — Malachi começou, sua expressão suavizando, mas então Maris chegou e ele se virou para seu próprio saco de juta.

— Sua irmã disse que vocês vão partir — ela falou. Helena vinha alguns passos atrás. Nomi não as via separadas desde seu reencontro.

Ela assentiu.

— Ótimo. Queremos acompanhar vocês até o barco. — Maris tinha cortado o longo cabelo preto na altura dos ombros e o mantinha preso atrás da orelha. Estava muito à vontade ali, mais do que jamais estivera no palazzo. Helena sorriu calmamente, seus olhos azuis brilhando toda vez que olhava para a outra. Elas não precisavam esconder seus sentimentos ali nem se encontrar furtivamente como faziam antes de Maris ser escolhida como graça. Aquele era o único lugar em Viridia onde podiam ser livres.

Serina voltou com vários garrafões e Val, com um par de botas para Malachi. Serina já encontrara botas para muitas mulheres, inclusive a irmã. Eram grandes demais, mas Nomi tinha enfiado pedaços de tecido nas pontas para conseguir andar.

Nomi ajustou o saco no ombro e seu estômago se revirou. Tinha medo de deixar Serina e entrar num barco com Malachi, do que ocorreria quando o herdeiro desafiasse o irmão, de que Renzo já estivesse morto.

E o que aconteceria com Serina quando o barco de prisioneiras chegasse? Qual era o plano se não conseguissem subjugar os guardas? Nomi respirou fundo e tentou se acalmar.

O pequeno grupo — Val, Malachi, Serina, Maris e Helena — pegou a trilha para o norte, seguindo a borda da ilha.

— Será que algum dia não vou estar lidando com cem medos diferentes? — Nomi perguntou à irmã em voz baixa.

— Espero que sim. Mas, enquanto isso, talvez isso ajude. — Serina tirou da bota uma pequena faca improvisada.

Hesitante, Nomi aceitou. Era fina e afiada; como segurar violência nas mãos.

— O que faço com isso?

— O que tiver que fazer — a irmã respondeu simplesmente.

Elas caminharam em silêncio por um tempo. A trilha fez bolhas nos pés de Nomi e a deixou com uma dor de cabeça aguda, mas ela gostava do esforço físico. Parecia mais produtivo que as infinitas aulas de dança e poses de estátua no palazzo.

Nuvens varreram o céu, criando trechos de sombra, e o vento próximo ao litoral ajudou a esfriar seu rosto corado. Ela podia ver o brilho do oceano através das árvores e a fumaça do vulcão à distância.

Nomi olhou para trás várias vezes para verificar o progresso de Malachi. Ele acompanhava o grupo, mas estava exausto e suado e apertava o ferimento.

Ela queria perguntar se ele estava bem, mas imaginou que só receberia um "claro" brusco como resposta. O herdeiro se agarrava ao seu orgulho com tanta força quanto pressionava o ferimento.

Então ela foi falar com Maris e Helena, que vinham por último.

— Vocês não precisavam vir — Nomi disse. — É uma longa caminhada.

Maris deu de ombros, e Helena disse:

— Pensei que podíamos coletar umas frutas venenosas na volta. Podemos esfregar na ponta das lâminas para nos dar uma vantagem quando lutarmos pelo barco.

Nomi esfregou os braços arrepiados.

— Você vai ficar bem aqui? — perguntou a Maris enquanto eles escalavam um desabamento de pedras. Maris não era treinada para a batalha como aquelas mulheres.

— Sim — a garota respondeu. — Estou mais feliz aqui do que jamais estive no palazzo. — Mas uma sombra cruzou seu rosto.

— O que foi? — Nomi perguntou.

Maris esfregou a sujeira das mãos.

— Nada. É só que... fico pensando em Cassia. Em todas as graças, na verdade. Rosario disse que, se o superior morresse, o herdeiro decidiria o destino delas. Isso significa que elas estão nas mãos de Asa.

Uma nova corrente de culpa atingiu o peito de Nomi. Ela não tinha sequer pensado em Cassia e nas outras mulheres, como Angeline, a aia gentil que a ajudara depois que Serina tinha sido mandada embora.

— Ele provavelmente vai mandar todas para casa. E... imagino que vá escolher suas próprias graças. — Asa tinha lhe dito que queria uma rainha, mas era só mais uma mentira sórdida. Provavelmente gostava da ideia de ter suas próprias graças.

— Pobres garotas — Maris murmurou com a expressão sombria.

Nomi pensou em como Asa a tinha cativado e desarmado.

Em como a tinha usado.

— Sim.

Val parou na frente da fila e todos se reuniram à sombra de algumas árvores.

— Vamos fazer uma pausa — ele disse. Não olhou para Malachi, que estava ofegante e agradeceu pela água que Val ofereceu.

O grupo chegou à praia norte pouco tempo depois. Val passou pelo casco quebrado de um navio que o bando da praia usava como casa, segundo Serina. Estava totalmente abandonado agora que as mulheres tinham se mudado para o hotel Tormento.

Eles caminharam com cuidado pela areia negra até onde a lava antiga tinha se transformado em um afloramento de rocha que se estendia pela costa. Val escalou a pedra até uma abertura que ficaria escondida na maré alta. Seu barco a vela esperava no fundo.

Serina e Helena o ajudaram a puxá-lo, e Malachi conferiu os suprimentos mais uma vez. Nomi abraçou Maris com o coração batendo dolorosamente.

Então eles empurraram o barco para a água, Malachi subiu e desfraldou a vela e Serina foi até Nomi.

Era hora de dizer adeus.

NOVE

Serina

Era impossível suportar aquilo. Nomi estava se arriscando e a única coisa que Serina podia fazer era lhe dar uma faca que a outra nem sabia usar.

Ela abraçou a irmã apertado, ignorando a dor ardente na costela quebrada. Em seus braços, Nomi parecia pequena e delicada demais para aquela jornada. Malachi era tão alto e robusto... Ia mantê-la a salvo ou traí-la, como o irmão fizera?

Nos últimos dias, Serina observara como ele falava com Nomi. Era brusco e mal-humorado com todo mundo, mas, às vezes, quando olhava para ela, seu rosto mudava. A tensão se amenizava. Era naquela expressão mais suave que tinha decidido confiar.

— Boa viagem — Serina murmurou no cabelo de Nomi. — Cuide-se.

— Você também — respondeu Nomi, com a voz embargada. — Não corra riscos, ouviu? Preciso que chegue em Azura. Aviso assim que for seguro voltar. Ou então Renzo e eu iremos até você. Mas você precisa estar lá. A salvo.

Serina assentiu, mas não conseguia falar.

Aquilo era mais difícil do que a última vez em que tinham sido separadas. Antes, elas não sabiam o que significava, mas agora Serina estava ciente de que sua família inteira estaria submetida à ira do superior e mesmo assim tinha que deixar Nomi ir embora.

Com uma dor lancinante no coração, soltou a irmã.

— Te amo — Serina disse com a voz rouca. O sol forte a obrigou a apertar os olhos, e faíscas cercaram sua última visão de Nomi.

Lágrimas escorriam pelo rosto da irmã.

— Te amo também.

Então, antes que uma das duas pudesse mudar de ideia, Nomi se virou e subiu no barco de Val.

Serina observou a vela inflar com o vento e a pequena embarcação deslizar em direção ao horizonte e não conseguiu mais conter as lágrimas. Era demais.

Maris deu um tapinha em seu ombro, então Helena mostrou a ela como coletar mexilhões da areia molhada. As duas pareciam entender que ela precisava de um momento antes de voltar.

Val ficou por perto, também observando o barco, e ela se perguntou se ele estava pensando em sua mãe e no motivo que o levara para aquele lugar.

Por fim, quando o barco estava quase fora de vista e suas lágrimas tinham amenizado, Serina se virou.

E viu Anika no topo da trilha com a pele bronzeada brilhando de suor.

— Você deixou que levassem o barco, não é? — a mulher gritou. — Sem aviso, sem votação!

Serina enxugou o rosto e tentou se controlar.

— Não tive escolha. Eu...

— Você devia ter me avisado! — Anika exclamou. Sua voz transbordava não raiva, mas desespero. — Eu podia ter ido com eles! Minha família precisa de mim, Serina!

— Sinto muito — ela respondeu com um aperto no coração. — Eu não podia arriscar que as outras ficassem sabendo. O herdeiro levou o barco... Conhece alguns soldados que ainda podem ser leais a ele e precisava voltar. *Nós* precisamos que ele volte para ter qualquer chance de libertar Viridia do novo superior.

— Nomi foi com ele — Anika insistiu. — Eu podia ter ido também.

— Ele precisava de ajuda para velejar, mas o barco é pequeno demais para todas que queriam voltar. Eu não podia te contar... não podia contar a ninguém. Prometemos honrar a votação — ela disse, implorando perdão.

Anika encarou o horizonte com os ombros caídos.

— Eu sei.

— Sinto muito — Serina repetiu, sem saber o que mais dizer. — Ainda tenho esperança de que vamos conseguir ajudar sua família. O povo de Azura pode nos ajudar. Lutamos por nossa liberdade e vamos dar um jeito de lutar por nossas famílias também. Talvez quando Malachi retomar o trono...

Anika soltou um ruído de desdém.

— Não há nenhuma chance disso acontecer. Ele não nos deve nada agora. — Ela se virou para a trilha. — As mulheres querem mais treino com armas, não estamos prontas para o barco de prisioneiras. — Ela não esperou Serina responder; virou e sumiu na trilha.

Serina envolveu o corpo com os braços, sentindo-se vazia e entorpecida. Anika tinha razão. Se Malachi conseguisse recuperar o trono, faria aquilo com seus próprios soldados. As promessas — e concessões — que fizera às mulheres de Monte Ruína não significavam mais nada.

Val alinhou quatro garotas de cada vez, usando metade de uma parede desmoronada como alvo. Serina treinava com as outras, mas odiava a sensação da arma na mão e o som dos tiros a deixava tensa. Ficou contente em ceder o revólver até chegar sua vez de novo.

Val as ajudava com a mira e mostrava a elas como carregar as armas. O estouro das balas deixava Serina no limite.

— Elas são péssimas — Anika comentou, cruzando os braços enquanto observava o treino.

— Estamos começando — Serina disse. — Vai levar um tempo, mas chegaremos lá.

— Não temos tempo — Anika retrucou. — Uma semana, no máximo.

— Esse não é nosso único problema — disse Val, aproximando-se delas. — Não temos muita munição. Se queremos o bastante para subjugar os guardas, só podemos treinar assim mais uma ou duas vezes.

— Mas ninguém está atingindo os alvos! — Anika exclamou, suas palavras pontuadas por tiros.

— Quantas armas temos? — Serina observou as mulheres atirando. A parede de concreto estava cheia de buracos, mas os círculos que Val tinha desenhado continham poucas marcas. Maris acertou algumas vezes; ela estava indo bem.

— Essas quatro mais cerca de quarenta no complexo — Val respondeu. — Mas só temos munição para três ou quatro rodadas se usarmos todas de uma vez. Não vai sobrar muito para treinar.

Serina não disse nada. Lembrou de estar no penhasco e ver o barco de Nomi se aproximando, do ruído dos motores a vapor enquanto o barco arranhava o cais de concreto. Dois guardas tinham pulado dele. Quantos havia quando ela chegara? Quatro ou cinco no barco e mais dois no cais para encontrá-los.

— Não precisa ser uma grande batalha — ela ruminou, imaginando a luta. — Serão quatro ou cinco guardas e estarão esperando uns dois na ilha. Certo, Val?

Ele assentiu.

— Mais dois marinheiros. Seis homens, talvez oito, se estiverem trazendo muitas mulheres.

— Se não houver guardas esperando no cais quando o barco atracar, o que os homens farão? — ela perguntou, tentando projetar os cenários possíveis.

Val arranhou a bota na rocha vulcânica enquanto pensava.

— Acho que desembarcarão e tentarão entender o que está acontecendo.

— Não vão concluir que estão sob ataque imediatamente? Não vão usar as prisioneiras como escudo nem nada assim? — Serina esperou enquanto ele considerava a questão. O dia tinha ficado quente e seco, e os ventos cortantes jogavam a fumaça sulfúrica do vulcão sobre eles. A cabeça dela doía.

— Acho que não — ele respondeu. — Pelo menos não a princípio.

— Aonde quer chegar com isso? — Anika perguntou.

— Bem, não temos que planejar uma guerra, não é? — ela disse. — E podemos economizar munição também. Se escolhermos as dez garotas que aprenderam mais rápido e que não vão precisar de muito treino para melhorar sua mira e as posicionarmos nos penhascos acima do cais, onde os guardas não as vejam, elas podem atirar enquanto eles tentam entender o que aconteceu.

— Ou eu posso descer no cais como fiz com o barco de Nomi — disse Val. — Finjo ser um guarda até tirarmos as garotas novas, então podemos subjugar e prender os homens. — Ele olhou para Serina.

Ela sabia o que Val queria. Ele se via nos homens que transportavam as prisioneiras, se perguntava se havia pelo menos um deles que simpatizava com o sofrimento das mulheres e gostaria de protegê-lo.

Serina tomou a mão dele.

— Mal temos comida suficiente para nós mesmas. Já concordamos em libertar os guardas sobreviventes na ilha com os suprimentos que restarem e deixá-los se virar, provavelmente os condenando à morte por inanição. Não temos por que poupar os guardas do barco só para serem condenados ao mesmo destino, e muita coisa pode dar errado. — Ela apertou a mão de Val. Não gostava da ideia de matar alguém, mesmo aqueles homens. — Lembrem: os guardas conhecerão o protocolo e vão saber se algo estiver errado.

Val suspirou.

— Eu sei. Mas é que não gosto de executar alguém sem lhe dar uma chance de se defender.

Anika soltou um ruído de desdém.

Serina podia imaginar o que ela estava pensando, mas só disse:

— É mais seguro desse jeito e economizamos munição. É melhor levar as armas conosco para Azura. Não sabemos se são tão amigáveis quanto você diz. E, se forem, podemos trocar ou vender.

Val assentiu, relutante.

— É um bom plano. Vou prestar atenção no próximo treino e escolher as garotas com mais potencial.

Serina assentiu.

As quatro atiradoras estavam entregando suas armas para as próximas da fila quando um grito rouco ecoou no ar da tarde. Serina virou a cabeça bruscamente.

— O que foi isso? — ela gritou, já se movendo em direção ao som.

Algumas mulheres saíram correndo pela trilha e Serina e Anika foram atrás.

Outro grito.

Serina abriu caminho na multidão. Havia uma mulher na trilha com os braços e pernas torcidos, o pescoço em um ângulo impossível. Serina se ajoelhou ao lado dela, em pânico. O que tinha acontecido?

Os olhos da mulher estavam abertos e vazios. Serina a reconheceu como uma das lutadoras mais velhas do hotel Tormento. Ela gostava de caminhar nas trilhas em volta do prédio coletando plantas comestíveis.

— O que aconteceu? — Anika perguntou, parando ao lado de Serina. — Alguém viu? — insistiu quando não houve resposta.

Serina foi tomada pelo horror. Não podia ter sido uma mulher. Que motivo teria? Só que não havia mais ninguém...

Não, não era verdade. Havia *várias* pessoas na ilha que fariam aquilo se tivessem a chance. Serina saiu correndo em direção ao complexo dos guardas.

Seus passos ecoaram nas escadas enquanto ela subia até as celas dos guardas.

Três portas estavam abertas.

Os guardas remanescentes berravam.

Boneca estava no chão com os braços flácidos como se fosse uma marionete com as cordas cortadas. Escorpião, a assassina de Petrel, jazia a seu lado. As mulheres encaravam o teto com olhos vazios e o pescoço roxo.

DEZ

Nomi

— Aperte a bujarrona. Não, a outra corda. Isso. — Os comandos incessantes de Malachi obrigavam Nomi a correr de um lado para o outro da proa estreita. Em pouco tempo, ela começou a querer jogá-lo pela amurada como os marinheiros tinham feito. Mas não era culpa dele que Nomi não soubesse o que estava fazendo. — A vela está abanando, você tem que...

— Eu sei! — Ela apertou a corda e desabou no convés, escondendo o rosto nas mãos machucadas. — Desculpe, isso tudo é novo pra mim. Não sei o que estou *fazendo*.

Malachi sentou com dificuldade.

— Acredite, eu gostaria de poder ajudar, mas aquela trilha me esgotou. Sinto mui...

Nomi ergueu as mãos.

— Não se desculpe, por favor. Estou aqui justamente para ajudar, mas não consigo fazer nada direito.

— Você está indo bem — ele disse com delicadeza, olhando para o cordame e a vela tesa. — Viu só? Deu certo.

Ela pendeu para a frente com a cabeça nas mãos e respirou o ar salgado profundamente. Gostava de como atravessava seu cabelo, indicando que estavam se movendo.

Para surpresa de Nomi, o herdeiro riu.

— Que foi? — ela perguntou, erguendo a cabeça.

Malachi retribuiu seu olhar, com um pequeno sorriso brincando nos lábios, parcialmente escondido pela barba.

— Acho engraçado que você esperasse que fosse fácil. Já esteve num veleiro?

Um barquinho cercado pelo oceano infinito. Ela engoliu em seco. Não, nunca estivera num veleiro.

— Eu não esperava que fosse fácil, só que... que estivesse à altura da tarefa.

— Nunca ouvi isso de uma mulher.

— Porque é difícil esperar muito de si mesma quando o resto do mundo não acha que você é capaz — Nomi retrucou, encarando as ondas que quebravam ao redor deles.

— Isso eu entendo — Malachi disse, surpreendendo-a de novo. — Mas você se acredita capaz de praticamente tudo. Por quê?

Ela se reclinou contra a murada e suspirou enquanto refletia sobre a pergunta. *Por que* ela esperava ser capaz de velejar? Ou de ler?

— Acho que é por causa de Renzo — Nomi concluiu. — Somos gêmeos, e eu via como ele era tratado diferente... Ia para a escola, brincava com os garotos da rua e voltava todo sujo e feliz. Nunca precisava de um acompanhante e podia falar o que quisesse. Mas não porque era mais alto, mais inteligente ou mais velho. Eu conseguia fazer tudo o que ele fazia, só não tinha permissão. Percebi a injustiça desde cedo. — Ela afastou o cabelo do rosto. — Foi isso que sempre quis: a chance de falar, escolher, decidir meu próprio futuro, como Renzo.

Malachi ficou mudo e não olhou para ela.

Inexplicavelmente, Nomi se viu despejando mais confissões.

— Eu tinha raiva o tempo inteiro. — Ela lembrou o sorriso brincalhão de Asa. — Seu irmão me prometeu um futuro no qual eu teria poder para distribuir entre todas as mulheres de Viridia. Era um sonho sedutor.

— Foi por isso que ele o usou — Malachi disse suavemente.

— Sei disso agora — ela disparou. Ainda sentia raiva de sua ingenuidade e da traição de Asa. — Acho que mataria seu irmão, se pudesse.

Ela deu um olhar de relance para Malachi. Suas palavras não o tinham chocado. Ele segurava o leme com firmeza e encarava as tábuas do convés com a sobrancelha franzida.

— É exatamente o que pretendo fazer — o herdeiro disse, sombrio.

Nomi inspirou com força.

— Pode apertar aquela corda? — Ele apontou para a correta.

Nomi obedeceu e o barco deu um salto para a frente quando o vento inflou a vela. Além da proa, uma mancha no horizonte indicava terra firme.

— Quanto tempo até chegarmos a Porto Rosa? — ela perguntou.

— Três ou quatro dias. Vamos ficar perto da costa caso precisemos de provisões.

Três dias em um barco minúsculo no oceano infinito, sozinha com Malachi.

Nomi encarou boquiaberta a grande abóbada repleta de estrelas. Em Lanos, a fumaça das indústrias nublava o céu e o palazzo estava sempre iluminado por uma infinidade de luzes. Ela nunca tinha visto tantas estrelas — e tão brilhantes — em toda a vida.

Deitada de costas, lágrimas escorreram pelo rosto e molharam seu cabelo.

— Você está chorando? — A voz de Malachi rompeu o silêncio como um trovão.

— Não, é só que... o vento... — ela balbuciou, sentando-se e enxugando o rosto. Estivera deitada em um cobertor fino perto da popa, com Malachi alguns passos para trás, apoiado no casco e segurando o leme.

— Não queria te assustar — ele disse em voz baixa. — Está tudo bem?

Havia tantas coisas pelas quais chorar: ter deixado a irmã, o medo que sentia pelo irmão e pelos pais, o arrependimento de ter confiado em Asa.

Mas suas lágrimas eram pela beleza das estrelas.

Não podia contar aquilo a Malachi.

— Estou bem — ela disse, amaldiçoando sua voz grossa. Então pigarreou.

As estrelas pareciam tão próximas que Nomi imaginou que, se estendesse a mão, podia puxar uma do céu.

— Já que está acordada, posso ensinar você a pilotar — ele sugeriu.

Nomi foi sentar do outro lado do leme, apoiando as costas contra o casco de madeira.

— Então...

— Então. — Ele apontou para que ela colocasse a mão na madeira.

Os dois sentiram a aspereza juntos, suas mãos a centímetros de distância. Imediatamente, Nomi sentiu a tensão que corria através do leme. Seguiu os movimentos de Malachi e viu a vela se tensionar. A passagem constante da água pelo casco encheu seus ouvidos. Correndo à direita, Viridia era uma massa negra que engolia as estrelas.

— Se mantenha no vento, assim — disse Malachi. — Faça pequenos ajustes.

Devagar, ele soltou a mão. Nomi apertou com força quando a tensão aumentou, concentrando-se em manter o leme firme.

Ao lado dela, Malachi suspirou e se reclinou.

— Você devia ter dito que estava cansado — ela comentou, atenta à vela e às leves mudanças do vento.

— Nunca estive tão cansado em toda a minha vida — ele admitiu.

— Então descanse. Seus ferimentos ainda estão sarando.

— Isso é uma ordem ou uma sugestão? — Malachi perguntou com um olhar de esguelha.

Por um segundo, Nomi sentiu uma pontada de arrependimento, mas se forçou a abandonar a sensação. Não ia se desculpar por ser direta. Como o mundo mudaria se ela não o *obrigasse* a mudar?

— É a verdade — respondeu.

Ele não disse mais nada, só pegou carne seca da bolsa de comida e ofereceu um pouco a ela.

Nomi mastigou a carne dura enquanto tentava controlar o barco.

— Siga o vento — disse Malachi depois de um tempo. — Se ele levar você para mais perto ou mais longe da costa, obedeça à vontade dele. Veleiros navegam em zigue-zague, o segredo é usar o vento em nossa vantagem.

— Pena que seja nossa única vantagem — Nomi resmungou. Só tinham o vento e a faca em sua bota, sobre a qual não tinha contado a Malachi.

— Temos mais do que você imagina — ele respondeu. À luz das estrelas, suas olheiras pareciam buracos negros, mas sua pele tinha perdido a palidez mortal e sua respiração estava regular e forte, ecoando o pulso de água correndo dos lados do barco. — Temos o barco e comida. E o elemento surpresa. Meu irmão acha que estou morto e que você está na ilha. Quando seguirmos para Bellaqua com o regimento de Dante, Asa não vai estar nos esperando.

Nomi fez um pequeno ajuste no leme. Seu braço começou a arder, mas ela segurou firme. Malachi precisava de uma folga.

— E — ele acrescentou em um tom hesitante — temos um ao outro. Não é algo positivo?

— Espero que sim — ela respondeu, mas não conseguiu esconder a desconfiança na voz e na expressão. Malachi era convincente, mas Nomi também tinha pensado que Asa compartilhava de seus objetivos. Não estava pronta para confiar em nada além de suas próprias mãos, sua própria mente e seus próprios recursos, por mais limitados que fossem.

Ela segurou firme no leme e não disse mais nada. Depois de um tempo, olhou para Malachi e viu que ele tinha adormecido, caído de lado, com a cabeça apoiada em sacos de juta.

Passou o resto da noite sozinha com as estrelas.

ONZE

Serina

Serina gritou para não chorar. Tinha prometido àquelas mulheres que estariam a salvo. Boneca chegara à ilha no mesmo dia que ela. As duas faziam parte do mesmo bando e tinham compartilhado refeições com Gia e Jacana. Agora só restavam a própria Serina e Gia. Boneca tinha morrido sob sua liderança. Era culpa *dela*.

Os outros quatro guardas gritavam e riam, caóticos como hienas. Atordoada, ela identificou quem faltava: Nero, o calado; Heitor, aquele com dentes podres que chamava as garotas de "flor"; e Diego, careca e grande como uma casa, que tinha agarrado sua trança. Será que ele havia feito a mesma coisa com Escorpião, cujo cabelo escuro estava desgrenhado? Será que a tinha puxado, estrangulado e obrigado a abrir a cela? Mas não era possível, só Serina tinha as chaves. Eles haviam fugido de algum outro jeito.

Val subiu as escadas correndo e encarou a cena. Enquanto Serina continuava congelada, ele correu até o depósito de armas no final do corredor.

— Ainda está trancado — informou. — Eles não conseguiram entrar.

— Alguém viu aonde os homens foram? — Serina perguntou.

Ele deu de ombros.

— Não sei.

— A gente sabe onde estão — Carlos provocou, corado de empolgação.

— Chegue perto e eu sussurro no seu ouvido. — O sorriso de Tiberius era cruel e o dedo que ele curvou para chamá-la disparou um arrepio gelado pela coluna dela. Serina endureceu diante dos sorrisos selvagens e das insinuações vulgares.

— Como eles escaparam sem chaves? — ela perguntou a Val, mantendo a voz firme, mas com dificuldade. — Será que podem vir soltar os outros?

— Se Diego não tivesse ficado nervoso, Nero teria tirado todos nós. — Carlos deu uma piscadela grotesca para ela.

Val balançou a cabeça com a expressão preocupada.

— Nero deve ter aberto as fechaduras. Vasculhamos os quartos deles, mas devemos ter perdido algo. Ele é osso duro de roer. Calado, astuto... sempre foi assim. Às vezes, mulheres apareciam mortas no turno dele. Vigiava todo mundo e guardava detalhes pra usar contra cada um depois...

Carlo e os outros urravam de alegria.

— Acha que devemos transferir os outros guardas? — Serina perguntou, tentando ignorar a algazarra. Seu coração estava na garganta. Não conseguia olhar para Boneca, mas parecia uma traição fingir que ela não estava lá.

— Para onde? — Val retrucou, franzindo o cenho. — Só se for para a sala de processamento, se a esvaziarmos e bloquearmos a porta...

— Isso vai demorar demais — disse ela. — Precisamos encontrar Diego, Heitor e Nero. Eles podem tentar contatar Bellaqua ou sinalizar para o barco.

Passos ecoaram. Anika, Âmbar e várias outras mulheres pararam na porta à visão dos corpos.

— Val, vamos passar as armas e o resto da comida para o hotel Tormento — Serina disse.

Ele assentiu.

Ela destrancou o depósito e entregou uma arma a Âmbar.

— Se eles incomodarem ou os outros voltarem, atire.

Âmbar se reclinou na parede diante da cela de Carlos e o encarou até ele ficar quieto. Sua mecha de cabelo ruivo reluzia na iluminação fraca como sangue fresco.

Anika e as outras ajudaram Serina e Val a carregar as armas e os corpos. Quando emergiram do complexo, a noite tinha caído como uma grande mancha vermelha. A névoa sulfúrica do vulcão tinha se intensificado. Serina engasgou com a escuridão e as lembranças: o ar industrial de Lanos era parecido, grosso e asfixiante.

Com cuidado, elas colocaram Boneca e Escorpião na clareira diante do hotel, ao lado da outra mulher assassinada. A morte delas, até de Escorpião, era como uma pedra esmagando seu peito.

Mulheres perambulavam inquietas ao redor da fonte rachada e das mortas, murmurando e olhando ansiosamente para a escuridão. Havia mais tochas acesas que de costume.

Serina mandou vinte mulheres ao complexo para ajudar Âmbar.

— Se virem os fugitivos, matem. Fiquem postadas no corredor e nas entradas do prédio. Se escondam na floresta. Se voltarem atrás dos outros, vamos pegá-los.

As mulheres assentiram e desapareceram na noite.

— Preciso que vinte de vocês fiquem aqui — Serina continuou, olhando para as mulheres reunidas. — Protejam as feridas e as fracas demais para lutar. O hotel Tormento é nosso lar, não deixem que o invadam.

Val trancou as armas em um quarto do hotel, distribuindo várias para as garotas que estavam se dando melhor no treinamento, entre elas Maris, Helena e Anika.

Serina queria levar as mortas ao vulcão, mas tinham que encontrar os homens primeiro. Se ficassem à solta na ilha, podiam causar danos demais.

— Aonde será que eles foram? — ela perguntou a Val.

— Devíamos matar os guardas no complexo — Anika disse antes que ele pudesse responder. — São uma ameaça e...

— Concordamos que os deixaríamos na ilha quando escapássemos — Serina interrompeu. Talvez não houvesse grande diferença entre atirar neles ou deixá-los para morrer de fome, mas daquele jeito eles teriam uma *chance* de sobrevivência. Era o que tornava as mulheres de Monte Ruína diferentes dos homens. Serina tinha prometido que não matariam ninguém se não fossem obrigados. Enquanto aqueles homens permanecessem trancafiados, não eram uma ameaça.

Serina não queria ninguém assombrado pelos guardas. E executar alguém — olhar em seus olhos e puxar o gatilho — era algo que assombrava a pessoa para sempre.

Val encarou as cristas da rocha escura a seus pés enquanto deliberava.

— Não acho que Diego, Heitor e Nero vão tentar soltar os outros, pelo menos não por enquanto. Eles não têm suprimentos nem armas. Devem ter ido primeiro ao riacho para pegar água, ou talvez pretendam tomar uma das torres de vigia para se defender. Algumas têm suprimentos. Um pouco de comida e talvez água.

— E armas?

— Não. O comandante Ricci não queria armas extras nas torres, para o caso de um guarda as deixar desprotegidas. Eles não confiavam em vocês.

— Sensato da parte dele. — Anika olhou por cima do ombro e Serina se perguntou se ela estava imaginando os guardas fugitivos a olhando da escuridão. Era o que *ela* estava fazendo. Tremia, embora a noite estivesse quente e úmida sob a névoa vulcânica.

— Vamos achar todos. — Serina balançou nos calcanhares, cheia de uma energia ansiosa. — Antes que machuquem mais alguém.

Eles dividiram o resto das lutadoras em grupos de busca, sempre com alguém que sabia atirar.

Serina se juntou ao grupo de Maris, Helena e Tremor, cujo braço tinha costurado depois de um ataque de javali.

— Mas eu não sei lutar — Maris protestou quando Val lhe entregou uma arma.

— Mas sabe atirar — Val respondeu. — Está indo bem no treinamento.

Helena pôs o braço ao redor do ombro dela.

— *Eu* sei lutar e estarei com você o tempo inteiro.

Maris respirou fundo, olhou para Helena para tomar coragem e assentiu.

Val se juntou a duas tenentes de Chama e uma garota do bando da floresta, Caco, que conhecia o jeito mais rápido e silencioso de chegar ao riacho que atravessava Monte Ruína.

Anika se juntou a Espelho e três garotas do hotel Tormento.

Depois que armas e tochas foram distribuídas, Val falou com os grupos de busca e designou uma área para cada um.

— Quando se aproximarem de suas áreas, apaguem as tochas e façam o máximo de silêncio. Se virem os guardas, deem um tiro de alerta para que todos possam ir ajudar. Ou atirem para matar. Esses homens não podem ficar soltos.

— Tomem cuidado — Serina acrescentou. — Sejam metódicas.

Ela trocou um último olhar com Val. O cabelo dele tinha caído sobre os olhos, mas Serina resistiu ao impulso de arrumá-lo. Queria tocar o rosto dele e se recordar de que Val estava ali, era real e não seria engolido pela escuridão de Monte Ruína.

— Vejo você em breve — ela disse baixinho, rezando para estar certa.

Três homens sem armas ou comida não deveriam ser uma ameaça tão assustadora. Talvez fosse a noite pesada e úmida que parecia grudar na pele ou o brilho vermelho do vulcão pulsando à distância.

Ela partiu com seu grupo pela trilha do penhasco a oeste. Seu destino era a torre de vigia a noroeste do antigo lar do bando da caverna, a mesma torre que Bruno estivera vigiando quando a tinha atacado e onde Petrel lhe dissera para resistir.

Serina via o brilho das tochas dos outros grupos através das árvores. Val seguia para o riacho, Anika partia para a torre de vigia mais perto do hotel Tormento e a equipe de Penhasco faria a caminhada mais longa até a torre nordeste.

Serina guiou seu grupo com uma tocha acesa, perscrutando além da luz oscilante, e desejou poder se livrar da sensação de que a noite a encarava de volta.

As batidas constantes das ondas à sua esquerda não lhe permitiam ouvir passos furtivos nem galhos sendo quebrados enquanto corpos se moviam pela floresta. Sua imaginação criou ruídos, misturando-os com os sons reais das ondas, de suas companheiras e dos estalos da tocha, até que ela quase se convenceu de que *estava* ouvindo passos e os guardas as estavam seguindo.

— E se eu não conseguir? — Maris perguntou. Apesar de ter mantido a voz baixa, Serina deu um pulo.

— Conseguir o quê? — Helena perguntou.

— Atirar em alguém. — Maris apertava a arma com tanta força que seus dedos estavam brancos.

Helena acariciou suas costas.

— Então atire no ar para chamar os outros e deixe que eu cuido dos guardas. — Ela olhou de esguelha para Serina, que assentiu.

Então acrescentou: — Aprendemos a lutar sem armas há muito tempo. Sabemos o que fazer.

Maris suspirou.

— Isso é tão estranho. Sinto que estou em outro mundo.

Serina fez uma careta.

— E está.

A trilha se afastava dos penhascos e se embrenhava nas árvores perto da entrada da caverna. Era estranho pensar no lugar vazio e abandonado, sem nada além de algumas cadeiras enferrujadas e das brasas de uma fogueira para indicar que já fora habitado. Serina não voltava ali desde a noite da luta com o comandante.

— Ei, Tremor — ela chamou quando o pensamento lhe ocorreu. — Quando o bando da caverna se mudou para o hotel, vocês pegaram todos os suprimentos e armas, certo?

— A maioria — Tremor respondeu depois de um momento. — Penhasco mandou as garotas levarem seus catres e pertences pessoais. Acho que elas levaram a comida e as armas também.

— Mas você não tem certeza. — Serina sentiu um peso no estômago. Os guardas provavelmente tinham ido a algum lugar familiar, uma das torres de vigia ou o riacho. Mas e se tivessem decidido pilhar os acampamentos abandonados e pegar as armas e os alimentos descartados?

— Acho melhor irmos à caverna primeiro — decidiu. — Se tiver sobrado algo, levamos conosco. A última coisa de que precisamos é de Nero ou Diego com uma faca ou lança.

O coração dela disparou quando saiu da trilha e seguiu um caminho mais estreito que atravessava a floresta até a caverna. A ideia de que os guardas estariam escondidos na caverna escura onde as mulheres que aterrorizavam já tinham dormido a deixava enojada.

Mas uma parte dela *torcia* para que estivessem lá.

Parecia um lugar adequado para lembrar a eles de que não estavam mais no controle.

Oráculo teria aprovado.

Quando as árvores escassearam e a boca negra da caverna surgiu, não era Oráculo que assombrava Serina, e sim Jacana. Ela sentia a presença da garota. As duas tinham ficado ali naquela primeira noite aterrorizante, encarando as mandíbulas abertas do tubo de lava enquanto Penhasco e as outras desapareciam no escuro. Jacana tinha sido sua primeira amiga em Monte Ruína — a primeira amiga que tivera na vida, além dos irmãos — e agora estava morta. Talvez, se não fosse amiga de Serina, não teria subido ao palco naquela noite e não teria morrido. Seu rosto delicado e seus olhos tristes não deixavam Serina em paz.

— É melhor apagarmos a tocha — ela sussurrou.

— Você quer que a gente... entre *aí*? No escuro? — Maris perguntou. À luz tremeluzente da tocha, o branco de seus olhos lembrava o de um cavalo em pânico.

— Se os guardas estão dentro, a luz vai revelar nossa posição e lhes dar um alvo para atacar.

— Fique atrás de mim — Helena disse.

Maris agarrou a camisa dela e segurou a arma com força na outra mão.

Inspirando fundo e fazendo uma prece silenciosa, Serina apagou a tocha e entrou no túnel.

O espaço encolheu ao seu redor, e ela sentiu as paredes de pedra a envolvendo. Logo atrás, Tremor andava com passos firmes, acostumada ao túnel, enquanto Maris e Helena arrastavam os pés.

Serina tinha vivido ali dentro por semanas, e mesmo assim o ar foi sugado de seus pulmões e suas mãos tremeram conforme entrava mais fundo. Ela caminhava às cegas, apalpando as paredes rochosas. Quando se aproximou da caverna principal, tentou distinguir qualquer luz — se os guardas tivessem feito uma fogueira, haveria um brilho no tubo de lava ou algum outro sinal.

Mas nenhuma luz apareceu enquanto o ar ficava mais limpo e o espaço se ampliava. Elas tinham chegado à caverna de fato.

Serina parou e as garotas pararam logo atrás. Silêncio preenchia a escuridão. Ela prendeu o ar.

Um, dois, três...

Nenhum som.

Acenderia a tocha de novo e postaria Helena e Maris para bloquear o túnel enquanto ela e Tremor vasculhavam a caverna. Se os homens estivessem se escondendo nas sombras, seriam vistos.

Estava pegando a pederneira quando ouviu um estouro distante. Tremor deu um pulo atrás dela. O tiro ecoou estranhamente na caverna; era impossível saber de qual dos grupos tinha vindo.

Mas significava que os guardas estavam em outro lugar.

— Ouviram isso? — Helena murmurou.

Serina se virou.

— Vamos...

Alguém a agarrou por trás. Ela gritou e o som ricocheteou pelas paredes. Serina deixou o corpo pesado como Petrel tinha ensinado e o homem grunhiu com o fardo inesperado. Ela deu uma cotovelada na virilha dele e tentou se libertar, mas o agressor arranhou seu corpo, rasgando sua camisa e tentando fechar as mãos ao redor da sua garganta. Ela girou outra vez e se abaixou, arranhando-o também, com as unhas quebradas.

De alguma forma, conseguiu escapar.

A escuridão era pesada como um cobertor e os gritos das outras garotas ecoavam ao seu redor. Concentrando-se apesar do caos, conseguiu ouvir o homem ofegando. Achou que era o único; talvez os três tivessem se separado.

Ela recuou e trombou com Tremor. O guarda saltou e agarrou seu braço, e ela chutou até acertá-lo e ouvir outro grunhido.

Tremor se lançou sobre o homem, e os dois caíram rolando na caverna ecoante.

Atrás dela, os gritos tinham parado, mas Maris soluçava.

Helena murmurava algo com urgência.

Serina foi trás de Tremor, guiada apenas pelos baques e grunhidos da luta até que um corpo voou para cima dela e a derrubou. Serina tentou se erguer, mas não conseguiu. Seria Tremor ou o guarda?

Imaginou o olhar calculista de Nero e suas mãos ao redor da sua garganta...

— Tremor? — Serina sussurrou, trêmula.

— Sou eu — foi a resposta. Devagar, as duas se desvencilharam, movendo-se em silêncio. A escuridão também era um obstáculo para o guarda; ele não podia atacar se não conseguisse encontrá-las.

De repente, uma voz profunda preencheu a escuridão.

— Vocês vão todas morrer aqui, flores. Têm que saber disso. — Serina reconheceu a voz de Heitor. Ele deu uma gargalhada fria. — Ninguém escapa de Monte Ruína. *Nin...*

Houve um clarão à esquerda de Serina, seguido pelo som de um tiro que deixou os ouvidos zumbindo. Então veio um grunhido abafado e algo desabou.

Heitor não falou mais.

— Acertei? — Maris sussurrou. — E-eu... eu mirei na direção da voz... acertei? Serina, atingi você? — Pela voz, parecia à beira das lágrimas.

— Estou aqui, estou bem — Serina murmurou. Procurou a pederneira e rastejou pelo chão irregular até encontrar a tocha. Tremendo, acendeu o pano oleado.

Maris estava encolhida perto da entrada do túnel, com os olhos arregalados enquanto apertava a arma com força. Helena estava ao seu lado e Tremor, a alguns metros dali, apertando o cotovelo. Sombras tremeluzentes passavam por seus rostos. Serina se virou devagar. Perto das brasas da fogueira, Heitor estava deitado no chão duro, encarando o teto da caverna. Sua boca se abria e fechava sem emitir som algum. Atrás dele, uma mancha vermelha se espalhava pela pedra.

Serina se aproximou com cuidado. A tocha projetava uma luz laranja doentia sobre suas bochechas cavadas. Ele piscou, mudo, enquanto sua vida se extinguia aos pés dela.

— Nós vamos escapar — ela prometeu, com o coração na garganta. — Mas *você* nunca vai sair daqui. Monte Ruína não vai deixar.

DOZE

Nomi

Nos dias seguintes, Nomi e Malachi encontraram certo ritmo. Eles se alternavam no leme, e o herdeiro continuou com suas aulas de navegação. Ela já não se frustrava tanto e ficara razoavelmente confiante da hora de apertar uma corda ou alterar o rumo atrás do vento.

Dormiam em períodos curtos ao longo dos dias e noites, cobriam o rosto e as orelhas quando o outro precisava fazer suas necessidades e discutiam sobre o plano para entrar em contato com o amigo de Malachi, Dante. Nomi pensava sempre em Renzo e torcia para que não fosse tarde demais.

Eles não falavam sobre Asa, mas ela o via com frequência em seus sonhos.

Não sonhos, pesadelos.

Nomi pensava muito em Serina também.

O barco de prisioneiras já teria chegado em Monte Ruína? A irmã estaria a caminho de Azura em segurança? Os pensamentos dela pulavam de Renzo para Serina, de medo para dúvida e esperança.

Na manhã do terceiro dia no mar, Nomi acordou e viu, à distância, uma frota de barcos de fundo chato ancorados e unidos por cordas. Incrédula, encarou o vilarejo flutuante que aumentava diante deles. Cordames emaranhados conectavam as embarcações e homens corriam sobre as cordas, pequenos como formigas àquela distância.

Nomi tinha ouvido falar daquelas comunidades — famílias que moravam na costa em barcos amarrados para criar um vilarejo flutuante —, mas nunca pensara que veria um.

— É melhor passarmos longe — Malachi disse, ajustando a vela para levá-los para as águas abertas. — Quanto menos pessoas nos virem, melhor.

Ele vinha recuperando a força nos últimos dias e seu rosto não estava mais pálido — mas, é claro, ambos tinham ficado mais bronzeados.

Ela se inclinou no leme. Ainda não se sentia completamente à vontade, mas já não temia que o barco virasse a qualquer momento.

Eles tinham quase ultrapassado o vilarejo flutuante quando um grito os assustou.

Nomi virou e viu um veleiro esguio se aproximando com vários homens no convés.

Malachi soltou um palavrão.

— Conseguimos ultrapassar? — ela perguntou, sentindo o suor se acumular na nuca.

— Eles são rápidos demais — o herdeiro respondeu. — Têm uma vela maior e são mais bem treinados. Se tentarmos fugir vamos parecer ainda mais suspeitos. Vamos ter que blefar. — Com um suspiro, ele afrouxou as cordas, deixando a vela pender, e o barco reduziu a velocidade.

— E se reconhecerem você? — Nomi perguntou com o coração pulsando nos ouvidos. Se aqueles homens descobrissem que se tratava de Malachi, com certeza a notícia ia chegar ao palazzo e eles perderiam a vantagem da surpresa.

Ele esfregou sua barba rala.

— *Você* me reconheceria?

Nomi o examinou. A barba rala mascarava a boca carnuda e suavizava sua mandíbula. As olheiras sugeriam uma doença recente, e seu cabelo geralmente curto e penteado estava todo despontado. Seus olhos — brilhantes como madeira polida — seriam reconhecíveis para *ela*, mas só porque tinha passado muito tempo os encarando.

— Tem razão — Nomi disse devagar, observando o uniforme de guarda usado e os sapatos que mal serviam. — Você está irreconhecível.

Malachi deu um sorrisinho.

— Sou um criminoso agora. O herdeiro morreu, lembra?

Nomi pensou no estranho brilho no olhar de Malachi enquanto ele tomava o leme e a mandava para a proa.

— O que vamos dizer? — ela perguntou conforme o barco se aproximava. — E se perguntarem o que estamos fazendo aqui? Não estou... minhas roupas... — Ela gesticulou para a calça azul e a camisa de prisão puídas.

Malachi olhou de relance para ela. Fazia dias que ela não via *aquele* olhar, intenso e assustador.

— *Você* não diz nada.

Um nó se formou na garganta dela.

— Barco à vista! — os marinheiros gritaram, lentamente alinhando seu veleiro com o deles. Era maior, mas nem tanto. Quatro homens, todos com barba e pele bronzeada, conectaram os barcos sem pedir permissão.

Um dos homens, claramente o líder, pulou para o convés deles, aterrissando sobre as botas de couro com um baque pesado. Parecia ter a idade do pai de Nomi. Era alto, não usava camisa e tinha a pele marrom-escura.

Ela abaixou os olhos, com um novo medo nascendo no peito.

E se eles quisessem roubar o veleiro? E se lançassem os dois ao mar — quanto tempo sobreviveriam antes de se afogar?

Um arrepio percorreu sua coluna, gélido como um borrifo de água marinha.

Nomi alisou a calça puída, ciente de como devia parecer estranha. As mulheres não costumavam usar calça em Viridia nem deixar o cabelo solto e emaranhado. O homem reconheceria sua roupa como um uniforme de prisão? Perguntaria por que ela estava tão desalinhada e... selvagem?

Olhou de relance para ele e, como esperava, o marinheiro a olhava com atenção.

— Do que vocês estão fugindo? — ele perguntou bruscamente, cruzando os braços. — Ou quem estão tentando alcançar? São contrabandistas?

— Estou levando minha esposa a Corrado para cuidar dos meus pais doentes — Malachi respondeu sem hesitar, sua voz brusca e autoritária vendendo a mentira. — Nada tão emocionante quanto uma fuga ou contrabando. Mas estou aberto a trocas. Fomos tirados de nosso curso algumas noites atrás e perdemos parte do nosso equipamento e da nossa comida. — Malachi tirou um relógio do bolso da calça e o ouro reluziu ao sol, atraindo a atenção do homem.

— O que quer pelo enfeite? — ele perguntou, lançando outro olhar para Nomi.

— Peixes e pão, se tiverem, e um vestido para minha esposa. Meus pais não podem vê-la nesse estado, suas roupas foram arruinadas pela chuva.

O homem fungou e franziu os lábios.

— Não temos tempestades por aqui faz uma semana. De onde disse que estão vindo?

Nomi torceu as mãos atrás das costas, tentando parecer recatada, mas o balançar constante do barco a desequilibrou e ela abriu mais as pernas. Ficou parecendo um soldado em posição de sentido, confiante demais. Soltou as mãos e deixou os braços penderem ao lado do corpo. Suas palmas suavam.

— Somos de Bellaqua — Malachi disse sem vacilar. — Vocês não devem ter visto a tempestade, soprou do Sul e foi para o interior.

— É um longo caminho para percorrer num barco tão pequeno. — O homem olhou para seus companheiros, que estavam acompanhando a conversa em silêncio, então apontou a alça do depósito sob a proa. — Você não é um marinheiro muito bom, é? Perder tudo quando tem uma lazeira...

Malachi olhou para Nomi por um segundo com uma expressão ilegível, então virou para o homem e aprumou os ombros. Quando falou, seu tom brusco tinha uma nota de crueldade.

— A verdade é que a garota dá trabalho. Eu a comprei do pai, que a mimou a vida toda, e ela jogou nossas coisas fora num acesso de raiva quando eu disse que ficaria cuidando dos meus pais sozinha. Ainda preciso domá-la antes de chegar a Corrado.

Nomi tensionou a mandíbula e encarou o convés, sentindo as bochechas ficarem quentes. *Você sabe que é mentira, ele está fazendo isso para nos proteger.* Tentou se convencer, mas o tom e a facilidade com que Malachi dissera aquilo — como se ela fosse um cachorro que ele tinha comprado e que devia obedecer aos seus desejos — pareceu uma lâmina cravada no peito.

— Ah — disse o marinheiro. Naquela exclamação, Nomi viu suas suspeitas se dissiparem. Ele balançou nos calcanhares, relaxado agora que tudo fazia sentido e que sabia o lugar dela. — Nesse caso, podemos dar um jeito.

Nomi pensara que o palazzo era sufocante e quisera escapar dos espartilhos apertados e vestidos pesados, das aulas infinitas e da política complexa que regulava a vida das graças. Mas o luxo a protegia, como Serina tentara convencê-la no passado. Asa também — ele lhe dera a ilusão de que ela tinha escolha e poder.

Viridia ainda era um lugar perverso, e suas rainhas estavam enterradas.

Nomi encarou as pontas arranhadas das botas. Sua mente vagou, as vozes dos homens perdendo significado enquanto barganhavam e conversavam sobre a inutilidade das mulheres. Ela não queria ouvir Malachi falar dos seus planos para domá-la, com a voz de um estranho.

O homem grande e moreno pulou de volta para seu barco e separou os dois veleiros, amarrando um atrás do outro para rebocá-los até a flotilha. Quando atracaram, desapareceu por um momento, mas Nomi não se moveu nem olhou para Malachi, mesmo quando ele pigarreou e chamou seu nome baixinho.

Quando o homem voltou com os suprimentos, Malachi agradeceu a ele e seus companheiros e apontou o barco para o norte, longe dos homens que ocupavam os conveses da enorme rede de navios amarrados. Nomi sentou, movendo-se com cuidado e precisando de toda a força de vontade para não perder o controle. Manteve o olhar fixo nos pés e a boca fechada.

— Nomi. *Nomi.*

Ela ergueu o queixo e encarou o herdeiro com desafio nos olhos.

— Ele estava desconfiado — Malachi disse.

— Eu sei. — Nomi tentou manter a voz casual e ignorar a pressão crescente no peito.

— Eu disse o que ele precisava ouvir. — O herdeiro olhou para ela, parecendo sincero e razoável. Ele não entendia.

— Eu sei — Nomi disse outra vez, porque ela entendia.

Era bom que Serina estivesse fugindo para Azura, porque Nomi não sabia mais se qualquer coisa ia, ou poderia, mudar. A verdade estava ao redor dela e sempre estivera. Não importava se lutasse contra ou a aceitasse; cada interação e momento a recordava da realidade.

Malachi esfregou a nuca bronzeada e bufou.

— Então por que está me olhando desse jeito? Por que está brava?

O vento marítimo bateu no rosto dela, esfriando a pele quente, mas não a chama em seu peito. Nomi tentou contê-la e pensar numa resposta educada, mas não conseguiu.

— Você disse que eu dava trabalho! Que ia me domar. Que tinha me *comprado*! — ela explodiu, as palavras roubadas pelo vento.

— Mas você sabe que...

— O quê? Que era mentira? — Ela balançou a cabeça. — Talvez. Mas foi o que tranquilizou o homem. Saber que eu era sua propriedade me tornou inofensiva e uma parte do mundo que ele conseguia entender. Você pôde dizer que eu dava trabalho porque me tinha sob controle. — Ela queria levantar e se mover, mas o barco tinha pego uma brisa forte e sacudia violentamente enquanto seguia nas águas abertas e deixava o vilarejo para trás. — Você nem hesitou, nem teve que pensar. *Sabia* o que ia acalmar o homem: me tratar como um cavalo selvagem.

Lágrimas escorreram pelo rosto dela, que se sentiu tola. Sabia que estava exagerando e que ele fizera o necessário para protegê-los. *Sabia* que o mundo funcionava daquele jeito e até sabia que Malachi não pensava igual — tinha provado aquilo no aniversário dele, quando tentara lhe dar sua liberdade.

Mas não conseguia esquecer a expressão daquele homem, que cresceu em sua mente e se multiplicou pelas milhares de vezes que ela fora desprezada e excluída de toda decisão que dizia respeito à própria vida. Nomi só tinha passado alguns dias com Serina em um lugar onde as mulheres tomavam decisões por si próprias, onde tinham voz e podiam votar, mas fora o bastante para tornar qualquer outro arranjo insustentável.

Malachi não disse nada por um momento longo e desconfortável, concentrando-se em conduzir o barco e olhando para a silhueta vaga da costa distante. Atrás dele, o sol afundava em direção ao horizonte.

— O que eu devia ter feito? — ele perguntou por fim.

— Não sei — Nomi disse, escondendo o rosto úmido nas mãos. O que ela tinha esperado? A frustração ardia em seu peito. — Não se pode mudar o mundo em uma única conversa.

Uma nova Viridia — era *aquilo* que ela queria, e agora sabia que, mesmo se estivesse disposto, Malachi não era capaz de realizar tal sonho.

Ela observou o sol se afogar lentamente no mar e ansiou por um mundo novo.

TREZE

Serina

— Tem certeza? — Âmbar perguntou, segurando uma faca afiada feita com um pedaço de metal curvo.

Serina respirou fundo e assentiu.

Com a outra mão, Âmbar estendeu sua longa trança e começou a cortar.

Ela fechou os olhos. Seu cabelo era um estorvo desde que chegara, mas agora também fazia parte de seus pesadelos. Neles, Diego a agarrava e o usava para amarrá-la e estrangulá-la.

E Serina se recusava a lhe dar tal poder.

O corte demorou mais do que ela esperava. Serina lembrou as horas que a mãe e a irmã tinham passado penteando seu cabelo, todo o tempo que haviam ficado juntas, rindo e fofocando enquanto faziam penteados elaborados. A saudade a atingiu como um soco.

— Você está bem? — Âmbar perguntou quando terminou. A mulher mantinha o cabelo raspado exceto por uma faixa ruiva no centro.

Serina se virou para ela e desviou o olhar depressa — a trança pendia da mão de Âmbar como uma serpente morta.

O que sua mãe pensaria se a visse daquele jeito?

Ela correu as mãos cheias de calos pelos fios na altura do ombro. Recusava-se a sentir vergonha.

— Estou bem. — Era só cabelo, não havia por que se afeiçoar.

Ela ainda era Graça, a mulher que tinha se tornado em Monte Ruína.

Âmbar enfiou a faca na bota e entrou na floresta para descartar a trança, seus passos determinados dispersando um grupo de mulheres mais jovens que rondavam a fonte quebrada.

O hotel Tormento já parecera vazio e assustador, mas agora era um reduto do caos parcialmente controlado. Quartos vazios eram ocupados pelas mulheres dos bandos da praia, dos penhascos do sul, da caverna e da floresta. O salão de baile ainda servia de enfermaria, o saguão destruído se tornara ponto de encontro e a passarela sobre o canal malcheiroso ressoava com vozes.

Naquele momento, os gritos estavam mais altos que de costume.

Serina correu para encontrar o grupo de busca retornando e seu coração despencou quando viu o corpo que elas carregavam.

Não era de um dos guardas fugitivos.

— O que aconteceu? — ela perguntou. Na primeira noite de busca, Maris tinha matado Heitor, mas o outro tiro que elas tinham ouvido não dera em nada: Diego havia conseguido escapar do grupo que o tinha encontrado perto do acampamento do bando da floresta e ninguém havia visto Nero, nem naquela noite nem depois. Tinham se passado três dias e os dois guardas ainda estavam aterrorizando e matando as mulheres de Monte Ruína.

— Uma das garotas vigiando a entrada sul da prisão foi morta — Raposa relatou. Seu cabelo claro escondia um olho, mas não a fúria em seu olhar. — Ela só se afastou alguns metros para fazer suas necessidades e nunca voltou. Nós a encontramos nos penhascos do sul, mas não havia sinal dos guardas. As garotas do turno dela não viram nada nem a ouviram gritar.

Serina sentiu um arrepio. Eles tinham perdido duas mulheres na mesma área no dia anterior.

— Nero e Diego estão testando nossas defesas do portão sul da prisão, provavelmente querendo libertar os outros. *Ninguém* mais se afasta sozinha, nem por um segundo — Serina ordenou. — Quero mais mulheres lá embaixo hoje à noite. Vou procurar Val e ver se podemos enviar uma das nossas atiradoras.

O treinamento em armas estava indo bem, mas a munição diminuía cada vez mais.

Raposa bateu a ponta da lança na terra.

— As mulheres já estão dispersas — ela rosnou. — Temos grupos de busca e lugares demais pra vigiar. E a comida está acabando.

Atrás dela, três mulheres colocaram o corpo no chão com delicadeza. Tinham começado a levar as mortas ao vulcão logo de manhã — era perigoso sair à noite com Nero e Diego à espreita, esperando uma chance de matá-las.

Graveto, a líder do bando da praia e a pessoa mais alta da ilha — ainda mais que Val — se aproximou.

— Já parou de dar comida aos guardas? Por que eles recebem rações se mal temos o bastante pra nós?

— Reduzimos as rações, mas ainda os estamos alimentando — disse Serina. — Por enquanto. O barco vai chegar no máximo em três dias, temos o suficiente para isso.

Ela se manteve firme e sorriu para a mulher, resgatando seu treinamento de graça. Naquela época, o único peso que tinha sobre os ombros eram as expectativas dos pais. Nunca fora responsável pela vida de outra pessoa. O fato de que a maioria das mulheres que a procuravam em busca de respostas parecia odiá-la não ajudava. Serina estava exausta.

Você é determinada, ela tentou se incentivar. *Consegue lidar com isso.*

Graveto balançou a cabeça com desdém e se afastou.

— Descansem — Serina disse a Raposa e ao resto do grupo.
— Separamos comida pra vocês na enfermaria.

As mulheres seguiram em direção ao salão escuro e Serina se agachou ao lado da morta. Ela tinha cabelo preto, cortado na altura dos ombros como o dela. Serina não a reconheceu, mas as marcas roxas ao redor do pescoço eram familiares — iguais às de Boneca, Escorpião e das outras vítimas.

A raiva queimou em seu peito, tão violenta quanto inútil.

Val e Anika foram procurá-la enquanto ainda fazia a vigília do corpo. Serina contou o que aconteceu.

— Ela foi morta perto do portão sul, onde as outras mulheres foram encontradas ontem. Acho que estão tentando soltar os outros guardas.

— Você mandou mais grupos de busca? — Anika perguntou.

— Não podemos deixar que continuem nos matando, temos que encontrar os fugitivos. — Não havia empolgação em sua voz; ela estava desanimada desde a votação. Mais do que qualquer uma, Serina entendia a agonia de Anika por ter que deixar a família para trás.

Ela balançou a cabeça.

— Não, mas quero mais mulheres no portão sul hoje à noite. Val, podemos ceder munição para uma atiradora ficar de patrulha?

Ele estava perto da fonte, dividindo sua atenção entre a conversa e as sombras além da clareira. Mantinha-se vigilante desde a fuga dos guardas.

Todos estavam tensos.

— Vou conferir a munição depois do treino de hoje — ele disse, sem opinar se era uma boa ideia. Além de questões logísticas e sugestões sobre onde procurar Nero e Diego, Val mantinha suas opiniões para si. Serina apreciava sua reserva, mas às vezes queria que ele lhe dissesse o que fazer.

Ela nunca tinha tomado tantas decisões quanto na semana anterior. Tinha sido criada para acreditar que as escolhas eram feitas por homens e que seu trabalho era ser bonita e manter a boca fechada. Oráculo tinha desconstruído boa parte daquela educação, mas Serina não conseguia apagar sua história.

O fato de que Viridia já fora governado por mulheres não facilitava seu trabalho. Seus instintos eram ceder o controle e se submeter.

Ela respirou fundo. Com o tempo, aquilo mudaria.

— Anika, preciso que se junte à patrulha do sul — Serina disse com um sorriso conciliatório. — Confio em você pra manter todas em segurança.

— Tudo bem. — Anika se virou para Val. — Vou pegar uma arma. Se vir um daqueles monstros, atiro pra matar. — Ela se afastou antes que ele tivesse uma chance de responder.

Serina e Val carregaram a mulher morta até um canto do saguão arruinado, deixando-a ao lado de uma mulher que tinha morrido de infecção mais cedo. As duas seriam levadas ao vulcão pela manhã.

Em um acordo implícito, eles entraram no hotel e foram até o quarto onde mantinham as rações para ter alguns momentos a sós.

— Você cortou o cabelo — Val disse, passando os dedos pelas pontas. Seu sorriso era tão gentil e doce que ela se esqueceu de sentir vergonha.

Serina o abraçou, descansou a cabeça no seu peito e fechou os olhos. Aquilo era tão natural quanto respirar para ela.

— Como você está? — Val perguntou.

— Cansada. Preocupada.

Ele acariciou suas costas gentilmente.

— Desde que nos conhecemos, você resiste a todo momento, mesmo nos mais difíceis. É o que mais gosto em você: sempre levanta e segue em frente.

— E como sorrio para pessoas que me odeiam? — Ela se aconchegou em sua camisa usada e macia. O peito dele vibrou com uma risada.

— Exato, é difícil sorrir para alguém que te odeia — Val respondeu. — Mas não acho que Anika te odeie. Graveto, talvez.

Ela o empurrou de leve.

As mãos de Val subiram para os ombros dela e seguraram seu rosto. Serina se afastou um pouco para poder olhá-lo.

— Um ano atrás, você estava aprendendo a ser uma graça. — Ele correu um dedo pela sua bochecha. — Dedicava sua vida a atender às necessidades de outra pessoa. E agora está fazendo um bom trabalho liderando cento e cinquenta mulheres para a liberdade. Sei que tem dúvidas, mas está ajudando todo mundo em Monte Ruína.

As palavras a acalentaram. Ela sempre ficava surpresa quando Val falava daquele jeito — nunca tinha imaginado que um homem ficaria satisfeito ao ver uma mulher reivindicando poder ou se mantendo à parte em vez de impor sua vontade. Outrora pensara que o herdeiro era bonito, mas nunca tinha visto nada mais atraente que o respeito nos olhos de Val.

Serina pressionou o rosto contra as mãos dele, inclinando a cabeça para trás, e Val aceitou o convite e se inclinou para beijá-la. Seus lábios se encontraram e construíram um pequeno universo de luz e estrelas vertiginosas. As mãos dela tocaram seu peito, seus ombros e os fios macios na sua nuca. Ela o puxou mais para perto, sentindo o calor doce e escuro da sua boca. As mãos dele também se moveram, abandonando seu rosto e envolvendo sua cintura. Serina suspirou enquanto a respiração dos dois se misturava, acendendo chamas em sua barriga.

Então o som de passos apressados os afastou.

Ela virou bem a tempo de ver Anika entrar na sala.

— Encontramos outro corpo — a mulher ofegou.

O calor foi drenado de Serina, deixando gelo no lugar. *Não outro. Não tão cedo.*

— O que aconteceu? — ela perguntou, seguindo Anika para fora da sala e pela escadaria coberta de lava congelada. Val as seguiu com a mão na arma.

— Foi Leoa, uma garota do bando da praia. Era uma das nossas sentinelas do lado norte, perto do anfiteatro. — Anika olhou por cima do ombro e acrescentou: — Foi estrangulada, como as outras.

Serina bateu o punho na coxa.

— Algum sinal de Nero ou Diego?

Anika balançou a cabeça.

— As garotas que estavam de vigia com ela não viram nada. Num momento estava lá, um segundo depois tinha sumido. Sua faca e o garrafão de água também.

Serina xingou baixo.

Eles chegaram à entrada do saguão, ainda emoldurada por vasos rachados que já haviam contido plantas decorativas, mortas muito tempo antes. Um grupo de mulheres cercava o corpo imóvel de Leoa. Serina sentiu os olhos arderem.

Graveto se inclinou e puxou o corpo da garota para si, apertando-a de modo protetor. As pernas de Leoa pendiam sem vida e o estômago de Serina se revirou.

Anika falou em voz baixa.

— As outras sentinelas os perseguiram por um tempo antes de perder seu rastro perto do riacho. Não sabem como o guarda conseguiu passar por elas sem que notassem.

O coração de Serina despencou.

— Certo. Traga todo mundo para dentro, exceto as mulheres vigiando o complexo dos guardas. Vamos ficar perto do hotel hoje, aumentar nossas defesas aqui e rezar para que o barco chegue amanhã. — Elas já estavam dispersas demais, e ninguém dormia o suficiente. — Não deixe ninguém sair sozinha. Quero todas armadas, mas nada de revólveres. Não podemos arriscar que Nero e Diego ponham as mãos em um. Menos você, Anika. Fique no portão sul, como planejava.

A mulher assentiu.

— É melhor que aquele barco chegue logo. Precisamos sair daqui.

Serina foi procurar Âmbar, que ajudava na enfermaria quando não estava liderando o treinamento de combate. A mulher mais velha parecia não parar por um segundo nem para dormir. Val caminhou com ela. Serina não sabia se o jeito como ele examinava as árvores com os olhos apertados era reconfortante ou perturbador.

— Quero estar no próximo turno de vigia na prisão — ela disse. — Eu, Âmbar, você e Penhasco, se eu conseguir encontrá-la. Não consigo parar de pensar que Nero e Diego querem soltar os outros guardas.

— Ou só estão tentando nos matar aos poucos — Val disse com um tom sombrio. — Eles pegaram Leoa perto do anfiteatro.

— E o treinamento de tiro? Estamos prontas se o barco chegar mesmo amanhã? — Eles ainda estavam tentando encontrar dez garotas que pudessem usar as armas com habilidade.

Val deu de ombros.

— Andando. Maris não quer mais treinar, então escolhi outra garota para o lugar dela. Não é tão boa, mas está melhorando. As outras também.

O sol desaparecia e a enfermaria estava cheia de sombras. A maioria das mulheres feridas se recuperava, mas uma garota tinha morrido naquela manhã e outra provavelmente ia segui-la. Uma terceira, do bando da caverna, não conseguia mexer as pernas. Val dissera a Serina que a mulher provavelmente nunca andaria de novo.

Serina encontrou Maris encolhida em um canto com Helena e foi até elas com o coração acelerado.

— Você está bem? Ouvi que não foi treinar.

Maris ergueu a cabeça ao ouvir a voz. Serina ficou chocada com seu rosto emaciado. Havia meias-luas escuras sob seus olhos e seu cabelo estava sujo e emaranhado. Ela nunca teria imaginado que a garota já fora uma graça.

— Você está bem? — Serina repetiu.

Maris escondeu o rosto nas mãos.

— Eu fico ouvindo o tiro — ela murmurou. — Fica... ecoando sem parar... e o sangue...

— Ela vem tendo pesadelos desde aquela noite na caverna — Helena sussurrou. — Tem medo de dormir agora. — Ela esfregava as costas de Maris.

Serina se abaixou no chão de mármore rachado na frente das duas e pegou as mãos de Maris.

— Você salvou nossas vidas. Sua rapidez salvou Helena.

Maris ergueu os olhos. O coração de Serina se apertou ao ver sua expressão assombrada.

— Heitor não ia parar — Serina continuou, mantendo a voz baixa e tranquilizadora. — Ele queria nos ferir e teria nos matado sem pensar duas vezes. Se você não tivesse atirado, Heitor teria roubado a arma e matado todas nós naquela caverna. Você fez o que tinha que fazer, Maris. Helena está aqui agora por causa do que você fez. Então, se vai carregar a memória dessa morte, não se esqueça de se alegrar pela vida dela também.

— Eu não queria matar ninguém — Maris sussurrou.

Helena pôs o braço ao redor da garota.

— Nenhuma de nós queria. — Ela olhou para Serina. — Mas, se eu estivesse com a arma naquele dia, teria ficado feliz em matar o guarda. O que isso diz sobre mim?

Lágrimas escorreram pelo rosto dela.

— Diz que você quer sobreviver, como todas nós. — Serina levantou. — Não vai ser sempre assim. Logo vamos deixar Monte Ruína e tudo isso para trás.

Helena passou a mão pelo cabelo de Maris e a puxou para mais perto de si.

— Vamos mesmo?

— Você salvou a vida de Helena, Maris — Serina repetiu com firmeza. Lembrou-se do choque de assistir à sua primeira luta sabendo que um dia teria que fazer o mesmo. Entendia como aquele lugar era aterrorizante para uma garota vinda do palácio. — Tente focar nisso.

Com um último olhar para as duas mulheres, ela se virou e foi até Val, que tinha trazido Âmbar da enfermaria.

— Vamos pegar um turno na prisão — Serina disse a Âmbar. — Você vem com a gente?

A outra assentiu.

— Claro.

Eles encontraram Penhasco em um ponto isolado perto do hotel, onde estava afiando galhos para fazer lanças.

— Traga sua faca — Serina recomendou.

Subiram a trilha para o complexo em silêncio, esquadrinhando cada sombra.

A noite tinha caído quando chegaram. Serina ficou grata pela tocha de Âmbar e a arma de Val. Não gostava de como a escuridão parecia pressioná-los de todos os lados.

Dez mulheres guardavam a entrava perto da trilha e assentiram solenemente quando o grupo de Serina entrou no prédio. A escada escura e abafada era tão estreita quanto a entrada da caverna. Ela respirou fundo e tentou visualizar tetos altos e lustres brilhantes ou uma brisa marítima pura, sem o cheiro de enxofre, cinzas ou sangue.

Sangue?

Eles tinham chegado no topo das escadas. A porta de ferro grossa estava aberta.

Val empunhou a arma e Serina apertou sua faca.

Devagar, eles entraram no longo corredor. Pela primeira vez, ela conseguiu ouvir o zumbido das luzes. Levou um momento para perceber por quê.

Os guardas não estavam gritando ameaças e insultos.

Ela encarou Anika, Espelho e Raposa. Todas portavam armas. Não era seu turno de vigia.

— Anika — Serina sussurrou, distinguindo as formas escuras nas celas, os braços escancarados e as manchas de sangue. — O que vocês fizeram?

CATORZE

Nomi

Nomi acordou encolhida na proa com a cabeça apoiada no braço. Raios de sol fracos iluminavam o rosto de Malachi, que dormia ao lado do leme com a cabeça encostada na amurada e a boca aberta.

Se os dois estavam dormindo...

Ela sentou depressa, notando outros detalhes: as velas frouxas e as luzes de um vilarejo brilhando na costa, a cerca de dez metros dali.

A costa — *a dez metros.*

Nomi correu até a popa.

— Malachi — disse, sacudindo seu ombro.

Com uma bufada bastante indigna para o herdeiro de Viridia, ele jogou a cabeça para trás e acordou com um susto, como se tivesse sido atirado na água.

— O quê? O que aconteceu?

Sem dizer nada, ela apontou para o vilarejo próximo.

Ele se reclinou e esfregou os olhos.

— Eu sei.

— Você... quer dizer... — Foi a vez dela de bufar indignada.

— Você estava dormindo. Não quis te acordar e sabia que precisávamos esperar até a manhã para atracar. Então desfraldei as velas e joguei a âncora. — Ele bocejou. — Foi bom, consegui dormir um pouco.

Nomi olhou para as casas que subiam como aranhas até as colinas.

— Isso é Porto Rosa?

Ele assentiu.

— Sim.

Ela se inclinou sobre a amurada, procurando a corda da âncora.

— Então vamos.

— Ainda não — Malachi disse. — Precisamos comer. E você precisa se trocar.

Nomi olhou para suas roupas — ainda usava a camisa puída e a calça larga da prisão.

— Sei que é difícil, mas temos que manter a farsa — ele acrescentou, de um jeito quase gentil.

— Você está falando da farsa em que sou uma garota calada e obediente que segue o marido com a cabeça baixa. — A vontade familiar de gritar se ergueu no peito dela.

— Mas você *não é* uma garota calada e obediente. — Ele ergueu o queixo dela com um dedo, inclinando a cabeça de Nomi para que ela o olhasse nos olhos, então deu um sorriso afiado. — Você é perigosa.

Contra a própria vontade, ela se lembrou da noite da tempestade, quando ele tinha lhe dito a mesma coisa e a beijado. Seus rostos estavam corados e molhados de chuva, e tinha sido diferente de beijar Asa de jeitos que Nomi nunca se permitira examinar.

Com certeza não ia examiná-los naquele momento.

Ela foi até a lazeira e tirou os bens que eles tinham adquirido.

— Tudo bem — Nomi disse com calma fingida. — Eu uso o vestido.

Ela não tinha uma escova, então alisou o cabelo com os dedos e fez uma trança. Não podia trocar as botas, mas o vestido era longo, e ela esperava que ninguém notasse. Mesmo que não tivesse ideia de como usá-la, a faca de Serina escondida ao lado do tornozelo era reconfortante.

Depois que Nomi se vestiu, Malachi deixou seu lugar na popa e içou a vela.

— Como está se sentindo? — ela perguntou, apontando para a barriga dele. O herdeiro tinha escondido a dor nos últimos dias, mas Nomi via as gazes manchadas de sangue e a tensão em seu rosto quando ele puxava as cordas.

Malachi tocou o ferimento.

— Estou bem.

Ela ergueu uma sobrancelha.

— Estou sarando — ele emendou. — Vou sobreviver.

— Ótimo — Nomi respondeu. — Eu... estou nervosa — admitiu. — E se Dante não quiser se juntar a você? E se for leal a Asa?

— Ele é meu melhor amigo desde que éramos crianças — o herdeiro disse. — Conhece o caráter de Asa.

Ela foi para a proa e observou o porto se aproximar, tentando focar a vista.

Uma longa praia dourada serpenteava sob casas com tetos avermelhados que subiam pelas colinas. Além da cidade, uma colina arvorejada sustentava o céu. Ao norte, um longo cais se estendia até o ar, concreto e aço poluindo o charme da cidade. Malachi os levou até o cais, onde alguns estivadores o ajudaram a amarrar o barco.

Nomi respirou fundo.

Você consegue.

Ela baixou os olhos e se tornou uma mulher de Viridia outra vez.

Malachi a ajudou a descer com uma mão em seu cotovelo. Por um momento, as pernas dela ficaram bambas, desacostumadas a andar sobre terra firme.

— Como posso ajudar, senhor? — perguntou um homem com

rosto de doninha, vestindo um colete de brocado azul-marinho e uma calça dourada.

— Gostaria de atracar meu barco aqui por alguns dias — disse Malachi, estendendo-lhe algumas moedas de sua bolsa, espólios da troca com os homens do vilarejo flutuante. — Isso deve bastar.

O supervisor do cais contou o dinheiro e o examinou com um olhar rápido.

— Faltam duas pratas — ele disse, erguendo uma sobrancelha. Seu cabelo era ralo e os tufos castanhos no topo não cobriam a calvície.

Malachi estendeu outra prata.

— Pagarei a outra quando tirar meu barco.

O supervisor abriu a boca para protestar, mas murchou sob a intensidade do olhar de Malachi. Enquanto ele a conduzia adiante, Nomi quase sentiu pena do homem.

O dia tinha nascido em Porto Rosa e as ruas estavam cheias de homens empurrando carroças em direção à piazza central. Alguns eram seguidos por esposas e filhas — as mulheres podiam vender mercadorias, contanto que não manuseassem o dinheiro.

Fazemos o trabalho manual e as tarefas mais extenuantes, Nomi pensou enquanto olhava uma garota magra levando uma cesta pesada de pão apoiada no quadril, suas costas curvadas pelo fardo. Ela pensou na mãe debruçada sobre a máquina de costura, trabalhando por décadas enquanto o marido coletava seus ganhos. O pai de Nomi era gentil, mas nunca tinha questionado o sistema nem perguntado à esposa sua opinião sobre qualquer coisa.

Mas Renzo... Nomi *obrigara* o irmão a ouvi-la. Suas visões radicais o tinham influenciado sem que ele percebesse. Ela não sabia se sua persistência o tornara diferente, se aquilo tinha a ver com o fato de serem gêmeos ou se ele simplesmente era o tipo de pessoa que acreditava que todos tinham valor.

O sorriso dele brilhou na mente dela como a chama de uma vela e a ajudou a seguir em frente.

Malachi percorreu as ruas de paralelepípedos com passos largos, ombros aprumados e um olhar intenso que ameaçava destruir qualquer um que o questionasse. A barba e as roupas usadas não podiam esconder a arrogância que ele herdara do pai. Como ninguém o reconhecia?

Nomi sentia um aperto no coração toda vez que alguém olhava mais demorado para ele.

— Dá pra disfarçar um pouco? — ela sussurrou, fingindo estar com medo de um cachorro para chegar mais perto dele.

— Disfarçar o quê? — o herdeiro murmurou.

Nomi quase revirou os olhos.

— Essa... pose de superior. Você está andando como se fosse o dono da rua. Alguém vai te reconhecer.

Malachi seguiu em frente, mas aos poucos sua atitude mudou. Ele parou de lançar aquele olhar intenso para todos os passantes, deixou os ombros caírem e reduziu o passo.

Dois homens de costas para eles numa esquina riram alto, assustando-os.

Nomi seguiu Malachi por um beco estreito. Acima, mulheres penduravam roupas em varais amarrados entre os dois prédios. Nomi se lembrava de fazer aquilo e do modo como o fio queimava a ponta de seus dedos já esfolados pela água quente e pelo sabão grosseiro.

Em cada rua, ela procurava sinais de que o país estava em luto pelo superior — cortinas pretas ou fitas pendendo de postes e dos portões de ferro torcido que protegiam as casas mais ricas.

Não havia nada.

— Não deveriam estar todos de luto pelo seu pai? — ela murmurou. — Eles não sabem que o superior morreu?

— Vi um retrato de Asa numa loja. Eles sabem. — Malachi tensionou a mandíbula. — Parece que Asa não declarou luto depois de sua ascensão.

Nomi chegou mais perto dele, sem saber como demonstrar que sentia muito. Por mais que o superior fosse cruel e caprichoso, era pai de Malachi. Ela podia não estar triste por Viridia não chorar a morte do homem, mas era incômodo que tivesse sido uma decisão de Asa.

— Estamos quase lá — Malachi sussurrou.

Eles entraram em uma área mais silenciosa à medida que se afastavam da piazza central e dos negócios. Pegaram uma rua de casas maiores, com altos portões de ferro forjado e jardins exuberantes. Exceto por uma idosa que varria um batente e um garoto brincando com uma bola numa esquina, não viram ninguém.

Tinham percorrido uma boa distância do cais até as colinas, mas o ar ainda cheirava a peixe e salmoura, lembrando Nomi seu primeiro dia em Bellaqua, quando tinha visto as pontes e os canais de contos de fada e sentido o cheiro de podridão.

Ela esperava que aquela viagem tivesse um resultado melhor.

Malachi virou à direita e eles viram um campo de treinamento com um prédio baixo no canto. Ele estancou.

— O que foi? — Nomi perguntou.

O herdeiro balançou a cabeça devagar.

— Não sei. Talvez não seja nada, mas é estranho não ter ninguém aqui. As guarnições treinam de manhã.

— Vamos investigar — ela disse, puxando-o pelo braço.

Eles se aproximaram com cuidado, embora Nomi não soubesse por quê. Talvez fosse a canção dos pássaros nas árvores e todo aquele sossego.

Ela imaginava que campos de treinamento e postos militares não fossem lugares muito tranquilos.

— Você vai ter que esperar aqui — Malachi disse quando chegaram à pesada porta da frente. — Mulheres não podem entrar.

Claro que não, mas ela não gostava nada daquilo. E se Dante não fosse tão leal quanto Malachi supunha?

Nesse caso, o que você faria?

Nomi assentiu docilmente, interpretando seu papel, e ficou na calçada enquanto ele entrava no prédio.

Ela examinou as árvores altas com troncos grossos do outro lado da rua e reparou no garoto na esquina, que tinha esquecido a bola e a encarava descaradamente. Deu-lhe um sorriso hesitante que ele não retribuiu.

Malachi voltou muito mais rápido do que ela esperava, mas sem Dante.

— O que aconteceu? — ela perguntou.

— O lugar está vazio — o herdeiro respondeu, apertando os lábios em confusão. — Não tem ninguém no prédio inteiro. Eles foram embora.

Nomi sentiu um arrepio descer pela coluna.

— Como isso é possível?

Malachi balançou a cabeça.

— Não sei. Eles não têm motivo nem outro lugar aonde ir. A não ser que...

— O quê? — De repente, o silêncio e o som dos pássaros não pareciam sinais de sossego, e sim maus augúrios.

Malachi olhou ao redor como se pudesse encontrar os soldados escondidos nas sombras, então avistou o menino que fingia brincar com a bola.

— A não ser que Asa esteja reunindo tropas em algum lugar.

Nomi envolveu o corpo com seus braços, sentindo o estômago se revirar. Por que Asa estaria reunindo tropas?

— Espere aqui um segundo. — Malachi foi até a esquina e se

agachou diante do menino. Nomi não conseguiu ouvir o que ele disse.

O menino deu de ombros. Balançou a cabeça. Arranhou o dedão nas pedras da rua.

Malachi voltou, passou por ela e desapareceu no prédio da guarnição. Um pouco depois, emergiu com um papel pequeno dobrado. Nomi ficou em silêncio, apertando as mãos, enquanto ele dava o papel para o menino e bagunçava seu cabelo.

O garoto pegou a bola e saiu correndo, desaparecendo na rua.

— O que foi isso? — ela perguntou quando Malachi voltou.

Ele deu de ombros.

— O garoto disse que não sabe aonde os soldados foram, mas acho que estava mentindo. Em todo caso, deixei uma mensagem pra Dante com ele.

Nomi foi tomada pela decepção.

— E agora, o que fazemos? Esperamos que voltem ou você vai para Bellaqua enfrentar Asa sozinho?

E o que *ela* faria? Deveria tentar encontrar Renzo?

O plano deles dependia de Dante; sem ele, os dois não tinham nada.

Malachi olhou ao redor da rua vazia como se pudesse encontrar a resposta em algum lugar, então fixou um olhar penetrante nela.

— Lanos não é tão longe. Podemos visitar seus pais; talvez Renzo tenha mandado uma mensagem revelando sua localização.

— Mas... — A mente dela girava. — E Asa?

— Eu gostaria de esperar um dia ou dois por Dante, caso o garoto entregue minha mensagem. — A voz dele suavizou. — E você veio de longe. Se seu irmão está por perto ou sua família em perigo, devíamos tentar ajudar.

Os olhos dela se encheram de lágrimas. Nomi sentiu uma pontada estranha no coração.

— Obrigada. Sou eu quem devia estar te ajudando a consertar tudo isso. Não sei por que quer me ajudar.

Malachi lhe lançou um olhar demorado.

— Não sabe?

Ela sentiu o rosto queimar, mas não respondeu.

QUINZE

Serina

SERINA NÃO CONSEGUIA DORMIR, então passou a noite vigiando o hotel Tormento, acompanhada pelo silêncio de Âmbar e os estalos baixos da tocha que tinham cravado no chão. Ao redor do prédio, outras mulheres esperavam. Observavam.

Como elas puderam matá-los?

Serina repassava a discussão sem parar na cabeça.

O plano sempre foi assassiná-los. Ou não seria assassinato deixá-los aqui para morrer de fome?

Anika não tinha recuado nem por um segundo. Serina a observara com atenção, mas ela não hesitara ao defender sua decisão.

— Os guardas eram um risco — ela dissera. — Estavam comendo nossa comida e era preciso cada vez mais mulheres para vigiar suas vidas imprestáveis. Se Nero e Diego os libertassem, com certeza teriam matado mais mulheres e talvez encontrado um jeito de se comunicar com o barco. Eles eram uma *ameaça*. E morreriam de qualquer jeito de acordo com seu plano. Pelo menos os despachei depressa. Não acho que teriam preferido passar fome.

— Não — Serina tinha argumentado, com o coração batendo nos ouvidos. — Eles teriam uma chance. Deixar os guardas na ilha não seria o mesmo que os assassinar. Eu ia dar a eles mais do que o comandante Ricci jamais deu a *nós*. E protegeria *vocês*. — Ela apontou para as mulheres segurando as armas. — Não queria que olhassem um homem desarmado nos olhos e pusessem fim à vida dele. Não foi um caso de luta pela sobrevivência, mas de assassinato premeditado.

Anika apertara seu ombro, virando-a para que ficassem cara a cara.

— Eu não precisava da sua proteção, mas você precisava de mim. Nunca ia tomar essa decisão. — Ela olhara de esguelha para Val. — E ela precisava ser tomada. — Anika dera um tapinha no ombro de Serina. — Nós cuidamos dos corpos. Podemos usar a prisão para atrair Nero e Diego ou trancar o prédio e nos reagrupar no hotel. Você é quem sabe.

Serina tinha observado em choque enquanto Anika tirava as chaves de sua mão e as mulheres destrancavam as celas e arrastavam os corpos para o corredor. Ficara em silêncio quando Espelho disse, ao sair:

— Eles não eram boas pessoas, Serina.

A sós com Val, ela dissera suavemente:

— Eu queria dar uma chance pra eles.

Ela tinha pensado em Diego agarrando seu cabelo, nas ameaças de Carlo e Heitor, nos guardas que assistiam às lutas e apostavam em quais garotas morreriam, em Bruno que havia tentado violentá-la e depois matá-la.

Tinha pensado no barco em que Nomi chegara, com apenas dois guardas, e de como Val os deixara viver e não tomara o barco.

Anika quisera matar os guardas desde o começo, mas Serina a tinha impedido, dizendo que poderiam usá-los como moeda de troca ou fonte de informações — mas será que não havia sido influenciada por Val?

Será que tinha falhado com as mulheres de Monte Ruína porque *Val* era seu ponto cego? Boneca e outras mulheres estariam vivas se ela tivesse executado os guardas imediatamente.

Não haveria ameaças nem terror na ilha enquanto elas aguardavam o barco.

Nero e Diego ainda estavam à solta.

— Espelho tem razão — ela dissera devagar. — Os guardas feriram muitas mulheres. Anika também estava certa. Eles eram seu ponto cego, então eram o meu também. Nero e Diego mataram tantas mulheres... — Serina parou. — O sangue delas está nas nossas mãos.

— Estou farto de sangue — Val dissera, virando-se para ajudar com os corpos.

Agora, ela mantinha vigia enquanto o sol se erguia no horizonte.

— O barco pode chegar hoje — Serina disse a Âmbar, tentando focar em pensamentos mais produtivos. Reviver a noite anterior não ajudaria ninguém. — Estamos prontas?

Âmbar estalou os dedos enquanto fazia uma avaliação.

— Não sei quanto às atiradoras, mas o treinamento físico está indo bem. Eles não devem dar muito trabalho.

— Se for um barco comum, com o número normal de marinheiros e guardas, deve ser fácil. — Serina olhou de relance para a trilha. De manhã, tinha mandado vigias para esperar o barco. Um grupo grande, para se proteger de Nero e Diego.

Se os guardas matassem as vigias, elas não saberiam que o barco estaria a caminho.

— Devíamos treinar no cais. Precisamos pôr todas em posição depressa.

Hoje, talvez amanhã, esse pesadelo vai acabar.

A não ser que Asa tivesse mudado o sistema de alguma forma. A possibilidade não tinha passado pela mente dela até então.

Quando o dia nasceu, Serina e Âmbar deixaram o complexo dos guardas e reuniram todas as mulheres que não estavam de vigia no saguão destruído do hotel Tormento.

— Precisamos interromper os treinamentos e começar os preparativos para a viagem — Serina disse, alto o bastante para que todas ouvissem. — Abandonem a caça, o treinamento de tiro e os grupos de busca. Levem todos os seus pertences e alimentos para a enfermaria, assim vai ser mais fácil pegar na hora. Vamos partir logo que o barco chegar; Diego e Nero não podem ter uma chance de nos impedir.

O anúncio foi recebido com alvoroço. Ela enviou um grupo para levar Leoa e as outras ao vulcão, então puxou Anika à parte.

— Reúna todas as atiradoras. Quero praticar nosso ataque no cais.

Anika assentiu e sumiu depressa. Quando voltou, Serina se surpreendeu ao ver Maris entre as mulheres.

— Tem certeza? — perguntou.

Maris empinou o queixo. O cabelo saiu da frente do rosto e as sombras deixaram seus olhos, que não pareciam mais tão assombrados.

— Estou pronta para fazer minha parte.

Serina sorriu.

— Fico feliz em ouvir isso.

Ela encontrou Val na enfermaria. Ele lhe deu um sorriso leve e triste, mas nenhum dos dois mencionou a conversa da noite anterior.

— Pode organizar dois grupos para coletar água? — Serina perguntou. — Precisamos encher todos os garrafões. Vão ser nossa carga mais preciosa.

Ele assentiu.

— Há alguns barris vazios no complexo que podemos usar também.

— Ótimo — ela disse. — Precisamos de tudo pronto. Podemos reabastecer mais tarde se o barco se atrasar.

Val se virou, mas Serina o chamou. Ele parou.

— Não saia sozinho — ela disse. — Para Diego e Nero, você é um alvo.

Ele apertou a mão dela.

— Vou tomar cuidado.

Serina o observou por um momento, então se virou para as atiradoras.

— Quando recebermos o sinal das vigias, vamos ter um tempo muito curto para assumir posição sem ser vistas pelos homens no barco. Então vamos praticar no local por quanto tempo for preciso.

As garotas assentiram.

Serina e Âmbar as guiaram até o cais.

— Parece que esse barco não chega nunca — Âmbar comentou. — Talvez alguma magia tenha nos prendido aqui e estejamos fadadas a percorrer essas mesmas trilhas e nos preocupar com esses mesmos guardas para sempre.

Serina deu um olhar de relance para a mulher mais velha. Âmbar não falava muito, exceto para rosnar comandos durante treinamentos. Não era de ficar fantasiando.

— Estão demorando mesmo, acho que já faz duas semanas desde o último — ela respondeu.

— Antes parecia que eles chegavam um atrás do outro — Âmbar disse. — Quando sabíamos que significam comida e morte.

— Há quanto tempo você está aqui? — Serina perguntou, imaginando quantas lutas a outra tinha visto, e vencido. Seu rosto e seu corpo eram um mapa de cicatrizes, algumas esmaecidas, outras mais grossas. Âmbar era uma figura imponente, e Serina não podia negar que ainda tinha medo dela.

— Não sei — a mulher respondeu, dando passos largos com

suas pernas fortes. Serina se apressou para não ficar para trás. — Depois do segundo ano, parei de contar. Ganhei no ringue seis vezes.

— Seis... — Serina perdeu o fôlego. Às vezes se surpreendia ao perceber quantas mulheres tinham morrido ali. Para cada vitória de Âmbar, quatro lutadoras haviam morrido, somando vinte e quatro só naquelas seis lutas. Mais onze tinham morrido nas lutas desde que Serina chegara a Monte Ruína. Os números eram arrasadores.

— Oráculo estava aqui há mais tempo. Foi a primeira pessoa que conheci em Monte Ruína. — A voz dela ficou embargada, mas sua expressão continuou dura. — Ela venceu dez lutas, uma delas por mim. Eu estava doente no dia, tinha comido javali estragado, e ela se ofereceu para ir no meu lugar. Ainda não era a líder naquela época. Depois, passou três dias cuidando de mim e guardando minha porção das rações para que eu tivesse o que comer quando me sentisse melhor.

Âmbar nunca tinha falado tanto, e a história partiu o coração de Serina. Quando ela tinha chegado a Monte Ruína, Oráculo já era dura, feita de ferro e arame farpado. Mas obviamente não fora sempre assim, e talvez nunca tivesse sido tão implacável quanto parecera. Ela tinha cedido quando Petrel se oferecera para ajudar Serina e havia lhe contado de seu passado como graça. Oráculo havia mantido muitas mulheres vivas e salvado a vida de Serina.

Merecera escapar mais que todas elas. Não devia ter morrido em Monte Ruína.

— Você e Oráculo salvaram minha vida — Serina disse suavemente, revivendo aqueles momentos no anfiteatro. — Tornaram tudo isso possível.

Âmbar se remexeu, desconfortável.

— Eu a convenci a lutar, e ela morreu. — O ar sumiu dos pulmões de Serina. Âmbar continuou: — Pensei que nós duas podíamos nos livrar de tudo isso. Eu sonhava em escapar com ela. — A mulher reduziu o passo quando chegaram aos penhascos acima do cais e examinou a água. Sua voz ficou quase inaudível. — Agora não sei se quero ir embora. — Ela virou para Serina. — Se eu não morrer aqui e meu corpo não for levado ao vulcão, acha que eu e Oráculo vamos conseguir nos encontrar?

Serina sentia a agonia dela como uma espada no peito.

— Sim — foi tudo o que conseguiu dizer.

Enquanto as outras se reuniam atrás delas, as fissuras na armadura de Âmbar desapareceram — sua mandíbula ficou tensa e seus olhos faiscaram.

Serina não conseguia parar de pensar na conversa enquanto elas decidiam onde cada atiradora devia ficar. Espalharam algumas no penhasco, em sombras profundas onde os marinheiros não as veriam, e pediram a outras que se escondessem entre os arbustos sobre o cais caso Nero e Diego se aproximassem. Então pediram que atirassem no cais para testar a distância e a mira.

— Os guardas vão ouvir os tiros — Âmbar apontou.

— Ótimo — Serina respondeu. — Assim ficam sabendo que temos armas e sabemos usar.

Serina estudou a armadilha, imaginando o ataque. *O barco chega, nenhum guarda o recebe. Os marinheiros descem no cais e dão uma olhada ao redor. Nossas atiradoras os derrubam.*

Se Nero e Diego atacarem, as garotas os matam também.

Ela caminhou pelo cais, virando para os penhascos e tentando encontrar as mulheres escondidas. Uma arma cintilou e um rosto rosado espiou entre as pedras.

Serina pensou em orientar as garotas a escurecer a pele com lama.

Mas mesmo com o sol matinal brilhando contra as rochas, era difícil vê-las. Os barcos costumavam chegar à tarde, quando o sol já tinha deixado os penhascos, então haveria ainda mais sombras onde se esconder.

— Certo. Quero que todas voltem para o complexo e esperem lá. Vou soar o alarme e vamos ver quanto tempo levam para entrar em posição.

Serina conduziu o treinamento até o final da tarde. Seria difícil de ouvir o sinal para a aproximação do barco — três gritos — se o vento aumentasse, então ela postou Anika e outra garota como vigias.

— Em vez de gritos, quero dois tiros se virem um barco — ela disse. — E um se virem os guardas. De preferência, no coração de um deles.

— Não vou deixar que nos atrapalhem — Anika disse, voltando os olhos escuros para Serina. — Vamos sair desta ilha.

Ela assentiu. Nem sempre gostava dos métodos de Anika, mas apreciava a determinação da mulher.

Serina, Âmbar e as outras atiradoras voltaram pela trilha. O ar estava mais úmido que nos últimos dias e o vento aumentou e lançou o cabelo dela contra seu rosto.

Serina se perguntou se Nomi já havia chegado a Porto Rosa. Ela e Malachi teriam encontrado Dante e um regimento leal a ele? Renzo estaria vivo?

Aos poucos, o ar ficou mais espesso, arranhando sua garganta. O vulcão devia estar ativo.

Mas então ela torceu o nariz. Não, o cheiro estava errado. Não era enxofre e ferro, era mais como uma fogueira ou fumaça de madeira.

— Está sentindo isso? — Serina perguntou a Âmbar. Teria uma das garotas começado a cozinhar mais cedo?

Sem dizer nada, Âmbar apontou.

Serina esticou o pescoço na direção que ela indicou, no coração da ilha. Um brilho estranho permeava a área, maior e mais próximo que a caldeira.

Serina apressou o passo. O complexo dos guardas estava em silêncio; sem homens nem armas, o prédio fora trancado e ninguém o vigiava. Mesmo assim, as janelas vazias com grades eram uma visão macabra.

O cheiro de madeira queimada ficou mais forte.

Ela começou a correr.

Logo chegou à clareira na frente do hotel Tormento. O lugar não estava em silêncio, mas a movimentação tinha um ar macabro. Mulheres corriam para todos os lados.

— O que está acontecendo? — Serina gritou, atraindo a atenção de Espelho, que puxava um saco de comida da enfermaria.

O rosto da garota estava branco sob as sardas. Seus músculos estavam tensos de pavor e seus movimentos eram rígidos e desajeitados. Ela não teve tempo de responder antes de Serina ver.

Chamas se erguiam ao céu. Houve um estalo e um sopro, como se um milhão de pássaros alçassem voo.

Fogo. Uma parede de fogo, rugindo pela floresta na direção do hotel Tormento.

DEZESSEIS

Nomi

A CARRUAGEM DE ALUGUEL SEGUIA AOS SOLAVANCOS pela estrada de terra. As palmas suadas de Nomi empapavam seu vestido enquanto ela apertava as pernas para impedi-las de balançar de impaciência. Uma idosa segurando uma cesta grande estava sentada ao lado dela, esmagando-a contra a porta. Do outro lado da mulher, sua filha de meia-idade constantemente se remexia, tentando abrir mais espaço. Nomi mal conseguia respirar. À frente, Malachi e o marido da idosa estavam acomodados confortavelmente. Malachi tinha inclinado um chapéu de palha sobre os olhos e fingia tirar uma soneca para que o homem não puxasse conversa. Ninguém falou com Nomi.

Ela manteve a cabeça abaixada, encarando a cesta da mulher até ter examinado cada fio da toalha vermelha, dourada e verde que escondia o que parecia ser pão fresco. Ignorou o estômago vazio.

Nomi tinha sugerido que eles pegassem um trem diretamente até Lanos, mas Malachi preferira preservar o dinheiro limitado e viajar por carruagem. Eles tinham contado com os recursos e a proteção de Dante e sua guarnição para viajar até Bellaqua; agora, tinham pouco além das roupas, algumas moedas e um pão duro que haviam conseguido com os homens no barco. Nomi não sabia se ia ficar com a família em Lanos, convencê-los a escapar para Azura com ela ou seguir até Bellaqua com Malachi — tudo ia depender de os pais saberem do paradeiro de Renzo.

E de sua coragem.

A carruagem se movia devagar e fazia muitas paradas. A família desembarcou e dois homens grandes, barulhentos e cheirando a fumaça entraram, depois outra família com dois filhos pequenos. Após a parada em Vesta, por um breve período não havia mais ninguém na carruagem exceto ela e Malachi.

Nomi relaxou e recuperou o fôlego, mas estava quase escurecendo e ainda faltavam duas horas até Lanos — tempo o bastante para ficar se preocupando e imaginando o pior. Talvez Malachi tivesse mesmo dormido, porque não afastou o chapéu nem tentou falar com ela.

Então sua mente preencheu o silêncio, revivendo cada minuto desde que dissera a Renzo para fugir. Ela tentou imaginar o que ele tinha feito enquanto estivera acorrentada a um barco de prisioneiras, cuidando de Malachi e viajando pelo litoral. Teria fugido? Asa teria enviado homens atrás dele?

E se Renzo tivesse sido capturado na mesma noite? E se todo aquele tempo em que ela tivera esperanças o pior já tivesse acontecido? Se seu irmão estivesse morto, ela sentiria? Sua conexão com o gêmeo percorreria a distância? Seria aquele o motivo pelo qual sentia o estômago embrulhado e o coração apertado de terror?

— Você parece ansiosa — Malachi disse.

Ela se assustou. Ele tinha se endireitado e apoiado o chapéu de palha no banco.

Nomi olhou através do vidro grosso da janela.

— Estava pensando no que fazer se Asa já tiver encontrado Renzo e em como vou me sentir se chegarmos tarde demais. — Seus olhos marejaram. — Não sei por que está me afetando tanto agora que estamos perto da verdade.

— Talvez por isso mesmo — ele disse. — Quando não sabemos, é mais fácil manter as esperanças.

Ela escondeu a cabeça nas mãos. Não estava pronta para deixar de acreditar, mas a dúvida a atormentava. Talvez devessem ter ficado em Porto Rosa. Quais eram as chances de Renzo ter enviado uma mensagem a seus pais?

Quando voltasse para a casa que Nomi nunca esperara rever, quantos segundos demoraria para desatar em lágrimas e correr para os braços da mãe?

Ela se perguntou o que os pais diriam quando a vissem. Quando deixara Lanos, era a aia desarrumada e desinteressante de Serina. Suas mãos estavam sempre vermelhas e descascando de lavar roupa. Seu cabelo vivia emaranhado. Seu segredo — o fato de que sabia ler — era uma chama que mantivera acesa no coração, onde ninguém podia ver. O que haviam pensado quando ela fora escolhida em vez de Serina? Deviam ter ficado chocados, é claro. Mas teriam se perguntado *por quê*?

A carruagem sacudiu e caiu no que parecia um buraco enorme, jogando Nomi contra a parede estofada com tecido mofado. Lá fora, o motorista gritou algo para o cavalo. Com um silvo agudo, o veículo voltou a andar, então tombou para um lado com um estalo agourento.

Malachi ficou ruborizado.

— O imbecil quebrou a roda — murmurou, então abriu a porta e desceu.

Ela ouviu as vozes altas e as respostas raivosas dos homens e desejou poder falar também. Queria encher o mundo inteiro com seus gritos.

Alguns minutos depois, Malachi enfiou a cabeça na carruagem.

— Tem um hotel a quinze minutos daqui. Podemos ficar lá hoje; o motorista disse que vai passar outra carruagem para Lanos amanhã cedo.

— Amanhã? — ela repetiu, horrorizada. — Não podemos esperar tanto!

Ele deu de ombros, impotente.

— Não temos outra opção, só tenho dinheiro para um quarto e uma passagem de carruagem de volta a Porto Rosa. Não é suficiente para o trem ou uma carruagem particular. — Ele bufou, frustrado. — Sinto muito, Nomi.

Com um suspiro, ela deixou que Malachi a ajudasse a descer.

O motorista estava desatrelando o cavalo, provavelmente se preparando para sair em busca de ajuda com a roda. Nomi manteve a cabeça abaixada enquanto seguia Malachi. Queria roubar o cavalo do homem e seguir para Lanos o mais rápido possível, mas respirou fundo e conteve a fúria.

Eles não conversaram. Suas botas grandes criavam bolhas nos pés e fazia frio de um jeito que ela não sentia desde que deixara Lanos. As árvores às margens da estrada tinham começado a exibir cores de outono. À distância, as montanhas se erguiam como dentes podres.

Eles estavam tão perto. O atraso a fazia de refém, embrulhando seu estômago e apertando seu coração. Tentou lembrar que ir para Lanos só era o plano desde aquela manhã, mas não ajudou. Era o plano agora, e a distância entre ela e a família parecia insuportável.

Eles levaram mais de quinze minutos para chegar ao hotel. Nomi teria expressado sua raiva, mas os resmungos e olhares de Malachi a mantiveram calada. Ela cerrou a mandíbula com tanta força que ficou com dor de cabeça.

— Teremos que dividir um quarto e fingir ser casados — Malachi murmurou, encarando a porta vermelha do hotel. — Seria suspeito nos separarmos.

Ela teria ficado com medo se ele não parecesse tão irritado com a ideia.

Malachi a deixou perto da porta no calor do bar enquanto falava com o proprietário. Só havia alguns homens na sala pequena e enfumaçada, que se viraram para encará-la imediatamente. Pelo visto não era o tipo de lugar onde mulheres eram bem-vindas.

— ... não saia agora que escureceu — disse um homem baixo e careca, atravessando o salão com Malachi. Ele notou Nomi diante da porta e franziu o cenho, entregando uma chave ao herdeiro e gesticulando para as escadas. — Primeiro andar, segunda porta à esquerda. Desça quando quiser jantar. É melhor levar algo para sua esposa no quarto. E a mantenha fora de vista.

Ela interpretou seu papel e seguiu Malachi escada acima com a cabeça abaixada, mas estava inquieta. Era verdade que garotas solteiras viajando com a família faziam as refeições à parte — quando pegara o trem para Bellaqua com Renzo e Serina, eles tinham comido juntos na carruagem e no quarto do hotel, mas nunca em público —, mas as casadas sempre ficavam com o marido. Era seu dever servi-los, até em público. Especialmente em público.

Nomi esperou até chegarem no quarto e fecharem a porta para expressar sua preocupação.

— Do que o homem estava falando? Por que devo ficar fora de vista?

Malachi franziu o cenho.

— Ele disse que os soldados estão levando garotas, mas não entendi direito... Foi muito estranho. Vou ver se consigo descobrir mais.

— Ah, não — Nomi disse, alisando o cabelo bagunçado. — Vou com você. Vamos jantar juntos como marido e mulher. Quero saber o que está acontecendo.

Malachi levou as mãos atrás das costas e se balançou nos calcanhares.

— Não sei, Nomi. O proprietário pareceu preocupado com sua segurança. Se for perigoso...

Ela pegou o braço dele e o puxou até a porta.

— Como pode ser perigoso? É só um jantar. Vamos.

Eles voltaram para o andar de baixo, passando pelo bar e seguindo até uma salinha nos fundos com mesas e uma lareira. Dois homens sentavam a uma mesa perto de uma janela suja; uma mulher mais velha com cabelo grisalho e um rosto de maçã murcha colocou dois pratos grandes de macarrão na mesa deles. Ela encarou Nomi e Malachi e crispou os lábios.

O herdeiro escolheu uma mesa perto da lareira. Nomi ficou contente; seu vestido era fino demais para mantê-la aquecida na noite fria.

A mulher foi até a mesa deles.

— O patrão não falou com o senhor? — ela perguntou, dando um olhar de esguelha para Nomi.

— Jantar para dois, por favor — Malachi pediu com a voz firme.

A criada inclinou a cabeça e desapareceu por uma porta.

Nomi encarou os sulcos na madeira da mesa. Os homens no canto murmuravam alguma coisa, mas ela não conseguia entender o que diziam.

Malachi tamborilou os dedos na mesa. Depois de um tempo, ergueu-se e foi se aquecer ao lado do fogo. A criada voltou — de mãos vazias e tremendo de nervosismo. Correu até Nomi enquanto uma risada alta soava no corredor.

— Por favor, por favor — ela disse, apertando o ombro de Nomi. — Volte pra cima, chegaram soldados. Volte pra cima.

As vozes lá fora ficaram mais altas e grosseiras.

— Por quê? — Nomi sussurrou, assustada. — O que está acontecendo?

A mulher a puxou para que ficasse de pé e Malachi foi até elas com uma expressão irritada.

— O novo superior está coletando graças — ela explicou, tão rápido e baixo que as palavras se misturavam. — Os soldados escolhem qualquer garota bonita, não importa se são jovens demais ou casadas, e as levam pro palácio. Se o superior não aprova, são mandadas pra casa, mas caso contrário... — Ela apertou os lábios, angustiada. — Por favor. — Apontou para uma porta. — Pegue a escada dos fundos.

Com os olhos arregalados, Nomi indicou que Malachi ficasse e deixou a criada levá-la para cima. Sozinha no quarto, ela andou de um lado para o outro, ouvindo os risos estridentes e gritos ocasionais dos soldados, passos pesados e portas batendo. Imaginou que seu quarto ficasse acima dos estábulos, porque também escutava relinchos e a movimentação de cavalos.

Olhou pela janela pequena, acendeu a lâmpada no criado-mudo e tentou não pensar no que a mulher tinha dito.

Asa está coletando graças.

Roubando mulheres das ruas contra a vontade delas.

Nomi balançou a cabeça, desejando acordar daquele pesadelo. Era ainda pior do que ela temia. Quantas garotas — e quantos pais, mães, irmãos e irmãs — iam desprezá-la se soubessem que a culpa de tudo aquilo era *dela*? Que *ela* era o motivo de Asa ter chegado ao poder?

A maçaneta estremeceu e Nomi deu um pulo.

Mas era só Malachi, voltando com uma bandeja de comida.

Ele a apoiou na mesinha no canto e os dois devoraram tudo, embora a carne estivesse dura, o macarrão mole e o molho salgado demais.

— É verdade — ele disse, reclinando-se e limpando a boca. — Asa ordenou que os guardas levem garotas bonitas ao palácio. Está escolhendo suas próprias graças sem consultar os magistrados. Eles estão furiosos.

A comida embrulhou o estômago dela.

— E as graças do seu pai? E Cassia?

Malachi se inclinou para a frente, encarando a tigela vazia.

— Ninguém sabe o que aconteceu com elas.

Nomi empurrou a bandeja para longe, perdendo o apetite. O que teria acontecido com sua aia, Angeline? Ainda estaria no palácio, ajudando alguma das novas graças? E Rosario? Ines?

Malachi pegou o pão do prato dela e enfiou em sua bolsa. Verteu a água de um jarro em um dos garrafões deles, então colocou os pratos sujos para fora.

O sol tinha desaparecido e a noite caíra. Lá dentro, a luz das lâmpadas projetava um brilho dourado na pele dele.

— A carruagem pública vai passar ao nascer do sol — ele disse. — Devíamos tentar descansar.

Nomi foi usar o banheiro no final do corredor e voltou correndo quando ouviu vozes masculinas subindo as escadas.

No quarto, tirou as botas e dobrou os dedos, alongando as pernas cansadas, então parou ao lado da cama de ferro forjado encostada na parede. De repente, lembrou-se dos aposentos de Malachi no palazzo e de sua enorme cama branca e corou.

Como se lesse seus pensamentos, ele disse:

— Pode ficar com a cama, eu durmo no chão perto da porta. — O herdeiro se inclinou para examinar a fechadura, e ela encarou suas costas.

— Não precisa — Nomi disse baixinho, com o coração na garganta. — Ele se virou com uma pergunta implícita. — Quer dizer... a cama é grande o bastante para nós dois. — A língua dela grudou no céu da boca, seca como areia, e suas bochechas ficaram quentes. — Você ainda está se recuperando e nós dois precisamos de descanso.

Ele deu um passo para a frente e Nomi resistiu ao impulso súbito e estranho de correr as mãos pelos seus braços. Virou-se depressa.

— Tudo bem. O que você achar mais seguro. Eu... estou muito cansado. Boa noite.

Ela entrou depressa sob o lençol e abraçou os joelhos, apertando os olhos.

Alguns momentos depois, o brilho da lâmpada desapareceu, mergulhando-a na escuridão. Houve outra pausa. Contra sua própria vontade, Nomi tentou escutar o que ele fazia. Estaria no chão? De pé ao lado dela?

A cama rangeu e o colchão duro afundou. Os lençóis sussurraram enquanto Malachi se alongava com um suspiro.

— Obrigado — ele murmurou. — Comparado com o convés do barco e o chão de mármore rachado, esta cama é um sonho.

Nomi não respondeu. Ele não a tocou, mas cada nervo seu estava em alerta, esperando na escuridão.

— Você está a salvo comigo — ele disse em uma voz quase inaudível. — Sabe disso, certo?

Por um longo momento, ela não falou nem se mexeu.

Então, lentamente, se esticou.

Suas pernas agradeceram e, centímetro por centímetro, Nomi forçou o corpo a relaxar. Ainda havia espaço entre eles, mas Malachi não tentou se aproximar. Nem ela.

Sem jeito, ele disse:

— Quero que saiba que... eu nunca teria obrigado você, graça ou não. E nunca obrigarei.

Ela se lembrou de todos os momentos que eles tinham compartilhado no palazzo — no mar, nos aposentos dele, no salão de baile — e em como Malachi nunca tinha ultrapassado os limites. Na noite em que se beijaram, no coração da tempestade, ela tinha ficado surpresa, mas... havia gostado do beijo, embora não tivesse admitido para si mesma.

— Eu sei — ela respondeu.

Nomi pensou nas graças de Asa, tiradas de suas casas e levadas ao palazzo sem o consentimento dos pais. Sem o consentimento *delas*.

— Mas... — A voz de Malachi morreu e a tensão aumentou. Nomi não sentia a pele dele contra a sua, mas saber que seu braço estava ali, a poucos centímetros, fazia sua cabeça girar. — Mas eu ainda me sinto como na noite do meu aniversário. Ainda queria... queria que pudéssemos... — Ele deixou a frase no ar de novo.

Ainda gostava dela.

Não era uma surpresa, mas ao mesmo tempo era. Seu coração disparou, e Nomi não conseguiu falar.

— Você confia em mim? — Malachi perguntou quando o silêncio preencheu o quarto. — Quer... ficar comigo?

Nomi levou alguns momentos para responder. Não eram questões simples.

— Não sei se faz diferença — ela disse por fim. — Quando derrotar Asa, você será o superior e terá graças. — Nomi soltou o ar. Talvez, em outra vida e outro mundo, sua resposta pudesse ser diferente. — Não posso ser sua graça, Malachi.

— Realmente, não ia funcionar — ele disse, com um sorriso evidente na voz. — Você aprendeu a discutir comigo, ensinaria as outras graças a se defender e haveria um motim.

— Espero que elas resistam a Asa — Nomi disse sem pensar. Estava preocupada com aquelas desconhecidas. Era tão impensável agora que tivesse confiado em Asa e acreditado em todas as mentiras que ouvira. Como era estranho que ele tivesse conseguido deturpar sua visão de Malachi, convencendo-a de que o herdeiro tinha os defeitos que na verdade eram do próprio Asa. — Fui tão idiota — ela sussurrou.

Estava adormecendo quando a voz de Malachi soou no escuro.

— Quando eu tinha oito ou nove anos, meu pai me deu uma

estatueta de um cavalo. Eu amava aquele brinquedo. Era tão delicado... as pernas eram tão finas que pareciam palitos de fósforos e ele tinha uma crina eternamente congelada em cachos selvagens. O trabalho era maravilhoso, a coisa mais bonita que eu já tinha visto.
— Malachi se remexeu, virando na direção dela. Nomi também virou, porque no escuro era mais fácil ter coragem. Eles ficaram ali, com a respiração se misturando, mas não tão perto um do outro.
— Um dia, eu estava brincando com meu cavalinho no corredor perto do quarto quando Asa me encontrou e quis brincar com ele. Eu disse que não queria emprestar, mas ele não ouviu. Brigamos pelo brinquedo e duas pernas do cavalo se quebraram.

Nomi suspirou, imaginando o pequeno Malachi desolado por perder seu brinquedo favorito.

— Meu pai se recusou a me dar outro. Ele disse que eu tinha que aprender a tomar mais cuidado com minhas coisas.

— Mas foi culpa de Asa, não sua — ela respondeu, sentindo uma pontada no peito.

— Isso não importava para meu pai — Malachi disse.

— Seu irmão era cruel — Nomi disse.

— Ele passou todo momento livre dos seis meses seguintes aprendendo a entalhar pra me fazer um substituto — Malachi respondeu. — Ficou terrível. Pernas grossas e tortas, um bloco tosco como rabo e uma cabeça deformada. Era a coisa mais feia que eu já tinha visto. Mas, por todas aquelas horas, semanas e meses que Asa passara trabalhando por mim, eu o guardava com carinho. Até que descobri que todo aquele esforço era para impressionar meu pai. Ele ficou tão admirado com o comprometimento de Asa que lhe deu um cavalo de verdade.

Nomi não sabia o que dizer.

— Por que está me contando isso?

Malachi se remexeu e suspirou.

— Porque... quero que saiba que eu também já pensei que meu irmão era gentil. Fiquei com raiva por você ter confiado nele e não em mim, mas não é tão estranho. Asa sempre encontra um jeito de tirar vantagem das pessoas. Se eu soubesse o que estava acontecendo, teria te alertado.

Ela pressionou tanto o rosto no travesseiro que as penas a cutucavam. As oportunidades perdidas a assombravam.

— Eu não teria acreditado em você — Nomi confessou com um suspiro triste.

DEZESSETE

Serina

O FOGO DEVORAVA A GRAMA DOURADA DE MONTE RUÍNA. Comia os pomares de frutas cítricas, a vegetação rasteira e a floresta. Devorava, rugia e disparava em direção ao hotel Tormento.

Ao redor de Serina, mulheres corriam com os braços cheios de roupas, comida e tudo o que conseguiam carregar.

Para onde podiam fugir? Precisava dar uma direção a elas. Onde ficariam a salvo?

Ela tremia, arrepios subiam pelos braços e pernas. Estava perdendo o controle.

Não.

Fechou os olhos, aprumou os ombros e respirou fundo o ar cheio de cinzas.

Você deve ter postura e graça. Jamais permita que sua máscara ou sua calma vacilem. Está ouvindo, Serina? Você será uma graça.

A voz da mãe soou em seus ouvidos. Ela estava muito longe de ser uma graça, mas a lembrança a ajudou a colocar a cabeça em ordem. Precisava *pensar*.

O hotel tinha sobrevivido à erupção vulcânica muitos anos antes porque a lava não tinha chegado tão longe — e porque era feito de mármore e concreto. A lava alcançara o salão de baile e as escadas e derretera a pedra do piso, mas as paredes não tinham pegado fogo.

Poderiam resistir de novo? Ela deveria arriscar?

Algumas garotas levavam seus pertences aos pisos superiores. Sobreviveriam ao incêndio lá? Ou ficariam presas?

— Ei! Ei! — Serina gritou, abrindo os olhos. Agarrou o braço de Espelho, obrigando-a a parar. — Diga a todas para irem ao complexo dos guardas. A estrutura vai aguentar, é feito de ferro e aço. É mais seguro.

Espelho assentiu, com o rosto assustado sujo de fuligem.

— Para o complexo! — Serina gritou, correndo até a entrada da enfermaria. As mulheres com ferimentos mais sérios ainda estavam deitadas em catres, com os olhos arregalados de medo. — Precisamos levar as feridas ao complexo! Vamos! Me ajudem!

Serina correu até a garota mais próxima.

— Você consegue andar?

Ela tinha pontos na testa e estava com o braço todo enfaixado.

— Estou confusa.

Serina a ajudou a se erguer.

— Não tem problema, eu seguro você. Não vou te deixar cair.

Elas saíram lentamente. Serina gritou ordens e, de alguma forma, elas atravessaram o pânico generalizado. Tomar o controle da situação a ajudava a conter seu próprio terror.

Serina examinava cada figura que aparecia através da fumaça, procurando Val. Quem mais tinha ido com ele pegar água? Teriam retornado?

— É o vulcão? — Âmbar perguntou, surgindo ao lado dela e passando o outro braço da garota ferida sobre o ombro, fazendo-a gemer.

— Não sei — respondeu Serina. — Acho que não. Não vi lava, só fogo.

Âmbar ergueu os olhos para as chamas e as espirais de fumaça negra.

— Talvez a lava esteja chegando.

— Estou zonza — a garota murmurou, e sua cabeça pendeu para a frente.

— Aguente firme — Serina disse. — Estamos aqui.

As mulheres ao redor delas corriam para o complexo. À direita, o rugido do fogo crescia cada vez mais. A fumaça se assentava como névoa sobre elas — o fogo estava se aproximando.

Serina não tinha explorado todo o complexo dos guardas e não sabia se havia uma sala de reuniões ou algum espaço amplo além da terrível sala de processamento. Ajudou a garota a subir a escada estreita e se deitar nos aposentos dos guardas em um catre sem sangue. Uma fila de mulheres as seguiu.

— Vai ficar apertado — ela disse. — Se alguém tiver coragem, explore o prédio e veja se há um espaço maior que podemos usar.

Ela desceu as escadas, emergindo no ar asfixiante outra vez e correndo de volta ao hotel Tormento. A caminhada em geral levava quinze minutos; ela chegou em dez, parando para tossir de vez em quando. O pânico crescia em seu peito. Ainda havia mulheres saindo do hotel quando ela chegou e a parede de fogo avançava em direção a elas.

— Rápido! — Serina gritou. — Onde estão as armas? Alguém as pegou?

Ninguém respondeu. Todas estavam preocupadas com sua própria sobrevivência.

Ela correu até a sala no segundo andar onde guardavam as armas e a munição.

Ainda estavam lá.

Serina xingou baixinho. Devia ter dito para pegarem as armas, agora era coisa demais para levar sozinha. Ela agarrou o que conseguiu — dois revólveres e algumas sacolas de munição. Se houvesse tempo, encontraria alguém que ainda não tinha fugido e pediria que pegasse mais. Tinha medo de que o fogo explodisse tudo e elas perdessem sua única vantagem.

Uma sombra barrou a porta, silenciosa como um fantasma. Mesmo através da fumaça Serina a reconheceu.

Nero.

De repente, ela teve certeza de que não haveria lava.

— Vocês começaram o incêndio como uma distração para roubar as armas. — Sua voz soava grossa e distorcida no ar espesso e suas mãos tremiam. Ela não podia atirar nele com os braços carregados. Precisava de uma só arma, segurada do jeito certo...

Serina soltou tudo menos um revólver. O tinido de metal encheu o ar.

— Eu queria assustar vocês — Nero disse. Era a primeira vez que ela ouvia sua voz baixa e controlada. Sentiu arrepios. — O barco vai chegar logo, e eu o quero *cheio* de soldados. A fumaça está subindo trinta metros. O superior vai ver e entender que algo está errado, então vai mandar tropas para investigar. Vão matar todas vocês.

Os pulmões de Serina se apertaram, seus órgãos e ossos esmagados pelo desespero.

Um sinal de fumaça.

Trinta metros no ar em plena luz do dia.

— Mas vou pegar as armas também — Nero acrescentou, entrando na sala. — Porque *você* eu faço questão de matar com minhas próprias mãos. — Ele abriu um sorriso elegante, fino e superficial. Uma máscara como tantos dos sorrisos de Serina, mas que não conseguia esconder o mal que havia por baixo.

Ele pulou e ela fez a única coisa que podia. Ergueu a arma e atirou.

Não sabia se estava carregada, mas a mira não era um problema — ele estava a poucos passos dela, com os braços estendidos. A bala estourou com um rugido, mandando-a para trás, e se enterrou no estômago de Nero. Ele recuou um passo.

Ela atirou de novo.

Metade do pescoço dele desapareceu.

Através da névoa, ela o viu desmoronar. Podia ouvir cada batida do coração nos ouvidos e o ritmo não estava rápido o bastante. *Batida, batida... batida.* Sua visão ficou borrada. A fumaça, a morte... ela ia desmaiar.

Diego entrou na sala.

Ela tentou afastar a escuridão. Ele ia pôr as mãos nas armas — ou então ia asfixiá-la com as próprias mãos. Ele...

Mas Diego nunca a tocou.

Âmbar surgiu de repente, com uma faca longa e afiada em cada mão e uma expressão vingativa. Ela saltou sobre o guarda e enterrou as lâminas nele. Diego caiu.

Serina abriu a boca, mas não fez nenhum som.

Com calma, Âmbar limpou as facas na camisa do guarda. O corpo de Nero teve um espasmo.

A mulher nem reparou.

Serina deixou os braços caírem, ainda segurando a arma nos dedos amortecidos.

— Eles começaram o fogo — ela disse, rouca.

— Precisamos ir, está quase nos alcançando — Âmbar respondeu simplesmente.

Serina pegou as armas que tinha soltado enquanto a outra apanhava o máximo que conseguia — mas elas nem chegaram perto do total.

— Vou mandar alguém pegar o resto.

— Não temos tempo — disse Âmbar, desaparecendo pela porta.

Lá fora, a fumaça estava espessa e era quase impossível respirar. Serina tossiu, se arrependendo de não ter puxado a camisa para cobrir a boca e o nariz. Agora era tarde; suas mãos estavam cheias de armas e munição.

Desceram as escadas correndo, e ela perdeu o fôlego.

As árvores na frente do hotel estavam pegando fogo.

Figuras indistintas se moviam na fumaça e mãos a agarraram.

— Val. — Lágrimas escorreram pelo rosto dela.

Ele a puxou para os fundos do hotel, atravessando a vegetação rasteira na direção do complexo, e pegou metade das armas em seus braços.

— Venha, rápido!

— O resto das armas... — ela tentou dizer, mas foi tomada por um acesso de tosse. A noite estava caindo, tornando o brilho vermelho e os estalos das chamas ainda mais assustadores. Não havia ar puro, só fumaça, calor e confusão.

— Não podemos nos preocupar com elas — ele respondeu, sua voz atravessando o ar como a roda de uma carroça na lama. Ela mal conseguia ouvi-lo.

Serina tropeçou, e ele cobriu seu rosto com um pedaço de tecido, o que a ajudou a puxar o ar sem que sua garganta fosse arranhada por dedos ardentes. O mundo encolheu e não havia nada além das cinzas em seu nariz, do calor do perigo em sua pele e do rugido das chamas.

Ela queria virar para ver se Âmbar e as outras figuras na fumaça os seguiam. Teriam todas saído? O complexo seria seguro?

E se tivesse mandado as mulheres para uma armadilha mortal em vez de um refúgio?

Por fim, eles chegaram ao portão de ferro. Val a guiou até uma porta que ela nunca tinha visto do lado oposto do prédio, fora da rota do incêndio. Uma fila de mulheres os seguiu para dentro.

O ar no interior estava quente e abafado, mas muito melhor que o cobertor de fumaça pesado do lado de fora.

Serina se inclinou e tossiu, as armas ainda apertadas contra o peito. Âmbar tinha sobrevivido e estava tossindo ao seu lado.

Val levou o grupo até um salão de jantar comprido. Mulheres ocupavam cada canto do lugar, sentadas em mesas e andando ao lado de paredes sem janelas.

Eles soltaram seus fardos, colocando as armas e munições com cuidado em uma mesa afastada. Só sete armas. Era tudo o que tinham conseguido salvar.

Ela procurou Anika na multidão e a encontrou em um canto afastado. Outra mulher estava cuidando de queimaduras feias nos braços dela. Mas Anika não era a única ferida — garotas por toda a sala choravam, tossiam e seguravam os braços, o rosto ou as mãos.

Serina agarrou o braço de Val e o puxou para o corredor.

— Estão todas aqui? — perguntou com a garganta ainda dolorida.

Ele pegou as mãos dela e acariciou a pele coberta de fuligem como se não acreditasse que ela estava ali. Serina sabia como ele se sentia.

— Perdemos duas — Val disse em voz baixa. — Ficamos encurralados pelo fogo e tivemos que ir para a praia e subir os penhascos. Uma das garotas caiu. Outra não aguentou a fumaça. Diego e Nero foram espertos, esperaram o vento soprar do norte. Devem ter acendido vários pontos em uma linha que atravessava a ilha. Queriam destruir tudo.

— Nero disse que era um sinal. — Serina apertou as mãos dele com mais força. — Não sei se todas que estavam no hotel sobreviveram. Estava uma confusão, tanta gente correndo...

— Dei uma olhada quando voltei, mas não tinha muito tempo — ele disse. — Quando vi você e Âmbar, o fogo estava perto demais, precisávamos correr.

— A maioria das armas ainda está lá, mas não sei se vão se salvar. — Ela estava exausta. Seus pulmões cheios de cinzas doíam.

— Conferimos quando o fogo se esgotar. — Val passou as mãos escurecidas pelo cabelo dela. — Fico tão feliz por você estar bem — ele murmurou, inclinando-se para dar um beijo em sua testa que saiu mais como um suspiro.

Serina não conseguia respirar fundo. A verdade dominava seu peito, tão negra e asfixiante quanto a fumaça.

— Asa vai ver o incêndio e saber que há algo errado. Não vai enviar um barco comum, mas um exército. E perdemos a maioria das nossas armas. Não temos com o que lutar.

Val esfregou as costas dela.

— Eu sei.

DEZOITO

Nomi

Nomi acordou na escuridão profunda, sentindo o calor do corpo de Malachi ao seu lado. Durante a noite, ela tinha se aproximado dele, enterrando a cabeça em seu ombro, jogando os braços sobre seu peito e entrelaçando suas pernas. O cheiro do herdeiro — água do mar, suor e pimenta — a cercava. Ela congelou, todos os seus sentidos focados na batida lenta do coração dele contra sua bochecha. A respiração de Malachi estava pesada e regular. Ele ainda dormia.

Ela tinha medo de se mover e acordá-lo. E Malachi era tão quente, sólido e...

Não. O que estava fazendo?

Nomi nunca poderia ficar com ele, ser sua graça. E a traição de Asa ainda apertava seu coração, pegajosa e sufocante. Os sentimentos de Malachi — e os dela — não importavam. Aquele abraço era uma promessa vazia.

Mesmo assim, não suportava a ideia de se separar dele e não conseguiria voltar a dormir, então se permitiu um momento para inspirar seu aroma e relaxar contra seu corpo, aproveitando cada segundo roubado.

O quarto estava em silêncio, exceto pelo murmúrio da respiração de Malachi e os movimentos e relinchos de um cavalo nos estábulos. Nomi pensou nos soldados, em Renzo e na carruagem pública que chegaria ao amanhecer. O cavalo relinchou de novo.

Com delicadeza, ela tentou sair da cama sem acordar Malachi. Apesar do seu cuidado, ele suspirou, se remexeu e apertou os braços ao redor dela. Nomi percebeu o momento exato em que ele acordou — o ar ficou preso em sua garganta e seu corpo se enrijeceu. Uma mão cobria o braço nu dela. Nomi se desvencilhou, feliz que ele não pudesse ver seu rosto corado no escuro.

— Temos que ir — ela disse baixinho, enfiando os pés nas botas desconfortáveis e sibilando de dor quando uma bolha estourou.

— Ainda está escuro, volte pra cama — Malachi murmurou, com a voz rouca e sonolenta parecendo uma carícia. — A carruagem vai demorar horas.

— Não vamos esperar a carruagem — ela disse, jogando as botas para ele. — Vamos roubar um cavalo.

Eles estavam voando.

Nomi apertava a crina áspera que batia em seu rosto, Malachi segurava as rédeas atrás dela. Apesar de estar a uma longa distância do chão, ela se sentia segura. A manhã estava fria, mas a proximidade aquecia seu rosto e seus dedos.

A escuridão e o vento passavam correndo por eles. O cavalo que tinham roubado de um soldado era grande e veloz. ("Não é bem um roubo", ela tinha comentado enquanto desciam as escadas, "porque você é o herdeiro, então os soldados e os cavalos são seus.") Eles galoparam em direção à aurora como competidores do Prêmio Belaria, e Nomi adorou cada momento. Sempre se perguntara como seria cavalgar, mas nunca tinha imaginado algo tão perigoso e emocionante.

Chegaram aos arredores de Lanos quando a aurora despontava. Malachi puxou as rédeas e se endireitou. Nomi se reclinou contra ele, o rosto vermelho do vento e todos os nervos eletrificados.

— Para onde? — ele perguntou no ouvido dela.

A emoção da viagem se dissipou depressa quando seu medo por Renzo retornou. Ela apontou para espirais de fumaça de carvão que se erguiam contra a silhueta distante das montanhas.

— A rua das Fábricas.

Seu estômago despencou quando eles partiram de novo, a nostalgia crescendo a toda vez que inspirava o ar sujo de Lanos. Nomi tinha partido havia poucos meses, mas pareciam anos ou vidas. Era outra pessoa, mas a cidade não havia mudado.

Quanto mais se aproximavam da casa pequena e escura de sua família, mais seu coração acelerava. Tinha medo de não conseguir encontrar o irmão, mas estava prestes a ver seus pais — a mãe que, apesar de seus conselhos duros, lhe dava os abraços mais gentis e reconfortantes que havia, e o pai que a puxara à parte antes que ela embarcasse no trem para Bellaqua e lhe dissera, do seu jeito brusco, que sentiria sua falta.

Os cascos do cavalo batiam nas pedras da rua conforme se aproximavam da piazza central, e ela quase podia ver Serina de pé diante da fonte com as outras candidatas de Lanos. Lembrava-se com clareza brutal do signor Pietro dizendo o nome da irmã e da pontada de raiva que sentira naquele momento.

Ela guiou Malachi até sua casa, vendo, pelos olhos dele, a decadência, a ferrugem e o concreto rachado. O caminho até a porta levou uma eternidade e um segundo.

Malachi desceu do cavalo e a ajudou, mas seus olhos constantemente vigiavam a rua. Era cedo; a cidade logo ficaria movimentada com trabalhadores a caminho das fábricas. Os pais de Nomi sairiam a qualquer momento.

— Não há sinal de soldados — ele murmurou. Então algumas portas se abriram e homens e mulheres começaram a emergir. Ele amarrou o cavalo a um poste de luz e se virou para Nomi.

Inspirando o ar poluído de carvão, ela bateu na porta.

Quando o pai abrisse, lhe daria um abraço ou uma chance de se explicar?

O que pensariam quando vissem o herdeiro, supostamente morto, ao lado dela?

Nomi esperou um longo tempo, mas ninguém abriu. Malachi pôs a mão em suas costas e ela tentou a maçaneta, que girou facilmente. Perguntou-se por que o pai não tinha trancado a porta, como sempre fazia.

— Pai? — ela chamou quando entrou. — Mãe?

As palavras ficaram presas na garganta e a envenenaram quando Nomi as engoliu.

A sala estava destruída. Cadeiras quebradas, mesa virada de lado, pratos estilhaçados no chão. E corpos.

Dois deles, quebrados como as cadeiras.

Ela tropeçou no tapete arruinado e caiu ao lado do cadáver da mãe. Talvez houvesse sangue seco no tapete. Talvez houvesse ferimentos, rasgos escuros e ensanguentados mostrando carne e osso, mas Nomi não viu. Tudo o que viu foi o azul suave do vestido da mãe e seu cabelo castanho.

Talvez cheirasse a morte e podridão.

Ela se inclinou e soluçou.

Dois corpos.

Então se obrigou a erguer a cabeça. O outro era...

Seu pai, não Renzo.

Não sentiu alívio, só mais dor esmagando seu peito até que ela não conseguia respirar.

Seus pais estavam mortos.

Mortos.

Como o pai de Malachi.

Asa havia torturado pessoalmente os dois ou mandara soldados para fazer o serviço sujo enquanto brincava com suas novas graças no palazzo?

Onde estava Renzo?

— Nomi — Malachi disse em voz baixa, atrás dela. — Sinto muito. Achei que poderiam interrogar seus pais, mas nunca imaginei que... nunca *sonhei* que Asa mandaria...

Ela chorou ainda mais.

Ele se agachou ao seu lado e a envolveu em seus braços. Por um tempo, Nomi ficou na escuridão, no horror e no sofrimento. Ele se afastou por alguns momentos, então voltou a abraçá-la.

— Procurei nos outros quartos, seu irmão não está aqui — ele disse por fim. — Ainda há uma chance de que esteja vivo. Precisamos encontrar Renzo.

— O que faz você pensar que ele já não o encontrou? — ela perguntou, com a voz falhando e o coração apertado. Nomi se desvencilhou dos braços de Malachi enquanto a sala ficava terrivelmente clara. — Ele matou meus pais. Não posso... não consigo...

Ela não conseguia pensar.

Um objeto atraiu sua atenção e impediu seu cérebro de girar ainda mais — um livro, posicionado exatamente no centro da sala. Estava aberto e não tinha páginas rasgadas como os outros. Nem manchas de sangue.

Ela rastejou sobre o tapete rasgado e coberto de sangue seco.

Por que estaria tão limpo?

Então viu o que era — o livro de lendas, o motivo de tudo aquilo — e soltou um gemido. Que crueldade.

Estava aberto na primeira página — "Os pombinhos".

Muito antes dos ancestrais dos nossos ancestrais nascerem, não havia terra aqui.

Não havia terra sob Nomi também. Ela estava caindo na escuridão.

— Veja — disse Malachi, agachando-se ao lado dela e apontando um rabisco no canto da página.

Ela ergueu o livro em direção à luz que entrava pelas janelas empoeiradas.

A lua ama um homem; um pássaro quase morre. Uma tatuagem, um fantasma e uma irmã mentirosa.

Eram palavras minúsculas ao lado das letras impressas na página, escritas na caligrafia apertada e apressada de Renzo.

— O que significa? — Malachi perguntou. — É uma pista?

No começo, ela imaginou que o livro era uma mensagem de Asa, mas aquela letra era de Renzo. Era um de seus enigmas.

A lua ama um homem; um pássaro quase morre. Uma tatuagem, um fantasma e uma irmã mentirosa.

Ele estava falando sobre as histórias no livro — os pombinhos, a lua e seu amante, a mulher tatuada que se vingava depois da morte. Não era uma pista. Não significava nada além de...

Uma lembrança estranha em que ela não pensava havia anos voltou à sua mente. Ela e Renzo tinham doze anos, e ele tinha acabado de ler o livro pela primeira vez. Tiveram a ideia brilhante de Nomi se vestir com roupas de garoto e descer para o rio numa noite de lua cheia para ver se conseguiam chamar a atenção da lua. Tão tolos...

Mas haviam ido junto com Luca, amigo de Renzo, que os encontrara no caminho. Tinham caminhado pela margem do rio e encarado a lua, então contado histórias de fantasma. Renzo havia convencido Luca de que ela era um primo distante chamado Felicio. Nomi mentira descaradamente, dizendo que tinha uma tatuagem nas costas. As histórias que havia contado naquela noite! Então um guarda aparecera e eles se esconderam sob a ponte. Nomi molhara a calça emprestada e Luca quase caíra no rio. Ele tinha gritado como um doido até que Renzo o puxara para a terra.

O coração dela agora batia na garganta. Seria possível? Renzo estivera pensando naquela noite? Como poderia saber que ela encontraria aquele livro?

Mas era uma pista. E o cheiro dos corpos, o sangue seco e a realidade estavam começando a turvar sua mente outra vez. Ela aceitaria qualquer esperança.

— Acho que sei o que significa — disse. — Precisamos ir.

Malachi a ajudou a levantar. Nomi encarou os pais, impotente.

— Eu... não posso deixar os dois. Eles precisam ser cremados, não deviam estar abandonados assim...

— Eu sei — Malachi disse com gentileza. — Mas não podemos fazer nada agora. Os soldados de Asa podem estar vigiando a casa, e nesse caso estamos em perigo. Mesmo se não estiverem, não podemos chamar o magistrado, porque ele vai saber que foram assassinados e vai querer nos interrogar. Precisamos encontrar seu irmão.

Ele tinha razão, mas as lágrimas continuaram caindo enquanto ela saía com o livro de lendas abraçado contra o peito. Nomi virou à direita e continuou andando, esquecendo o cavalo.

— Nomi. — Malachi a puxou, pegou o livro com cuidado e o guardou na bolsa deles, então a ajudou a montar. A calçada estava cheia de gente agora, e rostos curiosos os encaravam.

Uma pontada de medo atravessou a névoa. O que aconteceria se alguém a reconhecesse? Ela passara a maior parte da vida dentro de casa, mas o pai às vezes convidava colegas de trabalho para jantar. Como Nomi explicaria sua presença ali? O que diria se alguém perguntasse sobre seus pais? Certamente alguém tinha reparado que não haviam aparecido no trabalho. Quanto tempo fazia que seus corpos apodreciam ali?

Os soldados de Asa ainda estariam na cidade, vigiando e esperando?

— Malachi, depressa — ela sussurrou, rouca de tanto chorar.

Ele conduziu o cavalo à rua, seguindo suas orientações sussurradas e atento a quaisquer soldados. Nomi também estava vigilante: esperava que o próprio Asa emergisse de cada sombra, seu rosto bonito contorcido em um sorriso monstruoso.

DEZENOVE

Serina

O SOL SE ERGUIA ATRAVÉS DA FUMAÇA REMANESCENTE, vermelho-sangue e magnífico. A ponta sul da ilha estava praticamente destruída. Ainda havia alguns focos de incêndio, embora a maioria tivesse se apagado. Parte do hotel Tormento estava de pé, mas a ala onde elas guardavam as armas havia desabado e Val presumia que a munição tinha explodido. Serina ficou parada à margem dos destroços, desolada. Raposa e Graveto vasculhavam o concreto desmoronado, mas não havia armas para recuperar nem mulheres feridas para salvar, só corpos. Nero e Diego haviam virado poeira. Algumas garotas tinham morrido.

Penhasco chutou um tijolo quebrado.

— E agora?

Elas tinham pouca comida e poucas armas. A ilha se tornara inabitável; o riacho estava cheio de cinzas e a maioria das árvores cítricas eram cascas carbonizadas. A porção norte estava intocada, mas havia pouco ali para sustentá-las. Se o barco demorasse mesmo que poucos dias...

Anika subiu a trilha correndo.

— Graça! — gritou.

Serina virou para ela.

— Eles estão vindo — disse a garota, sombria.

Ela não sabia o que sentir. Era uma prece atendida — mas também uma maldição, visto que ainda estavam se recuperando e avaliando a situação.

— Quantos? — ela perguntou. Seria possível que fosse apenas o barco de prisioneiras? Ou Asa tinha visto o fogo e mandado soldados para investigar?

— Só vimos um — Anika respondeu. — Não temos muito tempo.

Serina respirou fundo. Quando deixara o complexo pela manhã, só vira rostos desanimados e assustados. As mulheres sabiam que a maior parte das armas fora perdida e que não havia água, a comida estava acabando e os soldados do superior estavam a caminho.

Mas era só um barco.

— Reúna todas na frente do complexo — ela disse. — Até as vigias.

Anika gritou ordens.

Elas desceram a trilha, evitando troncos caídos e chamuscados. Serina esperou fora do complexo enquanto a mulher chamava as outras, tirando um momento para fechar os olhos e respirar fundo.

Anika foi rápida. A clareira logo se encheu.

Val saiu depressa do prédio e foi encontrá-la.

— Temos sete armas, com munição para cerca de dez tiros cada.

— Não é muita coisa — ela disse, desanimada.

— Não — ele concordou. — Mas se colocarmos atiradoras nos penhascos como planejamos, deve bastar.

Serina examinou as mulheres, a maioria suja, exausta, com o rosto coberto de fuligem e a boca franzida. O desânimo era palpável. Maris se apoiava no ombro de Helena. Âmbar estava atrás do grupo com as mãos apertadas às costas e o rosto inexpressivo. Raposa balançava a cabeça, o olhar fixo no chão enegrecido. Serina focou em outros rostos familiares: Garra, a mulher mais velha do bando da caverna que tinha arranhado os olhos de um homem; Espelho, com o cabelo espetado sujo de fuligem; Caco, uma das atiradoras; e Tremor. Ninguém retribuiu seu olhar.

— Sabem — ela começou, erguendo a voz o suficiente para que todas pudessem ouvir —, quando cheguei aqui fui chamada de "garota morta". — Ela deu um olhar de esguelha para Val, que teve a decência de sorrir envergonhado. — Então Oráculo disse que eu era feita de ferro, que aqui a força era a moeda de troca e que eu teria que lutar. Eu não sabia nada sobre luta... Tinha passado a vida inteira aprendendo a ser delicada e servil. Obediente. Submissa. Bela. — Serina torceu o corpo dolorido em uma reverência exagerada. Alguns olhos se ergueram e lábios se curvaram para cima. — Bem, não sou mais bonita nem submissa, obediente ou servil. Tampouco sou de ferro, porque o ferro pode ser forte, mas também é inflexível e quebra. E às vezes é preciso se adaptar. — Ela indicou a destruição. — Nero e Diego queimaram o único lugar onde nos sentíamos seguras, mataram nossas amigas e destruíram a maior parte das nossas armas. Também alertaram o superior de que há algo errado nesta ilha. Tudo isso é verdade, e não é bom. Mas Nero, Diego e cada um daqueles guardas pagaram com a vida. Eles nunca deixarão Monte Ruína, mas nós deixaremos. Ainda temos algumas armas e, o mais importante, temos nós mesmas. Nossas facas e lanças, nossos punhos, nossa força. Nossa moeda de troca. Conquistamos nossa saída desta ilha, pagamos por nossos pecados e os dos homens que nos colocaram aqui e merecemos ser recompensadas. — A voz dela rimbombou no silêncio. Ninguém encarava o chão agora. — Vamos colocar nossas atiradoras nos penhascos e dar toda a munição para elas. O resto vai esperar no início da trilha, fora de vista. Quando acabarem as balas, será nossa vez. — Ela olhou para Val de novo, com uma expressão feroz. — Eu me recuso a ser uma garota morta.

Um grito se ergueu do grupo.

— Vamos sair desta ilha! — Serina gritou, e suas palavras foram recebidas com um rugido. — Venham — ela disse a Anika e Val.

Anika assentiu e ergueu a voz.

— Vamos tomar o que é nosso!

As mulheres de Monte Ruína ergueram os punhos e as vozes. Serina não via mais desânimo, apenas coragem.

Quando elas recuperaram as armas do complexo e marcharam em massa para o cais, o sol tinha se erguido por completo e o barco estava quase chegando. Val distribuiu as armas às mulheres que julgava melhores atiradoras, incluindo Maris, que seguiu as outras com a cabeça erguida.

— Obrigada por ser parte disso — disse Serina.

Os lábios da garota tremeram, mas seus olhos escuros retribuíram o olhar de Serina com firmeza.

— Se eu tiver que matar mais pessoas para manter Helena a salvo e nos proteger de Asa, que seja.

Serina assentiu.

Helena puxou Maris para um beijo, enfiando as mãos em seu cabelo preto. Quando elas se separaram, a pele marfim de Maris estava corada e seus olhos brilhavam.

— Eu te amo — disse Helena.

Maris sorriu.

— Também te amo.

O rubor de Maris lembrou Serina de orientar as mulheres a escurecer a pele para não serem vistas no penhasco. Com toda aquela cinza e madeira carbonizada, ninguém teria que procurar lama.

— Certo — disse Val. — Atiradoras, assumam posição. Todas nos penhascos!

Val portava uma arma também. Serina seguiu o exemplo de

Helena e jogou os braços ao redor dele, escondendo o rosto em seu pescoço. Quando ergueu a cabeça, ele a beijou — uma promessa, não uma despedida.

Por favor, que não seja uma despedida.

— Tome cuidado — Val disse em um tom suave, então foi entrar em posição.

Anika entregou a Serina uma faca afiada e uma serrilhada.

— Dá pra fazer um bom estrago com isso — ela disse com um sorriso igualmente afiado.

— Você parece animada com a perspectiva de violência — ela respondeu. Não invejava Anika, mas se sentia assustada o tempo todo e seria bom lutar sem preocupações. — Como não sente medo?

Anika riu, mas não de forma alegre.

— Eu sinto. Estou aterrorizada.

— Mas... — Serina arregalou os olhos.

— Ao contrário do que pensa, eu odeio lutar — disse Anika. — Mas a violência salvou minha vida e a de minhas irmãs, então não fujo dela. Se lutar e matar me mantém viva e me dá a chance de controlar meu destino e um dia salvar minha família, vou fazer isso com um sorriso no rosto.

Serina não sabia o que dizer, então só apertou levemente o braço da garota e desceu a colina.

O exército improvisado parou no ponto da trilha onde remoinhos de rocha vulcânica pareciam a superfície da lua. Ela ergueu a mão e as mulheres que a seguiam pararam, então foi espiar o cais.

Agachou-se atrás de uma rocha e tentou encontrar as atiradoras nos penhascos. Não viu nada. *Ótimo.*

O barco se aproximou e ela começou a ouvir as batidas rítmicas do motor. Logo conseguiria enxergar o convés.

Os motores pararam. Devagar, o barco se aproximou do cais.

Estava lotado. Seu coração bateu na garganta e ameaçou engasgá-la. Três colunas com dez pessoas cada. Mas nenhuma prisioneira — não havia mulheres a bordo.

Asa vira o sinal de Nero e tinha mandado tropas. Toda esperança de que aquele fosse um barco normal evaporou. O guincho do barco raspando no cais quebrou o silêncio. Fumaça ainda pairava no ar, uma névoa que distorcia a luz do sol como se estivessem atrás de um vidro sujo.

— O que fazemos? — Espelho sussurrou. — São muitos.

— Seguimos o plano — Serina respondeu, com o coração apertado. — Primeiro as atiradoras, depois nós. Vamos lutar.

Ela tinha rezado para que fosse fácil... alguns marinheiros, alguns guardas, uma vitória rápida.

As tropas pularam no cais — trinta homens que ocuparam toda a plataforma de concreto. Dois deles amarraram o barco. Todos seguravam armas — não eram marinheiros como os homens que haviam levado Nomi e Maris de Bellaqua. Aqueles estavam preparados para enfrentar resistência.

Antes que os guardas pudessem subir a trilha, as mulheres nos penhascos começaram o ataque. Os tiros ecoaram na pedra, mais altos que as ondas.

Vários homens caíram imediatamente. Outros ergueram suas armas e contra-atacaram. Espirais de fumaça se ergueram dos canos e a cacofonia aumentou.

O sangue pulsava nos ouvidos de Serina. As garotas e Val estavam lá em cima, e ela fez uma prece para que os penhascos os mantivessem invisíveis e seguros.

Balas voaram e várias atingiram pedra. Pedaços de rocha do penhasco desmoronaram e caíram no cais.

Mais soldados desabaram. Ela tentou contar — quatro ou seis.

Dez? A fumaça e o caos a cegavam. Ao lado dela, Espelho tremia de ansiedade.

Sua mão estava suada ao redor da faca. Era uma arma tão pequena contra balas e força bruta, mas havia mais mulheres esperando nas sombras do que soldados, e aquele barco significava liberdade.

Gradualmente, os tiros dos penhascos diminuíram. Então, abruptamente, pararam.

Acabaram as balas.

Serina engoliu em seco. Havia ainda quinze soldados ou mais, e *eles* tinham muitas balas.

Os homens no cais perceberam que não estavam mais sendo alvejados e ficaram à espera.

Serina ergueu a faca e rugiu.

VINTE

Nomi

Nomi agarrava a crina do cavalo com as duas mãos, atordoada com a altura e o sofrimento latejando no peito.

— Temos que andar a partir daqui — ela disse quando chegaram à rua em frente ao rio. Ela esperava que Renzo estivesse sentado em uma praia em Azura ou outro país distante. Não suportava a ideia de encontrá-lo morto, como seus pais. Se não o encontrasse ali, ainda poderia ter esperanças de que estava a salvo? Ou o desespero que a tinha invadido e congelado suas mãos, sua língua e seu coração ficaria com ela para sempre?

— Nomi? — Malachi perguntou. Ela não conseguiu responder.

Seus pais estavam mortos.

Ele amarrou as rédeas a uma amurada de ferro sobre a água, mas Nomi nem prestava atenção. Ficou em pé na beira do rio, apertando o metal frio e tentando se situar. Onde ficava a ponte? Onde tinham ficado naquela noite, contando histórias de fantasmas sob o luar?

Será que seus pais iam assombrá-la?

O toque do sol não clareou o verde musgoso do rio. Ela encarou as águas revoltas, tomada pelo luto. Precisava encontrar a ponte, mas era difícil resistir à sensação de que era um esforço vão, cada movimento um desperdício, a negação da verdade.

Seus pais estavam mortos; como Renzo não estaria também?

— Nomi, é este o lugar? — Malachi perguntou. — Acha que seu irmão veio pra cá?

— Não — ela respondeu, entorpecida. Olhou ao redor outra vez. Estabelecimentos ocupavam a beira do rio, a maioria cafés e padarias. À direita, além de um açougue e uma loja de relógios, havia uma ponte de pedra. — Ali.

Nomi virou e foi em direção à ponte, ignorando o homem de cabelo branco na janela do açougue que lhe lançara um olhar estranho. Talvez ela estivesse pálida demais ou sua tristeza fosse muito evidente. Talvez ele não tivesse gostado do fato de que ela andava na frente de Malachi ou não inclinasse a cabeça ao passar por ele. Talvez a reconhecesse. Ela não se importava mais.

Malachi respeitou seu humor, porque não tentou entrar na frente dela ou chamá-la. Eles chegaram à ponte alguns minutos depois. Uma escadaria de pedra íngreme coberta de musgo levava à margem enlameada do rio. Sombras e o ângulo da ponte escondiam o que havia embaixo — *se* havia algo.

— Espere aqui — ele disse, tomando o braço dela. — Vou primeiro. Parece escorregadio, você pode cair.

Nomi parou. Sabia que algo estava errado; seu corpo não parecia mais seu e sua mente estava encoberta por uma névoa que embaçava os pensamentos. Ela mal conseguia falar, muito menos se mexer. Talvez fosse a sensação de ser envenenada.

Pensou no cardeal que a rainha Vaccaro tinha matado. Teria se sentido daquele jeito? Como se seus membros estivessem se separando do corpo, um por um, até que não restasse nada?

Ela seguiu Malachi escada abaixo. Aquele lugar lhe era familiar. Lembrou-se claramente da noite em que fora até ali com Renzo e Luca — a lua na água, a margem escorregadia do rio, a voz de Renzo contando histórias.

Mas, daquela vez, as sombras estavam vazias. Não havia ninguém ali.

Malachi apoiou a mão grande e quente em suas costas.

— Podemos procurar em outros lugares.

— Como as masmorras de Asa? — Ela se afastou e foi para a beira da água.

— Você disse que escreveu a seu irmão usando o endereço de um amigo dele. E se formos pra lá? — Malachi sugeriu. — Ele não pode ter buscado refúgio?

Nomi encarou as ondas que quebravam na beira do rio.

— E se Luca e sua família tiverem sido massacrados também?

— Então choramos por eles. Mas ainda há esperança.

Nomi se virou para o herdeiro.

— Meus pais estão mortos. Como pode falar em esperança?

Ela não tinha mais lágrimas, mas encontrou algo no vazio e na névoa. Bem no fundo, uma chama cresceu e ficou cada vez mais quente.

A cada momento que passava, sua fúria aumentava.

Asa tinha feito muitas coisas terríveis, e agora havia matado seus pais e provavelmente seu irmão. O luto dela se tornou tão afiado e perigoso quanto a ponta de uma faca.

— Nomi?

Ela ergueu os olhos. Na base dos degraus cobertos de musgo, iluminado pelo sol da manhã, estava uma figura tão familiar quanto seu próprio reflexo.

Suas botas escorregaram na lama quando ela correu até ele.

Renzo.

— Renzo, é você? Você está bem? — Ela praticamente gritava enquanto corria as mãos por seu rosto, seu nariz torto, sua jaqueta de lã puída cheirando a livros velhos e pão fresco.

As perguntas de Renzo atropelaram as dela.

— Como você chegou aqui? Como me encontrou? Você está bem? Nomi, estive tão preocupado...

Ela recuou um pouco para observá-lo na luz fraca.

— Você foi para casa?

A alegria dele desapareceu.

— Sim, eu... cheguei tarde demais. Você também?

Ela assentiu, com um nó se formando na garganta.

— Mas como me encontrou? — Renzo perguntou. — Eu tomei tanto cuidado... Tentei não deixar um rastro, achei que ficaria a salvo...

— Vi seu recado no livro de lendas — ela disse, rouca. — Lembro que vim aqui com você.

Os olhos dele se arregalaram.

— Essa mensagem era para o Luca. Você o viu? Fiquei com medo de que Asa fosse atrás dele também, então passei na casa dele assim que voltei de Lanos, mas ele tinha ido para o litoral com os pais.

— Não, não o vi — Nomi respondeu, apertando os ombros do irmão para se certificar de que ele era real, e não um fantasma. — Você está vivo. — O coração dela ainda estava partido, mas uma pequena parte se remendava lentamente. — Sinto muito, Renzo. Nunca quis te envolver em tudo isso. Nem... — Nomi não conseguiu continuar.

Atrás dela, Malachi pigarreou.

— Vossa... vossa eminência. — Renzo fez uma mesura, com os olhos arregalados. — Está vivo!

— Sinto muito por sua perda — Malachi disse suavemente.

— E eu pela sua — Renzo respondeu. — Não foi só minha família que seu irmão destruiu.

— Ele deve ser deposto — Malachi disse, sério.

Renzo apertou Nomi com mais força.

— Estou tão feliz que você esteja bem. Não sabia o que tinha acontecido e pensei que... Asa havia te matado.

— Ele tentou — ela disse, tomada pela fúria que agora era uma chama constante em seu peito. — Me mandou para Monte Ruína, e a ilha não era nada como eu imaginava. As mulheres eram forçadas a lutar e Serina...

Renzo arregalou os olhos. No mar de luto que ainda ameaçava afogá-la, Nomi ficou feliz em poder dar uma boa notícia a ele.

— Serina organizou uma rebelião. Quando chegamos à ilha, o lugar era controlado inteiramente pelas prisioneiras, com *ela* no comando. Você precisava ver, ela com o cabelo todo emaranhado e o rosto sujo, dando ordens e fazendo discursos. Nunca vi nada tão incrível.

Renzo balançou a cabeça.

— Serina? A *nossa* Serina? Mas ela é tão doce e... obediente. Não acredito que...

— É verdade. Ela é uma lutadora agora. — A voz de Nomi se encheu de orgulho.

Por mais inacreditável que fosse, a ideia o fez sorrir. Ele olhou atrás de Nomi.

— Serina veio com vocês?

Nomi balançou a cabeça.

— Ela e as outras mulheres vão buscar refúgio em Azura.

— Por que você não foi com ela? — Renzo perguntou. — Não devia estar aqui. É perigoso demais.

— Íamos encontrar um regimento leal a Malachi para enfrentar Asa. Não pensei que conseguiria te encontrar, mas Malachi garantiria sua proteção quando fosse superior. Mas as tropas não estavam lá, então fomos encontrar papai e mamãe para ver se tinham notícias suas... — A voz dela falhou.

Os olhos do irmão se encheram de tristeza. Ela sabia que refletiam sua própria expressão.

Nomi encarou o irmão atentamente. Tinha sentido tanta falta dele. Podia ver a mãe em suas bochechas macias, o pai na curva dos lábios e a si mesma nos olhos dourados e afetuosos. O cabelo dele estava mais longo e desgrenhado que de costume. Era ela quem costumava cortá-lo.

Nomi o olhou por um longo momento, memorizando cada traço.

— E Asa? — Renzo perguntou.

Nomi olhou para Malachi.

— Vou cuidar dele — o herdeiro disse, com uma nota de frieza na voz que a recordou do pai dele. — Vocês deviam voltar para Porto Rosa comigo, pegar nosso barco ou comprar uma passagem num navio mercante e ir para Azura encontrar Serina. É o único lugar em que ficarão seguros.

Não era o que Nomi queria fazer. Um arrepio a percorreu, não de medo, mas de determinação.

Em vez de responder a Malachi, ela se virou para Renzo.

— Você está morando aqui? — perguntou, olhando para a margem do rio. Não havia sinais de habitação ou pertences.

— Estou ficando num quarto em cima de uma loja do outro lado da rua. Tem uma entrada dos fundos e uma janela de onde vigio a ponte... e os soldados. — Renzo alisou a jaqueta, remexendo nos punhos. Estava nervoso.

— Tem soldados atrás de você? — Nomi encarou as bochechas redondas, os olhos âmbar e o corpo alto e robusto do irmão. *Ele está a salvo. Está vivo. Você o encontrou.*

— Depois que... — Renzo engoliu em seco. — Depois que que eles passaram em casa, mantiveram vigia por uns dias. Entrei escondido pelo telhado logo que voltei, mas era tarde demais. Não estão mais de guarda, mas não sei se desistiram ou se pagaram os vizinhos para me dedurar se me virem.

O estômago dela se contorceu. Será que alguém a tinha visto de manhã?

— Venham — Renzo disse. — Está úmido aqui. Vamos estar mais seguros e aquecidos lá dentro.

Eles o seguiram pelas escadas de concreto rachado, atravessaram a rua e entraram em um beco estreito que levava a uma portinha escondida por barris de lixo transbordantes. Nomi respirou pela boca até subirem as escadas estreitas do prédio e entrarem no apartamento de Renzo.

Chamar aquilo de apartamento era generosidade. O lugar não era nada além de um quartinho com uma pilha de cobertores no chão perto da janela, roupas amarrotadas em um canto e um banheiro minúsculo separado do espaço principal por uma cortina manchada. Uma lâmpada nua pendia do teto.

— É do signor Stefano — Renzo explicou.

Nomi arregalou os olhos quando reconheceu o nome.

— O amigo de papai?

— Ele sabe o que aconteceu — Renzo assentiu, esfregando os braços como se estivesse com frio. — Pretende esperar mais uns dias para ir visitar os dois. Então vai "descobrir" os corpos e chamar as autoridades para, hum, fazer os arranjos necessários. Papai o visitou faz pouco tempo... Ele tem que agir naturalmente, pra que ninguém pense que foi alertado.

Malachi foi até a janela e encarou a ponte.

— É melhor irmos antes que as autoridades descubram — o herdeiro disse. — Quanto mais longe daqui, mais seguros estaremos.

Nenhum de nós está seguro.

Ninguém estaria seguro até que Asa estivesse morto.

Conforme um peso se assentava em seu peito, Nomi percebeu que a morte de Asa se tornara mais que uma necessidade desagradável para ela — era um desejo. Ela *queria* vê-lo morto. Queria que sofresse.

E queria ser a pessoa a fazê-lo.

VINTE E UM

Serina

O GRITO DE GUERRA DE SERINA RESSOOU NO CAIS e foi repetido pelas mulheres que investiram atrás dela, até que as vozes agudas vibravam em seu corpo e fizeram pulsar sangue nos ouvidos. Elas correram pela trilha em direção aos soldados.

Os homens tentaram se reorganizar, mas a maioria não teve tempo de recarregar as armas e mirar antes que as mulheres chegassem.

Serina tentou desligar o cérebro e deixar a memória muscular do treinamento de Âmbar e a fúria da vingança controlar seus movimentos. Tentou não sentir medo.

À sua direita, Âmbar cortava com as duas facas longas, seu rosto duro como mármore. Uma mancha de sangue se destacava em seu rosto pálido. Para a surpresa de Serina, o homem à sua frente desferiu um golpe com a arma em vez de atirar. Ela bloqueou com o braço, enfiou a faca em sua barriga e ele caiu para a frente, gemendo. Então puxou a lâmina e saltou por cima dele.

O próximo hesitou um segundo antes de erguer a arma, e ela se aproveitou do impulso para derrubá-lo. Ao seu lado, Espelho gritava na cara de um soldado. Ele arregalou os olhos, mas não atacou de imediato. O que estaria esperando? A pausa permitiu à garota preparar seu próprio ataque, e ela enfiou sua lâmina na garganta do homem.

Foi assim com muitos; era como se tivessem sido pegos de surpresa e não esperassem uma luta. Talvez não estivessem preparados para enfrentar mulheres. Qualquer que fosse o motivo, a hesitação lhes custava a vida.

Serina desviou de um soco fraco e golpeou a virilha de um homem. Ele desabou, se contorcendo, e ela cortou sua garganta.

Do penhasco, as atiradoras as incentivavam. Não tinham mais munição, mas algumas jogavam pedras nos soldados. Pelo menos um homem caiu depois que uma grande atingiu sua cabeça.

Um soldado agarrou Serina pelo ombro, afundando os dedos na ferida antiga, e seus joelhos quase cederam. Ele recuou a outra mão como se fosse socá-la, mas então parou, com o rosto tomado por confusão.

— Por que estão fazendo isso? — perguntou, estranhamente perturbado. — Mulheres não lutam.

Ela enfiou a faca no estômago dele e o derrubou com uma rasteira.

— *Nós* lutamos — Serina murmurou, passando para o próximo.

Então foi cegada por um clarão e virou a tempo de ver Espelho cair de joelhos, apertando o braço. A arma de um soldado fumegava e Helena pulou sobre ele, batendo um bastão pesado na sua cabeça. O homem cambaleou e ela continuou batendo com a madeira pesada em seu crânio. Quando terminou, não se enxergava mais o rosto do soldado por trás do sangue.

Serina pegou Espelho por baixo dos braços. O rosto sardento da garota estava mortalmente pálido.

— Âmbar! — ela gritou, erguendo o braço para bloquear o soco de um soldado com uma cara cruel. A mulher apareceu com as facas pingando sangue, e Serina chutou o homem em direção a seu abraço assassino.

Espelho ficou pesada.

— Vamos — Serina implorou. — Você tem que andar.

Com um grunhido, a outra firmou os pés e Serina a levou até um trecho vazio perto dos penhascos. Âmbar as protegia, as lâminas cortando o ar sempre que um homem se aproximava demais. Serina se cansou depressa, avançando com dificuldade sob o peso de Espelho. Sangue escorria do ferimento no braço da garota e encharcou a camisa de Serina em segundos. Escorria rápido demais, e Serina foi tomada pelo pânico. Quando finalmente chegaram à base do penhasco, a uma curta distância da luta, ela ajudou Espelho a sentar no concreto esburacado e Âmbar ficou entre elas e a batalha, empunhando suas armas.

Serina puxou a bainha da calça, mas suas mãos tremiam tanto que levou um tempo para rasgar o tecido. Espelho apoiou a cabeça na parede de pedra, lívida enquanto abraçava o braço ferido. O sangue ainda fluía, manchando o uniforme azul da prisão. Serina inspecionou a ferida — a bala tinha atravessado o braço, cortando até o osso, mas não tinha ficado presa. Já era alguma coisa.

Não tinha com que limpar a ferida, mas aquilo não importaria se não conseguisse estancar o sangramento. Ela enrolou o pedaço de tecido sobre o ferimento o mais forte possível e a outra garota gritou, revirando os olhos, mas permaneceu consciente.

— É só um arranhão — Serina repetia sem parar enquanto rezava para que o sangue parasse de escorrer e um pouco de cor retornasse ao rosto da amiga.

Espelho deu uma risada trêmula.

— Arranhão?

Serina afastou o cabelo dela dos olhos. Sua testa estava suada e muito mais fria do que o tempo justificaria. *Só um arranhão, só um arranhão*, pensava, tentando convencer a si mesma.

Atrás dela, os sons da luta ecoavam pela parede de pedra. Âmbar manteve guarda. Restavam poucos soldados.

Serina se posicionou de modo a ver a batalha.

— Vá — Espelho sussurrou. — Precisamos daquele barco.

Ela balançou a cabeça.

— Preciso manter pressão. Nada de bancar a heroína. — Serina arregalou os olhos ao examinar o cais. — Além disso, elas não precisam de mim.

A onda de mulheres varreu o cais e logo os últimos soldados foram pegos e puxados por ela. Lâminas, lanças, punhos... com seu treinamento e sua fúria, as armas improvisadas e as próprias mãos, as mulheres derrubaram os homens.

Para Serina, parecia um milagre — e talvez fosse. Os soldados não estavam preparados para a fúria e a organização das mulheres de Monte Ruína. Obviamente não esperavam uma batalha.

Serina e seu exército tinham iniciado uma.

Val e as atiradoras desceram dos penhascos.

Espelho não era a única com um ferimento sério, e quatro lutadoras tinham perdido a vida. Os soldados jaziam numa pilha sangrenta, os olhos vazios voltados para o céu. Os poucos sobreviventes, todos com ferimentos sérios, foram mortos. Ninguém queria outro Nero ou Diego agora que estavam tão perto da liberdade.

O barco balançava no cais, o motor ainda soltando fumaça.

Serina se ajoelhou ao lado de Espelho e conteve lágrimas de alívio ao vê-la ainda respirando e consciente. O sangue empapava a atadura improvisada, mas o fluxo parecia estar diminuindo e a garota lhe deu um sorriso torto.

— Acho que vou sobreviver.

Serina retribuiu o sorriso.

— É claro que vai.

Âmbar ficou com Espelho para que Serina pudesse lavar as mãos ensanguentadas na beira do cais. Ela olhou para o horizonte em busca de outro navio ou ameaça. Era difícil acreditar que o perigo tinha acabado e que elas haviam realmente atingido sua meta, conquistando o barco, seu veículo de fuga. Aquela manhã tinha começado desanimadora, com a maior parte da ilha queimada. Agora elas tinham tudo de que precisavam.

Anika foi até ela, portando sua arma e parecendo tão chocada quanto Serina.

— É impressão minha ou vencemos?

— Não parece real — Serina respondeu. Ela não sabia o que fazer com as mãos agora que não precisava usá-las como armas, e esfregou as costas das duas, se encolhendo por causa dos machucados e da pele arranhada.

Val se juntou a elas, com o rosto ainda coberto pela fuligem que usara para se camuflar.

— O superior subestimou vocês... só trinta soldados.

— Eu preferiria um barco cheio de prisioneiras e só um par deles — Serina respondeu. — Mas conseguimos.

Ele deu um sorriso brilhante. Serina retribuiu e relaxou os ombros, mas ainda sentia uma pressão no peito e a garganta arranhada pela fumaça e pelos gritos. Seu corpo pendia na direção de Val, ansiando por um abraço e um momento de tranquilidade.

— Precisamos sair desta ilha. — Ela se obrigou a se concentrar. Haveria tempo para abraços e privacidade quando chegassem a Azura. — E temos que cuidar das mulheres feridas. Vamos nos preparar hoje e partir amanhã cedo.

Anika encarou a água prateada.

— Vamos mesmo deixar Monte Ruína — ela disse, maravilhada.

Serina ergueu o queixo.

— Sim. — Foi tomada por um sentimento estranhamente parecido com alegria. — Vamos deixar Monte Ruína.

VINTE E DOIS

Nomi

ELA ENCONTROU OS LIVROS ESCOLARES DE RENZO sob a pilha de roupas que tinha levado de casa. Correu as mãos pelas capas de couro e abriu o caderno de redação para ler sua caligrafia inclinada.

— Mais dois meses e eu poderia ter me inscrito na universidade — disse ele, olhando de esguelha para os livros e suspirando.

— Sinto muito. — Nomi abraçou o caderno. — Eu não devia ter te envolvido nisso tudo. Se não tivesse... — Sua voz falhou. A lembrança do corpo dos pais não a deixava em paz. Ela nunca ia se livrar daquela imagem, nem da fúria assassina que Asa despertava.

Tinha cometido muitos erros — confiar nele, escrever a Renzo —, mas quem que ordenara a execução de seus pais fora Asa.

Era *ele* quem merecia morrer.

— Quanto tempo vamos levar até Azura? — Renzo perguntou, deslizando as costas pela parede e se sentando na pilha de cobertores sob a janela. — Acha que Serina vai chegar antes?

— Espero que ela já esteja lá — Nomi disse, sentando perto dele. Não conseguia parar de encará-lo e repetir para si mesma que ele estava ali, vivo.

— Vocês vão levar quinze dias se pegarem nosso veleiro — Malachi disse. — Se comprarem passagem num navio mercante, chegam em quatro ou cinco. — Ele estava diante da janela, encarando a rua.

Nomi queria ver sua expressão. O herdeiro estivera calado desde que haviam encontrado os pais dela. Talvez fosse seu jeito de dar espaço a eles, mas ela tinha a sensação estranha de que era mais do que aquilo. Malachi não estava apenas calado, mas também inquieto, movendo-se de um lado para o outro como se o quarto fosse uma jaula. Tinha desaparecido por uma hora para vender o cavalo roubado, já que iriam de trem até Porto Rosa.

— Não temos dinheiro para comprar uma passagem de navio, e eu não... — Ela parou, sem saber o que queria dizer ou o que estava pensando. Ir para Azura parecia uma fuga, e Nomi queria ficar e lutar.

— Temos, sim. — Renzo enfiou a mão no bolso e ergueu uma bolsinha de seda que tilintou. — É o dinheiro que papai ganhou quando você foi escolhida como graça. — Ele a estendeu para ela. — Não gastou nada, nem uma moeda de prata.

Nomi sentiu um aperto no coração.

— Por que não?

Renzo deu de ombros.

— Não sei. Ele sempre dizia que queria que mamãe se aposentasse e que compraria uma casa fora da cidade caso Serina se tornasse uma graça. Mas quando soube que tinha sido você, pôs o dinheiro na mesa e nunca mais falou a respeito.

Nomi levantou, com a bolsa pesada em sua mão. O pai a tinha açoitado muitas vezes na infância quando ela não o obedecia. Daquele modo, ensinara Nomi a esconder sua rebeldia. Teria ficado envergonhado por ela ter sido escolhida em vez de Serina? Ou adivinhara como ficaria infeliz?

Por que não gastara o dinheiro?

Agora que estava morto, Nomi nunca saberia. Ela bateu a palma contra o chão.

— Nomi? — Malachi apoiou uma mão no ombro dela.

— Estou bem — ela disse, desvencilhando-se dele. — Não, na verdade não estou — Nomi emendou, olhando-o nos olhos. — Prometa que vai fazer seu irmão pagar.

Ele não hesitou nem desviou o olhar.

— Prometo.

Mas as palavras não a satisfizeram. Ela queria fazer Asa pagar pessoalmente.

Horas depois, quando tinham comido algo simples e decidido partir na manhã seguinte, uma ideia perigosa nasceu na mente dela. Apoiada contra a parede, Nomi coçou a perna e seus dedos pararam no cabo tosco da faca que Serina lhe dera. Era uma resposta à pergunta que se fizera desde que vira os corpos massacrados dos pais.

Ela inclinou a cabeça para o herdeiro.

— Malachi, em Monte Ruína você falou de passagem secretas para as mulheres acessarem o palazzo sem ser vistas. Pretende entrar com as tropas de Dante por elas?

Malachi esfregou a nuca, entortando a cabeça.

— Não sei. Depende de quantos se juntarem a nós e das defesas de Asa. As passagens são estreitas e difíceis de acessar. Por quê?

— E se você tiver que ir sozinho? — ela perguntou. — Se Dante não receber sua mensagem?

Ele a examinou com os olhos estreitados.

— Então definitivamente usarei os túneis. Meu pai me mostrou um que sai no porão de uma padaria. Há um relevo de um homem gordo na parede. Quando se pressiona a barriga, a porta se abre. A passagem leva direto aos aposentos do palazzo, meus, de Asa, do superior e das graças. Por quê?

Uma passagem que leva diretamente ao superior.

Seus dedos começaram a tremer de leve.

— Asa sabe sobre os túneis? Deve saber — ela disse depressa, encarando as botas. Não queria que Malachi suspeitasse do motivo das perguntas, mas refletia sobre a resposta mesmo assim. — Seu irmão me pedia para escapar de noite para o encontrar, mas nunca me contou sobre essas passagens. Me pergunto se tinha um motivo para isso.

Provavelmente achava que não valia a pena compartilhar o segredo só para evitar o risco de Nomi ser pega.

— Ele não contou porque não sabia — Malachi disse, surpreendendo-a. — Meu pai só contou pra mim.

— Para que os túneis foram feitos? — ela perguntou.

— São uma rota de fuga — ele respondeu. — Para proteger o superior. Depois das Inundações...

— Depois do golpe para derrubar a rainha, você quer dizer — ela corrigiu. A culpa era dele por lhe dar um livro com a *verdadeira* história de Viridia. Agora ela sabia que as Inundações não tinham sido um desastre natural, mas um plano deliberado para sabotar o país e a rainha. Os conselheiros a tinham destronado e o primeiro superior tomara a rainha e suas filhas como suas graças.

A história ainda embrulhava o estômago dela.

Malachi pigarreou. Renzo ergueu os olhos e soltou uma exclamação de surpresa, mas eles o ignoraram.

— Sim, depois do *golpe* — Malachi continuou. — O palazzo foi reconstruído, mas o superior e seus conselheiros ficaram preocupados com retaliação e queriam uma rota de fuga.

— Eles oprimiram as mulheres de Viridia de todos os jeitos possíveis para que não houvesse retaliação. — Nomi se ergueu e andou pelo quarto, com o coração batendo rápido demais.

— Do que estão falando? — Renzo perguntou, olhando de um para outro.

— A história que você aprendeu na escola não era inteiramente correta — Nomi disse apenas, sem explicar mais. Ela tinha muito em que pensar e raiva demais correndo pelas veias.

Quando o sol se pôs, ela havia se decidido. Malachi não era o único desesperado por vingança, e ela não precisava esperar um regimento para consegui-la.

— Sobremesa? — Renzo ofereceu um doce.

Ela balançou a cabeça. Fingindo arrumar as coisas deles, avaliou os pertences do irmão: três camisas de linho, sua jaqueta de lã, um casaco pesado, duas calças. Livros escolares, o caderno, um lápis. Três cobertores, um travesseiro, suas botas. A bolsa de dinheiro. Ela e Malachi tinham uma bolsa, um garrafão, o uniforme de prisão dela e algumas moedas de prata.

Renzo insistiu para que ela pegasse o travesseiro quando eles se acomodaram para dormir. Nomi escolheu um ponto no chão perto do irmão e lhe deu um abraço apertado e um beijo no rosto antes de deitar.

— Não vai demorar muito, não se preocupe — ele disse, confundindo seu afeto com ansiedade. — Amanhã, esperamos todos saírem para o trabalho e vamos para a estação. Ninguém vai nos incomodar. Chegamos a Porto Rosa ao meio-dia e à noite estaremos num navio mercante, se tudo der certo.

— Devíamos deixar um pouco de dinheiro para o signor Stefano — ela disse. — Para cuidar de mamãe e papai... e manter silêncio.

Renzo assentiu.

— Faremos isso.

Malachi adormeceu sentado, com a cabeça reclinada e a boca aberta. Nomi se enrolou e pressionou o rosto no cobertor de Renzo, forçando a respiração a ficar mais lenta. Quando o irmão começou a roncar, ela foi com cuidado até a pilha de roupas e pegou alguns itens.

Entrou no banheiro pequeno e vestiu a calça e a camisa que usara em Monte Ruína, então jogou a capa de lã pesada de Renzo por cima. Se puxasse o capuz, o cabelo e a maior parte do rosto ficavam ocultos. Enfiou no bolso algumas moedas, deixando o resto para Renzo. Em silêncio, calçou as botas, ajustou a lâmina de Serina e pegou o caderno do irmão.

O luar que entrava pela janela aberta forneceu a luz de que precisava.

Caro Renzo,

A mulher tatuada pode se tornar um fantasma, mas cumpre sua vingança mesmo assim. Pegue o trem para Porto Rosa e o navio para Azura e fique a salvo. Diga a Serina que a amo.

Sinto muito por tudo.

Nomi

Ela deixou o bilhete ao lado da cabeça do irmão para que ele o visse ao acordar. Então seguiu em direção à porta.

Uma mão agarrou seu braço. Nomi engoliu um grito.

Malachi se virou para ela.

— O que está fazendo? — ele sibilou.

Com o lábio tremendo, Nomi ergueu o queixo e reuniu coragem.

— Ele matou meus pais.

O herdeiro apertou mais forte.

— E vai matar *você*.

— Não importa — ela murmurou. — Fui eu quem dei esse poder a Asa e sou *eu* quem deve tirá-lo. Meus pais merecem justiça.

— Não. — A expressão dele desmoronou. — Asa é meu irmão, *minha* responsabilidade.

Nomi não suportava os protestos. Sentia-se como um competidor antes do Prêmio Belaria, cheia de antecipação e terror.

Malachi abriu os lábios, mas ela não lhe deu uma chance de falar. Levada pelo instinto, pelo luto e pelo desejo, se esticou e pressionou os lábios contra os dele. Lágrimas escaparam de seus olhos fechados. O herdeiro ficou rígido por um instante, então se derreteu contra ela, erguendo as mãos para entrelaçar seu cabelo.

Aquele momento era tudo o que teriam, então Nomi esqueceu o resto durante o beijo. Não se preocupou com o que Malachi queria dela — *ela* queria aquele momento, aquela chance de se perder nele e aproveitar o calor de sua boca, se permitindo sentir.

Quando se afastou, seu rosto estava úmido de lágrimas.

— Encontre Dante e vá com o regimento. Esteja lá para terminar o serviço se eu falhar.

O rosto dele se encheu de dor. Se ela estivesse um pouco menos quebrada, teria ficado destruída.

— Nomi...

— Eu *tenho* que fazer isso, Malachi — ela sussurrou, com um aperto no coração. — Não posso viver com essa fúria dentro de mim. Tenho que libertá-la.

Então, antes que ele pudesse fazer algo para impedi-la, Nomi saiu.

VINTE E TRÊS

Serina

SERINA AJUDOU A CARREGAR OS SOLDADOS MORTOS para os penhascos do sul, onde o mar ficava cheio de tubarões. Enquanto o último homem desaparecia entre as ondas e todos reuniam seus pertences e cuidavam de Espelho e das outras feridas, ela e Val exploraram o barco.

O convés era largo e comprido o suficiente para abrigar todo mundo, Serina pensou enquanto andava de uma ponta a outra. Tentou imaginar a plateia do anfiteatro transplantada para lá; ficaria apertado, mas dariam um jeito.

Ela seguiu Val para a ponte de comando na proa. Havia um leme enorme no centro e vários outros aparelhos e instrumentos misteriosos na parede.

— Acha que consegue pilotar isso? — Serina perguntou com uma pontada de medo. Exceto pelo leme, não fazia ideia de como usar aqueles equipamentos. Uma escada levava à sala do motor abaixo deles.

— Gia consegue — Val disse. — Ela sabe bem mais sobre barcos e navegação do que eu.

Serina o puxou antes que ele pudesse dar meia-volta. Val parou com um olhar questionador e ela se esticou para beijá-lo. Ele a envolveu com os braços e os dois ficaram em silêncio por um momento, aproveitando a privacidade. Serina apoiou a cabeça no peito dele e ouviu a batida constante e tranquilizadora do coração.

Ela correu os dedos pelos músculos do bíceps de Val, e o toque fez suas pontas dos dedos formigarem. Em seu treinamento de graça, aprendera a agradar aos homens e ser sedutora, mas nunca tinha imaginado como aquilo podia ser agradável se gostasse da pessoa em questão. Ninguém lhe contara que também podia sentir atração e prazer.

Serina se esticou para outro beijo, relutante em abandonar o momento. A boca de Val era quente e delicada, e ela adorou a sensação de poder ao morder seu lábio inferior e abraçá-lo mais apertado.

Seus dedos se entrelaçaram no cabelo macio e emaranhado dele. Ela abriu a boca e foi percorrida por um calor inesperado.

Val se afastou com um olhar estranho.

— Serina?

Ela deu uma risada curta.

— Não sei o que deu em mim, acho que estou um pouco boba. Vamos fugir. Conseguimos.

Val abriu o sorriso mais largo e contente que ela já vira nele. A expressão o iluminou e apagou a dor que geralmente se escondia atrás de seus olhos.

Ele a beijou de novo e ela se perdeu no movimento de línguas e mãos, no calor.

Mas não tinham escapado ainda, e havia muitas mulheres aguardando sua liberdade.

Hesitante, Serina se afastou. Enquanto saíam da ponte de comando de mãos dadas, perguntou:

— O que acontece quando chegarmos em Azura? Com nós dois, quero dizer.

Ela não tivera coragem de fazer a pergunta antes, tomada por um medo supersticioso de que falar do futuro colocaria tudo em risco. Mas tinham vencido, e agora podia se permitir imaginar.

Val apertou a mão dela.

— O que quisermos. — Ele lhe deu um olhar rápido e tímido, então pigarreou. — Em Azura, você vai poder trabalhar, ter seus próprios bens e propriedades... escolher a vida e, hum, o companheiro que quiser. Se quiser um.

— Parece um conto de fadas, não um lugar real. — Serina nunca tinha pensado de verdade sobre o que queria além do que se esperava dela: se tornar uma graça. Quando chegara ali, só queria sobreviver para rever Nomi.

Ela sorriu para Val. Queria ficar com ele, aprender a ler como Nomi e ver sua família a salvo. Depois... depois, não sabia. Mas adorava ter a oportunidade de descobrir por si mesma. A bolha de alegria cresceu dentro dela, cheia de luz e ar, até que sentiu que ia sair voando.

Quando o sol nasceu, eles estavam prontos para deixar Monte Ruína.

— Estão todas aqui? — Serina gritou, ajudando as últimas mulheres a embarcar. Ela olhou para trás e observou a trilha vazia que subia pela colina até o complexo dos guardas. Monte Ruína era uma ruína de verdade agora, carbonizada e ocupada apenas por fantasmas. Serina esperou um momento, mas ninguém mais apareceu. Elas tinham contado e recontado, carregado primeiro as feridas e dividido todas em duplas para que cuidassem umas das outras. Anika havia vasculhado o lado norte da ilha, ou as partes ainda acessíveis, pelo menos, para garantir que ninguém ficaria para trás.

Serina subiu no barco, fechou o portão e gritou para Val que estavam prontas. Ele estava abaixo do convés, alimentando o motor com carvão, enquanto Gia e outra garota, Modelo, que também vinha de um vilarejo pesqueiro, controlavam o leme.

Âmbar estava na popa com os braços na amurada, olhando para a ilha. Serina imaginou que estivesse pensando em Oráculo e queria oferecer alguma palavra de conforto, mas percebeu que partir também era difícil para ela. Por mais aliviada que estivesse, sentia que abandonava as mulheres que haviam morrido ali — Oráculo, Petrel, Jacana, Boneca, a mãe de Val e tantas outras. Talvez um dia o vulcão entrasse em erupção outra vez e todas as mulheres que tinham sido entregues a ele se tornassem parte da ilha que se formasse então.

— Como você está? — ela perguntou a Maris, cujos dedos apertavam a amurada.

— As lembranças da vinda ainda estão frescas — a garota respondeu com uma careta. — Mas pelo menos estamos indo na direção oposta.

— E não há grilhões — Serina acrescentou, sorrindo. — Essa vitória é sua, Maris. Você nos ajudou quando mais precisávamos. Obrigada.

A garota ergueu o cabeça. Quando tinha descido dos penhascos, suas mãos tremiam tanto que mal conseguia segurar a arma, mas ela não tentara se isolar nem ficara se lamentando.

Helena envolveu seus ombros e apoiou a cabeça na sua. Juntas, elas observaram Monte Ruína encolher.

Serina percorreu o convés atrás de Espelho e das outras mulheres feridas.

— Como vai o braço? — ela perguntou, acenando para a atadura refeita no bíceps da garota.

Espelho fez uma careta.

— Dói bastante, mas parou de sangrar. Uma das garotas do

hotel Tormento me costurou. Ela não sabia se... bem, o corte foi profundo, vamos ver como sara.

Serina apoiou uma mão em seu ombro, com cuidado para não machucar.

— Haverá médicos em Azura. Eles vão garantir que sare direito.

Anika estava na amurada oposta, de costas para a ilha. Serina atravessou a multidão de corpos até ela, que não reconheceu sua presença.

— Sei que você acha que estamos indo na direção errada — disse Serina —, mas acredito que vai ver sua família outra vez. De verdade.

Anika fechou os olhos e deixou a luz do sol dançar sobre seu rosto.

— No momento — ela disse —, só estou contente por estar em movimento. É a primeira vez em toda a minha vida que não me sinto presa. — Ela abriu os olhos e virou para a outra. — Quero que minhas irmãs se sintam assim.

Serina deu um aperto rápido em seu braço.

— Eu sei.

Ela foi para a ponte de comando e encontrou Gia com os dedos brancos e o rosto contorcido em concentração.

— Quanto tempo acha que vamos levar? — Serina perguntou.

— Dois dias, mais ou menos — disse Gia. — Não podemos nos mover rápido demais com tantas passageiras, mas ganharemos velocidade à medida que o fogo esquentar. Devemos ter carvão mais que suficiente para chegar lá. — A expressão preocupada que mantivera desde que haviam chegado à ilha tinha se suavizado. Era incrível como todas elas estavam mais relaxadas, parecendo anos mais novas — os rostos tensos e pálidos de terror tinham sido substituídos por esperança e olhos brilhantes.

Serina estava prestes a descer a escada para ver Val quando viraram a ponta leste da ilha e o oceano se descortinou à frente.

Gia ofegou, congelando com as mãos nos controles. As esperanças de Serina viraram poeira.

Cinco navios. Não, sete. Aproximando-se com a bandeira do superior tremulando.

VINTE E QUATRO

Nomi

Nomi caminhou por Lanos com a cabeça abaixada. Não como uma mulher, mas como um homem sem tempo nem paciência para ser interrompido. O capuz escondia seu cabelo; a noite, seu rosto.

Só estivera na estação de trem de Lanos uma vez, a caminho de Bellaqua com os irmãos. No escuro, as ruas não tinham cores ou sons familiares. Nomi não conseguiu encontrar o mercado de esquina, com suas barracas de pêssegos rosados e castanhas marrons, onde tinham virado à esquerda, nem a rua cheia de lojas onde um velho costumava tocar um organetto perto da entrada da estação.

Chegou a uma piazza cheia de mesas de ferro forjado ocupadas por velhos que bebiam vinho, falavam alto e faziam gestos expansivos no ar frio da madrugada. Hesitou. Deveria perguntar o caminho? Talvez fosse melhor testar seu disfarce agora. Se eles percebessem que era mulher, apesar da capa e da escuridão, era porque jamais conseguiria enganar alguém na estação de trem.

Ela estava prestes a entrar na piazza quando um grupo de soldados surgiu de uma rua lateral. Os homens nas mesas pararam de falar assim que o som das botas sobre as pedras soou. Todos enterraram o rosto na própria taça de vinho. Nomi recuou para o beco até ficar fora de vista. Prendeu o fôlego e ficou ouvindo, rezando para que os soldados não fossem em sua direção.

Eles perguntaram algo aos homens, mas só algumas palavras chegaram no escuro: *viram... superior... interrogando*. Estariam procurando alguém?

E se estivessem atrás de Renzo?

Suas pernas tremeram. Com o coração disparado, voltou pelo beco e se afastou da piazza. Não podia pedir orientações nem chamar atenção. Se aqueles soldados estavam procurando alguém, examinariam todos com cuidado, e Nomi não podia assumir tamanho risco.

Ela andou várias quadras no que pensava ser a direção errada e estava começando a considerar ficar escondida até o amanhecer para perguntar o caminho sem levantar suspeitas quando um apito estridente atravessou o ar.

Um apito de trem.

Perseguiu o som, praticamente correndo. As ruas estavam escuras, iluminadas só pela lua e por postes distantes uns dos outros, de modo que ela se sentia um sapo tentando pular de uma pedra iluminada para a seguinte, mas caindo no abismo toda vez.

Por fim, virou em uma rua estreita ladeada por prédios baixos de tijolo e emergiu em uma piazza larga com o edifício imponente da estação. Atravessou depressa a arcada principal, apertando a capa ao redor do corpo e dando olhares de esguelha para todos os lados, com medo de encontrar mais soldados.

A estação de trem estava como ela lembrava: grande e cheia de ecos, com vigas no alto, fedor constante de carvão e uma névoa espessa. Havia poucos viajantes àquela hora, e a falta de movimento fazia o lugar parecer abandonado.

Alguns homens e mulheres passavam pela bilheteria, mas só o rumor de vozes masculinas e o clique-claque do quadro de partidas preenchiam o espaço cavernoso. Nomi ergueu os olhos — havia dois trens para Bellaqua, um expresso que partia antes do amanhecer e um trem regional que levava seis dias. Ela tomara o último com Serina e Renzo da outra vez, mas ele não partiria antes do meio-dia. Renzo e Malachi certamente a veriam esperando quando fossem pegar seu trem para Porto Rosa.

Nomi respirou fundo e seguiu para a bilheteria, segurando a capa com mais força. Um homem passou tão perto dela que quase roçou seu braço. Teria percebido que ela era uma fraude? Que estava tentando se disfarçar?

Não teve coragem de olhar para trás para ver se ele a olhava.

Quando chegou ao balcão, um homem mais velho com sobrancelhas brancas e um nariz vermelho e bulboso perguntou seu destino.

— Bellaqua — ela disse com a voz rouca.

— Regular ou expresso? — Ele encarou o quadro de horários.

— Quanto é o expresso? — Nomi perguntou, rezando para ter o suficiente. Pensou no pai que guardara o dinheiro que tinha recebido em troca da vida dela. Por que não o tinha gastado? Por que não tinha dito à esposa que não precisava mais trabalhar ou tentara encontrar uma noiva para Renzo? Ela queria poder perguntar aquilo a ele.

— Oito moedas de ouro — ele disse. — O regular é duas de ouro e dez de prata.

Nomi tirou as moedas do bolso e olhou para o ouro brilhante. Não entendia bem o preço das coisas porque nunca tivera permissão para portar ou gastar dinheiro. Mesmo assim, sabia que oito moedas de ouro eram um valor alto, motivo pelo qual haviam pego o trem mais lento da outra vez e calculara que Renzo também pegara quando fora a Bellaqua por ocasião do baile.

Mas ela tinha bem mais que oito moedas de ouro na mão, apesar de ter deixado a maior parte do dinheiro com Renzo, então comprou o expresso. Tinha certeza que seu pai jamais a imaginara usando aquele dinheiro para vingar sua morte.

— O expresso parte às cinco da plataforma dois. Você vai chegar em Bellaqua amanhã, logo depois das oito. — O homem pegou o dinheiro e estendeu a passagem, chamando a próxima pessoa na fila. Nem olhou para a cara dela.

Nomi ficou tão aliviada que poderia chorar. Em vez disso, pigarreou de um jeito que esperou ser másculo e se afastou com passos largos.

Então procurou pela plataforma dois.

Ela seguiu as placas, testando seu disfarce outra vez num quiosque que vendia café e doces. Encontrou um banco, acomodou-se sob as dobras volumosas da capa e enfiou dois folhados na boca. Comia porque sabia que precisava de força e da cabeça no lugar para sobreviver à jornada e executar seu plano, mas o açúcar e a gordura se assentaram pesadamente no estômago depois de mais de uma semana de dieta austera em Monte Ruína e no barco — seu corpo já tinha esquecido a comida refinada do palazzo.

Um trem partiu da estação alguns minutos depois, então houve silêncio por horas. Ela tirou um cochilo desconfortável no banco. Um homem varreu as folhas e o lixo sobre o chão de ladrilhos rachado. Algumas vozes bêbadas ecoaram do teto abobadado, mas ninguém a incomodou.

Perto das quatro, um trem se aproximou com um guincho de freios e uma nuvem de fumaça. Homens usando roupas finas desembarcaram, acompanhados por mulheres que mantinham os olhos fixos no chão. Nomi queria gritar para elas correrem, escaparem, resistirem, mas a verdade era que a maioria não parecia infeliz. Não se encolhiam por causa dos maridos, irmãos ou pais, não franziam o cenho nem pareciam inquietas.

Ela se lembrou de como Serina a ensinara a sorrir mesmo quando estava fervilhando de raiva e das lições da mãe sobre a importância de máscaras.

Contentamento era uma emoção difícil de fingir, mas Nomi a via por todo lado.

E sua mãe tinha sido feliz. Talvez não *quisesse* que as coisas mudassem em Viridia. Havia adorado quando Serina fora escolhida como candidata. Tivera tantas ambições para a filha quanto qualquer homem. Nomi nunca vira qualquer sinal de que se sentisse incomodada por seu salário ser pago ao marido ou por seu corpo quebrado das longas horas na fábrica.

Nomi não sabia como conciliar seus sentimentos — a raiva e o ressentimento — com aquela felicidade. Não podia julgar a mãe por não querer mais, tampouco ficava feliz por ela nunca ter visto Serina libertar uma ilha de mulheres.

Nomi tinha visto a irmã como candidata a graça e como guerreira.

A guerreira ganhara, e Nomi ia se tornar uma também.

Não, ela pensou, *não uma guerreira.*

Uma assassina.

Uma nova onda de passageiros se aglomerou na plataforma. De repente, um grupo de soldados apareceu na frente dela, examinando a estação com olhos apertados. O coração de Nomi despencou até os pés.

Tentando não dar na vista, ela puxou o capuz ainda mais para a frente e cruzou os braços, reclinando a cabeça como se estivesse dormindo, do jeito que Malachi tinha feito na carruagem.

Respirou em arfadas curtas e silenciosas e precisou de todo o autocontrole para não fugir. Manteve os olhos fechados para preservar a ilusão de sono e porque não suportaria ver os guardas chegando para revelar seu disfarce.

Uma voz alta ecoou na plataforma.

— Ora, ora, flor. O que temos aqui?

Nomi abriu os olhos de repente. Um soldado estava diante

dela, mas olhava para uma garota esperando com o pai a alguns passos dali. Os outros soldados assoviaram e fizeram sons de beijos.

— O superior gosta de rostinhos bonitos como o seu — o soldado disse, aproximando-se da garota. Era só uma criança, mas o soldado agarrou seu queixo e a forçou a olhá-lo. A menina se retraiu e se aproximou do pai.

Nomi não podia acreditar.

O pai da garota ficou tenso.

— Ela tem catorze anos — ele disse em voz baixa. — Não é idade o bastante para...

O soldado soltou um ruído de desdém.

— O superior decide quem tem idade para ser graça. É uma honra para sua filha ser considerada.

— Por favor — o homem disse, abaixando a voz ainda mais.

A raiva aflorou em Nomi. O homem estava implorando.

O soldado pôs uma mão grande e pesada no ombro da menina.

— Como você se chama, flor?

Ela tremia tanto que não conseguiu responder.

Nomi achou que ia passar mal. Olhou ao redor; alguém tinha que fazer alguma coisa. Por que ninguém tomava uma atitude?

Viu rostos virados para a cena, alguns cenhos franzidos, mas ninguém se mexeu.

O poder do superior é absoluto.

Aqueles homens — e todas as pessoas na plataforma — iam deixar os soldados fazer o que quisessem. Afinal, eles agiam sob ordens de Asa.

— Ela se chama Talia — o pai disse suavemente. — Estamos a caminho da Cidade Prateada pra visitar o tio dela, que está doente.

— Bem, agora você está a caminho de Bellaqua. Não é emocionante? — O soldado puxou a menina para um banco e a fez sentar. Ela não chorou, gritou ou tentou escapar. Nomi sentiu o coração se partir.

O soldado inclinou a cabeça em direção ao trem preto reluzente.

— Vamos, pai. Seu trem para a Cidade Prateada está partindo.

O homem ficou congelado no meio da plataforma. Uma nuvem de vapor lhe dava um aspecto insubstancial, como se estivesse se tornando um fantasma, mas a agonia em seus olhos era nítida. Ele não se sentia honrado por ter a filha roubada e levada ao palazzo. Não era como as graças eram escolhidas; era um absurdo.

Uma tragédia.

E Nomi não suportava presenciá-la.

O trem apitou. No silêncio que se seguiu, ela levantou, apontou para o fim da plataforma, perto do motor, e gritou em uma voz baixa e rouca:

— Tem alguém nos trilhos!

Todos os soldados se viraram em sua direção.

Ela continuou apontando e correu para mais perto do trem.

— Eu o vi cair! Ninguém mais viu? Vai ser esmagado! — Medo e urgência revestiam suas palavras e talvez vendessem a mentira. Seu terror era verdadeiro.

O soldado que segurava a garota deu um olhar rápido para o motor do trem, que agora exalava vapor com exuberância. Os trilhos desapareceram em uma nuvem branca suja e as rodas começaram a girar.

— Rápido! — ela gritou, desesperada. — Alguém o salve!

Um nó cresceu em sua garganta. A mentira não ia funcionar.

Então, para sua surpresa, alguém na plataforma começou a gritar também. Os soldados se viraram e correram para a frente do trem.

Nomi foi depressa até a garota e agarrou seu braço, empurrando-a com o pai para dentro do trem.

— Rápido — ela murmurou, se esquecendo de disfarçar a voz.

As rodas começaram a girar e, com um rumor alto, o trem se moveu. Os soldados corriam na plataforma, gritando para o condutor parar.

Sentia o coração bater nos ouvidos.

Em pânico, Nomi pulou atrás da garota e do pai dela e fechou a porta atrás de si. Pela janela, viu os soldados bufando de raiva e balançando os punhos enquanto o trem ganhava velocidade.

Ele não parou.

O condutor não tinha ouvido.

Nomi não respirou até ultrapassarem a plataforma e saírem da cidade.

Alguém tocou seu braço. Ela esperava ver o rosto assombrado do pai, mas era Talia, com os olhos arregalados. Em uma voz suave que tremia de emoção, a garota sussurrou:

— Obrigada.

Nomi foi até a Cidade Prateada, onde trocou de trem e pegou um expresso até Bellaqua. Chegaria mais tarde no palazzo — ao meio-dia do dia seguinte —, mas seu gesto impulsivo não lhe custara nada exceto um pequeno atraso.

Valera a pena pelo sorriso de Talia. O pai da garota não disse nada durante a viagem nem olhou para Nomi, que se encolheu em sua capa nos fundos do vagão praticamente vazio. Talia sorriu para ela quando desembarcou, enquanto o pai a mantinha próxima de um jeito protetor. Ele tinha o olhar de alguém que quase perdera tudo.

Na estação da Cidade Prateada, Nomi comprou uma torta de carne, uma garrafa de água mineral e um livro em um quiosque. No trem para Bellaqua, acomodou-se nos fundos de um vagão com leitos e começou a ler.

Ela nunca tinha lido abertamente, sem o medo de ser descoberta pesando sobre cada palavra — e o livro a ajudava, concedendo autenticidade a seu disfarce. Na escuridão do vagão, os únicos sons eram roncos ocasionais, e ela podia deixar seu olhar passear pelas páginas ásperas, formando letras e palavras e a distraindo de seu destino.

Nomi leu a noite toda, até chegar ao final do livro, então repassou seu plano. Tinha um começo, meio e fim.

Encontre a padaria, desça no porão, ache a entrada para o túnel. Vá até o quarto de Asa e o mate com a faca de Serina.

Ela achava que tinha uma chance — o fato de Asa não conhecer as passagens secretas era uma vantagem —, mas não fora treinada para lutar nem era uma assassina de verdade. Com certeza Asa chamaria os guardas, ou um deles — talvez Marcos — já estaria no quarto. Mesmo com o túnel secreto, era improvável que ela escapasse — Marcos ou Asa iam matá-la. Ou talvez morressem juntos, em uma espécie de justiça poética depois de seus esquemas e traições.

Enquanto o trem seguia para Bellaqua, ela olhou pela janela e imaginou Asa dando seu último suspiro — junto com o dela.

VINTE E CINCO

Serina

A NOITE E A BORDA DA ILHA tinham escondido os navios do superior, mas agora Serina os via se aproximando, cada vez mais nítidos.

— Não podemos fugir — resmungou Gia. — O barco está pesado demais...

— E não podemos lutar — Serina murmurou, avaliando a situação com um nó na garganta. Elas tinham deixado a maior parte das facas e lanças para trás, além da munição. Só carregavam as armas para vender em Azura.

Serina saiu correndo no convés. O que podia dizer àquelas mulheres que tinham confiado nela? O horror se espalhou rapidamente quando aquelas na proa avistaram os navios e informaram as outras.

— O que vamos fazer?

— O que *podemos* fazer?

— Como fomos idiotas de achar que estávamos livres!

O coração de Serina partia a cada exclamação.

Dentro de minutos, os navios do superior as cercaram. Soldados jogaram cordas e prenderam o barco aos deles antes que Serina sequer começasse a montar uma defesa. Por todos os lados, homens empunhavam armas e esperavam.

Uma das lutadoras do bando da floresta deu um grito e saltou sobre a amurada em direção aos soldados com sua lança. Eles atiraram nela e jogaram seu corpo no oceano. Diferente dos homens que tinham chegado em Monte Ruína, aqueles não vacilaram.

Serina esperou com Âmbar e Anika, toda a alegria e a determinação drenadas do corpo. Tentou desesperadamente encontrar um jeito de resistir, mas estava congelada.

Permaneceu entorpecida enquanto a acorrentavam e assistiu sem reação quando os soldados espancaram Val por trair os outros guardas. Raposa pulou no mar antes que pudessem amarrá-la, mas não sabia nadar. As outras mulheres ficaram olhando, algumas gritando, enquanto ela se debatia na água até desaparecer. Por dentro, Serina também gritava. Mas o choque a mantinha imóvel, prendendo em si toda a revolta, o medo e o horror. Ela não conseguia respirar.

Eles não tentaram transferi-las para os outros barcos — simplesmente assumiram o comando e viraram o navio para longe de Azura e de volta a Bellaqua.

Todo o sofrimento e toda a luta não tinham servido de nada. Elas não fugiriam nem montariam uma resistência em Azura. Não haveria uma batalha pela alma de Viridia. Serina tinha dado esperança àquelas mulheres — incluindo ela mesma — e fora em vão.

A jornada levou três horas agonizantes. Várias mulheres ficaram enjoadas. Os soldados deixaram que fossem até a amurada — sua única concessão. Eles se moviam entre elas, amarrando punhos, empurrando ombros doloridos, rindo.

Ninguém tentou resistir, nem Anika. Estavam todas em choque.

Chegaram a Bellaqua depois do meio-dia. Serina se agachou ao lado de Val, que se arrastara até a amurada com um olho inchado e um corte no lábio. Tinha manchas de sangue na camisa dele. Ela sabia que havia ferimentos ocultos também, porque toda vez que se movia Val estremecia de dor. Com os braços presos, Serina não podia fazer nada além de tocar as mãos dele.

O barco atracou no cais do palazzo. Serina esperava ser levada a outra prisão, mas a surpresa com o destino não conseguiu dissipar a névoa da derrota. Os soldados as guiaram sob o sol escaldante até um corredor mais fresco nos fundos do palazzo. Os criados de olhos arregalados mantiveram uma boa distância da fileira de prisioneiras.

Serina se virou para procurar Espelho e as outras mulheres feridas, que estavam fracas e poderiam tropeçar. Um dos soldados empurrou seu ombro.

— Não pare — ele rosnou.

Ela sentia o coração na garganta, e seu estômago se revirava. Pensara que nunca mais teria que lidar com guardas violentos.

A fileira se moveu devagar por corredores estreitos e desceu uma escadaria íngreme até uma passagem escura que cheirava como uma cova recém-aberta. Eles passaram por uma adega, depósitos e várias portas fechadas. Mesmo iluminado, o corredor era tão estreito — e tão aterrorizante — quanto o tubo de lava. Ela respirava ofegante, e o peso do palazzo parecia esmagá-la.

Finalmente, no final do corredor, foram conduzidas a um cômodo. Diferente da cela onde fora mantida depois de ser pega com o livro de Nomi, aquela era escura e úmida, com paredes de pedra, além de pouco iluminada e mobiliada. Elas estavam na masmorra.

O lugar era pequeno demais. Os guardas tiveram que empurrar e espremer as mulheres para que todas coubessem. Val ficou com elas. Ela imaginara que seria mantido à parte e punido como traidor e rebelde, talvez até executado como o pai dele tinha sido, mas na confusão dos corpos eles ficaram perto um do outro. Serina ficou absurdamente grata por aquilo.

Não havia espaço para sentar. O cômodo escuro e frio se aqueceu depressa e a pressão constante de todos os lados era mais do que Serina podia suportar, pior que a caverna em Monte Ruína. Não havia ar nem espaço. Tinham sido enterradas vivas.

— Por favor, por favor — uma voz sussurrou na escuridão. — Salvem a gente.

— Me matem — alguém perto de Serina murmurou. Ela reconheceu a voz de Anika, mas a rebeldia dera lugar ao desespero.

Serina queria fazer um discurso encorajador, proferir palavras de conforto, qualquer coisa — mas seu próprio senso de derrota abafava tudo o mais. Val se inclinou para beijar sua testa, mas não disse nada.

Por horas, elas foram deixadas sozinhas no escuro. Não havia janelas para que tivessem noção do tempo e ninguém forneceu água ou comida. Algumas garotas desmaiaram. Era difícil ajudá-las naquele aperto.

Serina cochilou de pé por um tempo, atormentada por pesadelos, e passou as horas despertas se perguntando onde situar aquele dia interminável no panteão de seus piores momentos. Era melhor do que a noite em que Petrel morrera? Pior que a luta com o comandante? Pelo menos aquilo tinha terminado com a tomada de Monte Ruína. Por outro lado, Oráculo tinha morrido.

Em algum momento, ela percebeu que estava tendo uma crise. Sua respiração ofegante ecoando nos ouvidos. Fechou os olhos e imaginou tetos amplos, tentando diminuir o ritmo caótico do coração.

Horas ou dias depois, um ruído distante de metal anunciou a chegada de alguém. Uma lâmpada se acendeu acima, banhando as mulheres exaustas e aterrorizadas com sua luz baça. Ela reuniu força para abrir caminho até a frente da cela, perto da porta de ferro. Anika surgiu de um lado e Âmbar do outro. Serina sabia que Val estava logo atrás, junto com todas as mulheres que tinham lutado para criar uma vida nova para si. Seu entorpecimento se dissipou sob a luz inclemente.

A porta se abriu com um rangido.

Havia quatro homens no corredor, três usando uniformes pretos e segurando armas.

O quarto...

Por um segundo, Serina encarou o fantasma de uma lembrança — uma escadaria alta com dois irmãos bonitos no topo. Um era severo e intenso, o outro desgrenhado e distraído.

Asa tinha abandonado a farsa. Não havia nada desalinhado ou amável em suas feições agora. Seus olhos eram escuros como tinta e seus lábios retorcidos revelavam sua crueldade.

Ele a tinha reconhecido? Impossível saber. Seu olhar passou por Serina sem parar enquanto examinava as mulheres espremidas. Ele sorriu.

— Ah, minhas rebeldes.

O tom gélido disparou um arrepio pela coluna dela.

— Sabem, meu pai subestimou vocês — Asa disse, casual. — Jogou todas em uma ilha e soltou as rédeas. Esqueceu vocês, mas não aceitaram ser esquecidas, não é? São mais espertas do que ele imaginava.

Asa sorriu, e Serina achou que ia vomitar.

— Sou diferente — ele confessou com os olhos brilhando. — Aprecio uma mulher de intelecto e com talento para mentir.

Ele tomou seu tempo. Atrás dele, os guardas esperavam pacientes.

— Uma mulher dessas, muito linda e inteligente, se juntou a vocês há pouco tempo. Nomi, onde está você? — ele ergueu a voz na masmorra apertada.

— Morta — Maris disparou de algum ponto atrás de Serina.

— Assim como seu irmão.

Asa ficou imóvel.

— Que pena — ele disse em uma voz baixa e afiada. — Achei que teria a chance de matar essa garota pessoalmente.

Serina sentiu o corpo gelar — nunca ficara tão grata por estar separada da irmã. Com sorte, ela e Malachi estariam a caminho do palazzo com um exército. Sorriu ao imaginar a surpresa de Asa quando eles chegassem.

— Como eu estava dizendo — ele continuou mais alto —, meu pai não compreendia inteiramente o perigo que mulheres rebeldes representam. Não sou tão ingênuo. — Seu olhar passou por elas outra vez e parou em Serina. — Por isso vocês não serão mandadas a outra prisão, mas executadas.

Houve um arquejo coletivo. O queixo dela caiu. Por que estava tão surpresa? Nomi a tinha avisado sobre Asa.

— Uma a uma — ele disse. — Todos os dias, começando amanhã. Não vamos ter pressa. Vocês, minhas flores, serão meus exemplos. Um novo superior precisa demonstrar sua força.

Lágrimas silenciosas queimavam o rosto de Serina. Ela as tinha levado para aquele fim.

— Quem é a líder? — Asa perguntou. — Vocês têm uma?

Serina engoliu em seco. Pelo menos, podia assumir a responsabilidade. Ela ergueu o queixo e o encarou.

Alguém a empurrou para longe.

— Essas são minhas mulheres, e morrerei antes de deixar que encoste nelas. — Âmbar ficou cara a cara com Asa, cada músculo tenso de fúria.

— Não! — Serina gritou, o choque drenando todos os seus pensamentos. Com as mãos amarradas, Âmbar caminhou para a frente sem afastar os olhos da expressão sinistra de Asa.

— Ah, você vai morrer — ele disse, agarrando o queixo dela. Por um momento, Serina pensou que Âmbar ia bater a cabeça na dele e forçá-lo a matá-la ali mesmo. — Amanhã de manhã.

Ele tentou empurrá-la para longe, mas Âmbar não se mexeu nem um centímetro. Foi uma fissura na autoridade, um passo em falso. Por um segundo, ela tinha o poder. Então Asa estalou um dedo e um soldado a empurrou para dentro da cela.

Serina e Anika a seguraram nos braços presos enquanto Asa fechava a porta.

Tenho que consertar isso, ela pensou. *Devia ser eu.*

Asa já estava fechando a porta.

Amanhã vou convencê-lo a me levar em vez dela.

Então a porta parou, entreaberta. Asa se virou, encarando alguém atrás de Serina.

— Maris, querida — ele disse. — Está com uma cara boa, apesar de tudo.

Serina virou. Maris e Helena estavam atrás dela, com as mãos entrelaçadas.

— Que... interessante. Acho que gostaria de ter você como graça, afinal — Asa disse. — Suponho que sua execução terá que esperar. Não está contente?

Muda, Maris balançou a cabeça. Helena chegou mais perto dela.

Asa estalou os dedos de novo.

Os guardas abriram caminho e a agarraram. Maris berrou e tentou se soltar, mas não havia para onde ir. Helena cuspiu e bateu nos homens com as mãos acorrentadas, então gritou para Maris que a amava enquanto os homens a levavam.

A porta fechou, abafando seus gritos.

VINTE E SEIS

Nomi

Nomi encontrou um pequeno café na estação de trem de Bellaqua e se escondeu nos fundos com uma xícara de espresso. Abriu o livro na mesa e fingiu ler, mantendo o rosto escondido sob o capuz. Não podia andar por Bellaqua no meio do dia sem atrair atenção. O dia estava quente e ensolarado e ninguém usava roupas de lã. Mesmo no café ela suava por baixo da capa.

Ela esperou a tarde inteira. Quando os donos do café começaram a lhe lançar olhares feios, foi para outro. Se tivesse levado seu vestido, poderia ter caminhado com mais liberdade. Por outro lado, soldados rondavam cada esquina, e ela não via mulheres andando sozinhas.

Lenta e inexoravelmente, a noite foi se aproximando. Quando as ruas começaram a esvaziar e ela estava explodindo de ansiedade, saiu para o fim de tarde pesado e úmido.

Evitou a piazza central — movimentada demais —, se embrenhou em ruas de pedras sinuosas e atravessou as pontes arqueadas até o palazzo.

Em suas conversas, Malachi tinha mencionado uma padaria perto do maior canal.

Depois de um tempo, ela chegou à beira d'água e estudou cada estabelecimento. Viu um armarinho e um açougue, com carcaças de lebres e porcos expostas. Comprou uma maçã em um mercado, mantendo a cabeça e a voz baixas.

Havia poucos clientes àquela hora, andando rápido e quase furtivamente. As únicas mulheres que ela viu foram idosas carregando cestas com as mercadorias que os maridos compravam. Não havia criadas, filhas ou esposas jovens na rua. Estavam sendo mantidas escondidas.

Nomi se lembrou do espetacular baile de seleção de Malachi — garotas jogando pétalas de flores e sonhando em se tornar graças, lindas candidatas flutuando no canal em gôndolas douradas. Serina sorrira em seu vestido como se não quisesse nada além da atenção do herdeiro.

Um grupo de soldados virou uma esquina alguns metros à frente e seu coração acelerou. Ela entrou em uma papelaria cujo dono estava prestes a fechar.

— Com licença — ele murmurou.

— Eu... perdão — ela disse em sua voz mais grave e rouca.
— Só vou levar um momento. — Pelo canto da capa, manteve o olhar na janela, esperando os soldados passarem.

A papelaria cheirava a tinta, couro e papel velho. Ela fingiu se interessar por uma pilha de papel creme pesado com decoração de espirais douradas. Um soldado parou na frente da vitrine, então Nomi seguiu para os fundos da loja até ficar escondida por uma pilha de caixas precária. Em um canto empoeirado, ela encontrou um caderno pequeno, com páginas brancas lisas e capa de couro grosseira. Examinou-o por alguns minutos até que o dono da loja pigarreou. A caminho do caixa, ela notou um pote com lápis grossos, cada um amarrado a uma pequena lâmina para apontá-lo.

— Quanto fica? — ela perguntou, erguendo um lápis e o caderno. Esperava soar como o irmão, e não uma garota usando as roupas dele.

— Uma moeda de prata — disse o dono da loja.

Ela manteve a cabeça abaixada enquanto remexia no bolso,

nunca olhando em seus olhos. Não sabia como era a cara dele, só que sua voz era nasalada e vagamente desaprovadora. Nomi deixou o pagamento no balcão e pegou os itens, virando-se para a porta antes que ele pudesse vê-la melhor.

Esquadrinhou a rua e viu que os soldados tinham ido embora, então saiu da loja, ouvindo um som alto e metálico quando o homem trancou a porta atrás dela.

Levou cerca de vinte minutos para encontrar a padaria que Malachi mencionara.

O lugar estava iluminado e um fluxo de clientes entrava e saía com os braços cheios de caixas, levando cornetos, biscoitos de amêndoa, pães frescos e tortas de chocolate. O estômago dela roncou.

Nomi se misturou aos clientes, rapidamente avaliando a disposição do local enquanto fingia examinar cestas de pães e doces. O salão principal era pequeno, mas uma divisória de vidro revelava os fornos do padeiro em uma sala nos fundos, que sua esposa e sua filha varriam. Um corredor saía da sala principal, pontuado por várias portas escuras — talvez uma delas levasse ao porão. Nomi escolheu um pão fragrante, pagou o mais rápido possível e saiu.

No fundo do beco do outro lado da rua, encontrou um ponto escuro o bastante para desaparecer na capa e sentou na pedra úmida. Não havia brisa para refrescar, mas ela não afastou o capuz. Encolheu-se, comeu seu pão e esperou, reconfortada pela comida.

Finalmente, o dono da padaria se despediu do último cliente com um alegre "Até semana que vem, Claudio!", e trancou a porta.

Nomi se esgueirou para perto, observou a esposa e filha do homem terminarem de limpar o local e esperou até as luzes finalmente se apagarem. Alguns minutos depois, as janelas no andar de cima ficaram iluminadas. Outra hora depois disso, aquelas luzes se apagaram também. Ela ficou atenta a passos ou qualquer outro sinal de que havia alguém na rua. Quando teve certeza de que estava sozinha, atravessou a rua depressa e entrou em uma passagem estreita ao lado do prédio de pedra. Os fundos da padaria davam para o canal principal, e logo o cheiro de água salobra e peixe morto superou os aromas mais convidativos de pão e chocolate derretido.

Seu coração estava disparado. Ela olhou para o palazzo brilhante do outro lado da água, respirou fundo e fechou os olhos. Não perderia a coragem agora. Seus pais mereciam justiça.

Deu uma última olhada para o palazzo e se virou. A porta dos fundos também estava trancada. Ela enrolou o braço na capa.

Você já quebrou a lei quando aprendeu a ler e escapou da prisão. Isso é brincadeira de criança.

Nomi tentou imaginar o que Serina faria.

Ela não hesitaria.

Com aquilo em mente, bateu o cotovelo no painel de vidro na metade superior da porta. Precisou de algumas tentativas até quebrá-lo, e o estampido a deixou horrorizada. Recuou e esperou, prendendo a respiração e imaginando o padeiro correndo para investigar o que tinha acontecido.

Minutos infinitos se passaram.

Por fim, ela aceitou que, milagrosamente, ninguém viria. Com cuidado, enfiou a mão pelo buraco e destrancou a porta.

Em silêncio, entrou na padaria, esmagando cacos de vidro com as botas. Entrou no corredor que vira antes e seguiu apalpando as paredes até a última porta, com o coração na garganta.

Por fim, encontrou uma maçaneta.

A porta rangeu de leve ao abrir, revelando uma escada que descia para uma escuridão aveludada.

Ela desceu devagar. Por que não levara uma lâmpada ou uma caixa de fósforos, ou qualquer coisa para ajudar? Estendeu as mãos para os lados, sentindo o caminho. Malachi dissera que havia uma porta secreta por trás do relevo de um homem gordo.

Quando ela chegou ao fim das escadas, ajoelhou-se e correu as mãos pela metade inferior da parede. Nada. Seguiu em frente e repetiu os movimentos, agachando-se entre as pernas de uma mesa enquanto as mãos testavam a parede, até bater a cabeça em uma cadeira do outro lado.

Nomi tirou a cadeira do caminho, estremecendo quando as pernas arranharam o chão. Tinha feito tanto barulho... certamente alguém ouviria. Ela tentou se apressar, mas as paredes pareciam continuar para sempre, inteiramente lisas.

A escuridão a envolvia.

Então, de repente, sumiu, quando um brilho tremeluzente surgiu atrás dela. Com o coração na garganta, Nomi se virou. Na porta, a esposa do padeiro a olhava com uma lâmpada na mão.

Nomi abriu a boca e a fechou de novo. Um nó cresceu na garganta e o pânico fez sua visão ficar turva. Ela não conseguia respirar. O capuz tinha caído para trás e a mulher seria capaz de descrevê-la quando os guardas chegassem — *se* Nomi conseguisse escapar.

— Você é leal ao novo superior? — a mulher perguntou, com a voz rouca e estranhamente hesitante.

Ela estava prestes a dizer que sim, mas algo na expressão da mulher e em sua boca franzida a fez hesitar. Nomi lembrou da garota que vira através da janela, ajudando a mulher a limpar. Uma filha jovem com um rosto doce. Então resolveu arriscar.

— Sou leal ao herdeiro de direito, Malachi.

A esposa do padeiro não respondeu. Nomi prendeu o fôlego até começar a ver estrelas.

Por fim, a mulher ergueu a lâmpada um pouco mais alto até que a sala toda estava iluminada e inclinou a cabeça. Sem dizer nada, Nomi virou-se naquela direção e viu o relevo do homem gordo.

Então a mulher desapareceu, levando a luz consigo.

Nomi soltou o ar e correu até a imagem.

Quando sentiu uma saliência no centro da barriga do homem, pressionou-a. Com um clique, parte da parede se abriu para dentro. Uma onda de ar estagnado a atingiu, e Nomi engoliu em seco.

VINTE E SETE

Serina

— Você não pode fazer isso — ela disse a Âmbar. Não conseguia agarrar os ombros da mulher mais alta com as mãos ainda acorrentadas, mas queria sacudi-la. — Tem que ser eu.

Âmbar balançou a cabeça com uma expressão decidida, embora não mais rebelde.

— Graça, já vi mulheres demais morrerem — ela disse com resignação melancólica. — Me recuso a ver outra.

Era muito sofrimento, e Serina não aguentava aquele peso.

Aquele era o único argumento contra o qual não tinha nada a dizer. Como podia negar aquilo depois que Âmbar tinha visto Oráculo e tantas amigas morrerem?

A tristeza arranhava sua garganta.

— Você sabe que devia ser eu.

— Logo vai ser — Âmbar respondeu, inexpressiva.

Todas vamos morrer.

A porta se abriu com um rangido e os guardas empurraram vários baldes para dentro da cela, espirrando água no chão.

As mulheres correram com as mãos em concha para beber. Em sua sede e desespero, empurravam-se e grunhiam.

Eles nos transformaram em animais, pensou Serina.

— Certo, escutem — ela disse, rouca. — Temos que nos revezar. Todo mundo bebe um pouco.

Os guardas não levaram comida nem desligaram a lâmpada. A água ajudou um pouco. Com a luz, elas conseguiram se arranjar de modo que a maioria sentasse. Val manteve o braço pressionado contra o de Serina, que se apoiou nele com o coração pesado.

Muitas mulheres choravam, soluçando de desespero, mas o lamento alto de Helena vibrava nos ossos de Serina. Como seria reencontrar quem se amava, ter esperança pela primeira vez na vida e então perder tudo outra vez?

— Eu só queria ficar com minha irmã — Espelho disse, enterrando a cabeça nas mãos. — Nunca tínhamos passado um momento separadas, então, em um segundo, tudo mudou. Nunca mais vamos nos ver.

— Tenho uma filha — contou Chama, com a voz carregada de emoção. — Fui mandada pra Monte Ruína pouco tempo depois que ela nasceu. Nunca vai saber de mim. Lembro como suas mãos e seus dedos eram pequenos... Queimei minha casa e matei meu marido porque ele olhava para ela como algo que podia vender, como uma fonte de dinheiro, e eu não suportava aquilo. Minha ideia era fugir com ela e lhe dar uma vida melhor. Mas fui pega e a tiraram de mim. Nunca mais vou ver minha Lucia. Minha luz.

Todas começaram a contar suas histórias.

— Eu queria tanto ir para Azura — disse uma garota do bando da floresta. — Nunca tive nada aqui, sempre quis sair de Viridia.

— Minha melhor amiga morreu em Monte Ruína um ano atrás — disse outra garota. — Tenho pesadelos desde então. Sinto tantas saudades dela. Acho que talvez tenha levado parte de mim. Nunca mais vou ser inteira.

O calor do corpo de Val ao lado se Serina era a única coisa que a impedia de desmoronar. Durante uma pausa, a voz grave e ressonante dele encheu a sala.

— Fui para Monte Ruína salvar minha mãe. Meu plano era conseguir um emprego como guarda e tirá-la de lá, mas ela já tinha morrido quando cheguei. Desde então vi muitas mulheres morrerem.

Tanta tristeza, tantas chances perdidas, tantos desejos não realizados. Mais que tudo no mundo, Serina gostaria de mudar aquelas histórias e dar àquelas mulheres a felicidade que mereciam.

Era bom que Nomi e Malachi tivessem partido; talvez encontrassem Dante e chegassem a tempo de salvar algumas delas. O herdeiro tiraria tudo aquilo das mãos de Asa. Serina sentia um leve conforto em saber que ele estava vivo enquanto Asa o presumia morto.

— Matei o melhor amigo do meu pai. — Anika tinha perdido seu tom de rebeldia. — Ele queria casar comigo mesmo eu tendo dezessete anos e ele quarenta e cinco. Dizia querer que eu levasse minhas irmãs mais novas como aias, mas eu sabia quais eram suas intenções com elas. Na noite antes do casamento, ele entrou no meu quarto. Não queria esperar. Eu não o desejava. — Ela soltou o ar, trêmula. — Meu pai não me protegeu. Não disse que a morte foi um acidente nem escondeu o corpo. Ele contou ao magistrado o que eu fiz. Me arrependo de não ter matado meu pai também e fugido com minhas irmãs e minha mãe. Talvez tivéssemos escapado. Não sei onde estão agora nem o que aconteceu com elas.

Tantas irmãs perdidas e famílias separadas.

— Nunca tive família — disse Âmbar. — Só Oráculo.

Serina lembrou o que a mulher tinha perguntado antes que deixassem Monte Ruína — se conseguiria encontrar Oráculo quando morresse. A lembrança perfurou seu coração como uma seta flamejante. Não suportava a ideia de que Âmbar morreria no dia seguinte, ainda atormentada por aquele medo.

— Você e Oráculo sempre terão uma à outra — Serina disse

com a voz embargada. — Quando todas as batalhas acabarem, ficarão juntas e irão aonde quiserem sem que ninguém as obrigue a lutar. Você... sabe aonde gostaria de ir?

Âmbar abraçou os joelhos com os pulsos amarrados e encarou o chão.

— Amo o oceano. Às vezes Oráculo e eu ficávamos sentadas na praia conversando por horas. Não sobre nosso passado trágico nem sobre a próxima luta medonha. Só ficávamos olhando a água e falando sobre os lugares que gostaríamos de visitar e o que faríamos se pudéssemos fazer qualquer coisa.

Serina começou a chorar de vez.

— Você vai ter essa chance, Âmbar. Tenho certeza. Vão ver tudo e ser tudo. Vão voltar a sonhar juntas. Sei disso.

Val inspirou com força. Ela apoiou a cabeça no peito dele e fechou os olhos. Esperava que os dois também se encontrassem depois da morte.

As mulheres de Monte Ruína guardaram vigília durante aquela noite. Suas histórias e preces, seus arrependimentos e esperanças, preencheram a masmorra até que não parecia haver mais espaço algum.

VINTE E OITO

Nomi

Quando ouvira o plano de Malachi para levar o exército de Serina por aquelas passagens, Nomi ficara empolgada. Agora, atravessando um túnel estreito no breu enquanto o canal pesava sobre sua cabeça e gotas de água fétida escorriam pelo seu rosto, a ilusão tinha desmoronado. Passagens secretas não eram emocionantes nem românticas, só lodosas e terrivelmente escuras.

Quando finalmente começou a subir e as paredes úmidas deram lugar a pedras mais secas, ela tentou focar em sua tarefa, em vez de no som de sua respiração aterrorizada. Era madrugada e Asa estaria dormindo. Malachi dissera que havia entradas para os quartos de toda a família e para os aposentos das graças também — ela só tinha que encontrar a certa.

Um ponto de luz captou sua atenção. Ela seguiu em frente com cuidado e distinguiu mais pontinhos rompendo a escuridão. Agachou-se para espiar por um dos buracos e abafou uma exclamação. Uma criada sonolenta estava sentada no que parecia ser a cozinha, mexendo um tacho enquanto sua cabeça pendia para a frente. Uma batida alta assustou a garota — assim como Nomi —, então um homem grande surgiu e gritou:

— Comece a sovar esse pão, menina. É preciso esperar duas horas antes de assar e você sabe o que acontece se o café da manhã do superior atrasar. Se não estiver pronto pra entrar no forno quando eu chegar, será açoitada, entendeu?

A garota assentiu freneticamente e abriu a massa na mesa. Nomi seguiu em frente, movendo-se de um ponto de luz para o seguinte. A maioria dos cômodos por que passou — depósitos e salas para a montagem das refeições — estava vazia. Ela forçou os olhos, mas quase caiu na escada oculta nas sombras no final da passagem.

Subiu devagar. O corredor do segundo andar era longo, com buraquinhos que davam para quartos de hóspedes e salas de estar. Ela ficou se perguntando se o superior tinha usado aquele lugar para espiar seus convidados e criados — talvez tivesse passado a valorizar as passagens como mais do que rotas de fuga. Finalmente, Nomi encontrou a escada para o terceiro andar e novamente foi imersa no breu total.

Não havia buracos para espiar os aposentos das graças nem da família. Ela espremeu o corpo pelo espaço estreito entre as paredes, apalpando e procurando. Haveria trincos secretos? Painéis que se abriam? E se ela empurrasse o lugar errado e a parede cedesse, jogando-a aos pés de Asa?

Seu coração estava disparado. Não havia ar no túnel e a capa grossa de lã, tão útil como disfarce, era quente demais e arranhava seus ombros — um instrumento de tortura em si, apertando sua garganta e encharcando Nomi de suor. Finalmente, quando não suportou mais, ela a deixou cair ao chão. O ar estagnado pareceu uma brisa fresca contra sua pele.

Nomi se moveu com silêncio e precisão, puxando o ar em respirações curtas. Tentou se orientar com base no seu conhecimento do palazzo, mas não conseguia se situar, então levou o ouvido à parede. Seus dedos vagaram em busca de trincos ou qualquer outra coisa. Sua mente se encheu com imagens de Asa adormecido na cama com a faca dela sobre seu coração.

Alguns metros à esquerda da escada, com o ouvido apertado contra a parede, ela captou a cadência suave de uma voz de mulher e o som de água. Talvez estivesse perto da sala de banho das graças. Enquanto voltava pelo mesmo caminho, bateu em um calombo na parede. Não, não era um calombo. Era um *trinco*. Ela caiu de joelhos e apalpou a madeira rezando até encontrar a saliência redonda. Moveu o trinco e uma brecha se abriu lentamente. Através dela, Nomi viu uma samambaia num vaso. Estava prestes a abrir o painel por completo quando ouviu vozes e dois pares de pés usando sandálias se aproximando. Agora tinha certeza: eram os aposentos das graças.

Fechou o painel, memorizando a sensação do trinco, e memorizou a distância até a escada. Percorreu a passagem e encontrou outra porta pequena, que se abria para o quarto silencioso de Malachi.

Seu coração batia descontrolado. Ela enfiou a mão na bota, certificando-se de que a faca estava ali. O próximo painel daria para os aposentos do superior.

Nomi abriu uma fresta e prendeu o fôlego.

Escutou.

Lembrou-se dos corpos quebrados dos pais, dos hematomas no rosto de Serina e dos olhos assombrados de Renzo. Estava fazendo aquilo por eles — e por si mesma.

Mas o quarto de Asa não estava em silêncio. A voz do superior, baixa e perigosa, murmurou:

— Não é suficiente.

Ela sentiu uma pontada de horror, lembrando da adaga dele rasgando a pele e do modo como seus olhos tinham ficado frios.

Asa estava acordado e tinha companhia. Ela não podia matá-lo agora.

Nomi fechou o painel em silêncio, com o sangue pulsando nos ouvidos.

Ele não estava sozinho. Ela ficou sentada no chão, apoiada contra a parede, por um longo tempo. Quanto devia esperar? E se ele demorasse horas para ir dormir? E se a tivesse ouvido? E se estivesse sentado na beirada da cama, esperando por ela?

Na escuridão, a porta para os aposentos das graças parecia chamá-la.

Angeline estaria lá? E Rosario, Cassia e as outras graças mais velhas? Ela balançou a cabeça. Quando Asa estivesse morto, aquelas mulheres estariam livres. Malachi talvez já estivesse a caminho com o regimento de Dante.

Mas ele nunca prometeu libertar as graças.

Ela tinha certeza de que faria aquilo, mas de repente não aguentava passar mais um momento sequer escondida nas paredes do palazzo como um segredo esquecido e enterrado vivo.

Precisava respirar.

Pegou a capa do chão e encontrou o painel que levava às graças.

Devagar, prendendo o fôlego, ela o abriu. A luz suave que entrou pela fresta acariciou seu rosto como a mão de uma amiga.

Daquela vez, não havia ninguém.

Com todo o silêncio e o cuidado, ela saiu para o corredor de mármore vazio que levava à sala de banho.

Era o meio da noite e as garotas dormiam, mas guardas do superior estariam patrulhando os corredores e ela precisava tomar cuidado.

Fechou o painel em silêncio, certificando-se de que poderia abri-lo de novo e lembrar qual, entre todos no corredor, levava aos túneis. À liberdade.

A Asa.

Nomi atravessou furtivamente as salas silenciosas em direção ao corredor dos quartos até que ouviu uma porta se abrir e correu para se esconder atrás de um vaso decorativo.

— Obrigado pelo seu tempo, flor — disse uma voz que ela

reconheceu de imediato. Houve um arrastar de pés e um gemido baixo. — Mal posso esperar para ver você de novo. — Asa não estava sendo educado, mas fazendo uma ameaça.

Ela ouviu um farfalhar de tecido e a porta batendo. Então um soluço baixo.

Espiou do canto. No chão ao lado do sofá opulento na sala central, uma figura tinha envolvido o corpo com os braços, oculta por uma cortina de cabelo longo e platinado.

O coração de Nomi deu um salto.

— Cassia?

A terceira graça de Malachi ergueu a cabeça e abriu a boca para gritar.

Nomi correu e cobriu a boca dela.

— Xiu, sou eu — ela sibilou.

A garota agarrou os ombros de Nomi, com os olhos arregalados de pavor. Disse algo contra a mão dela, mas as palavras saíram abafadas. Com cuidado, Nomi a soltou, alerta caso tentasse gritar outra vez.

— Você não é um fantasma? — Cassia sussurrou. Sua pele tinha perdido o antigo brilho e estava pálida e seca. Ela não parecia usar cosméticos, seu cabelo loiro estava solto e opaco e havia sombras cinzentas sob seus olhos. Nomi nunca a vira tão desleixada.

— Não — Nomi disse. — Não sou um fantasma.

Cassia a puxou para um abraço desesperado.

— Achei que estava morta. Maris disse que estava morta! Perguntei sem parar e...

— Espere, *Maris* disse que eu estava morta? — Inquietude se desenrolou em seu estômago como uma cobra pronta para o bote. — Quando você a viu?

— O superior a trouxe hoje.

Não era possível. Como Maris estaria entre as graças? Ela estava a caminho de Azura com Helena e Serina. Tinha que estar. Cassia tinha se enganado.

Mas elas não podiam discutir ali. Os guardas que rondavam os aposentos das graças chegariam a qualquer momento.

— Há algum lugar seguro para onde a gente possa ir? — Nomi sussurrou. — Angeline ainda está aqui?

Cassia mordeu o lábio e assentiu. Ela pegou o braço da amiga e a levou à porta com uma corça entalhada — o antigo quarto de Nomi. Cassia abriu a porta e a empurrou na frente quando passos pesados se aproximaram pelo corredor.

O cômodo estava escuro, iluminado apenas pelo luar.

— Angeline? — Nomi sussurrou. Cassia ainda apertava seu braço. — Cassia, de quem é esse quarto agora?

Os lençóis se remexeram. Nomi se aproximou da cama dobrável ao lado do banheiro.

— Angeline? — perguntou de novo, mais alto. E se as garotas que dormiam naquele quarto acordassem e gritassem?

A figura no chão sentou tão abruptamente que Nomi quase gritou.

— Que foi? — A voz saiu arrastada de sono, mas Nomi a reconheceu e sentou na cama ao lado da garota.

— Sou eu, Nomi — ela disse baixinho.

Os olhos da garota se arregalaram no luar.

— *Nomi?*

Como Cassia, Angeline jogou os braços ao seu redor, mas Nomi achou menos inquietante daquela vez — a garota sempre gostara dela, enquanto Cassia sempre a vira como concorrência.

Com uma careta de dor, a graça sentou na cama também.

— Você está bem? — Nomi sussurrou, lembrando das lágrimas da garota quando Asa a deixara e do que dissera em seus aposentos. Estivera falando com ela?

Cassia esfregou o rosto. Um machucado leve escurecia seu queixo, visível ao brilho fraco do luar. Ela não respondeu.

Estava tão diferente que Nomi mal a reconhecia. Sua confiança e beleza escultural tinham sumido. Parecia uma menina assustada e vulnerável, o que só aumentou o ódio de Nomi por Asa.

— Como é possível que esteja aqui? — Angeline perguntou.

— Maris disse que estava morta.

A esperança de que Cássia estivesse enganada ruiu. Nomi foi tomada por um senso de urgência. Se Maris estava ali, Serina estaria também? Ela levantou.

— Sabem em que quarto Maris está? Preciso falar com ela.

— Fique aqui, vou chamar Maris. — Angeline levantou, jogou um roupão velho por cima da camisola e saiu do quarto.

Quando a porta se fechou, os lençóis na cama se remexeram de novo.

— Angeline? — perguntou uma voz baixa. — É hora de levantar?

Com um sorriso, Cassia acendeu a luz.

— Angeline saiu um momento, mas está tudo bem, Ria.

A figura pequena que sentou na cama não era uma jovem, mas uma criança, ainda mais nova que Talia. Seus olhos claros estavam inchados e vermelhos como se ela tivesse chorado antes de dormir.

— Quem é você? — Ria perguntou a Nomi, sua expressão entre medo e surpresa.

— Sou Nomi. Você é uma graça?

A garotinha assentiu.

Bile subiu pela garganta de Nomi. Contra a vontade dela, sua mente conjurou as mãos de Asa ao redor de sua cintura, seus lábios pressionados aos dela. A lembrança era uma jaula inescapável.

Nomi quisera beijá-lo e fora tola o bastante para pensar que aquilo importava — mas ele era igual ao pai, só queria impor sua vontade sobre os outros.

E, em especial, domar garotas rebeldes.

A porta se abriu de novo e Maris apareceu, seguida por Angeline. Assim que viu Nomi, sua expressão desmoronou.

Nomi a abraçou enquanto o pânico cravava garras em seu coração.

— Como chegou aqui?

Angústia cruzou o rosto de Maris.

— Fomos todas capturadas em Monte Ruína. As outras estão presas na masmorra, mas Asa me viu e me trouxe pra cá. Disse que aqui era meu lugar. — Ela retorceu a boca. — Ele me viu com Helena. Acho que foi por isso... Ele quer me torturar.

Nomi se perguntou se havia algum pedaço de seu coração que ainda não tinha quebrado.

— E Serina...?

— Ela está viva, acho que ele não a reconheceu. Mas não importa. — Maris abaixou os olhos para as botas sujas. — Ele vai executar todas.

As palavras ecoaram na mente de Nomi.

Raiva correu por suas veias, queimou seu peito e a fez sentir a pulsação nos ouvidos. Ela agarrou a capa e se virou para a porta.

— Não vai, não.

— O que você está...? — Maris começou a dizer, mas alguém bateu à porta. Nomi congelou, com a mão na maçaneta.

— Rápido — sussurrou Angeline, apagando a luz e empurrando Nomi, Maris e Cassia para o banheiro. Elas se esconderam, prendendo o fôlego e tentando ouvir as vozes abafadas no quarto. Alguns segundos depois, Angeline abriu a porta para elas.

— Ines disse que temos que nos aprontar. — A testa dela estava profundamente franzida. — O superior ordenou que as graças assistam à execução da manhã. Temos que nos vestir.

Nomi abafou um grito com as duas mãos. Não havia tempo de matar Asa nem procurar por Serina, mas ela não podia simplesmente deixá-la morrer.

O que poderia fazer?

— Não quero ver ninguém morrer — disse Ria enquanto Angeline a ajudava a entrar num vestido rosa com laços, segurando o choro. — Por que temos que ir?

— Porque o superior mandou — Angeline respondeu, com a voz falhando.

Cassia foi se vestir em seu próprio quarto, mas Maris sentou na penteadeira e encarou seu reflexo com o olhar vazio e sem esperanças de quem perdeu tudo. Nomi já vira aquele olhar quando Malachi as escolhera como graças. Maris passara todo o tempo no palazzo arrasada por não saber o destino de Helena.

Pela manhã, a mulher que ela amava ia morrer.

— Eu vou também. Talvez eu possa... fazer alguma coisa — Nomi murmurou. — Se conseguir chegar perto de Asa... se puder só... — As palavras ficaram presas como areia em sua garganta. Ela tinha chegado tão longe, não podia acabar daquele jeito.

— Mas vão ver você — disse Angeline.

— Vou tomar cuidado. Preciso... — *Preciso matar Asa e salvar Serina.* — Preciso de um vestido. Por favor, Angeline.

A garota encontrou um vestido cinza macio, e Nomi foi se trocar no banheiro. A saia era longa o bastante para esconder suas botas. Teria preferido sapatos do tamanho certo, mas assim podia esconder a faca. Ela puxou a lâmina fina e serrilhada.

Esta é pra você, Asa, pensou. *É o que merece.*

VINTE E NOVE

Serina

ÂMBAR ESTAVA ESPERANDO NA PORTA QUANDO OS SOLDADOS VIERAM.

— Vamos — disse um deles, puxando o braço dela. Ficou parada, imóvel como uma montanha, até que ele a soltou. Antes que pudesse espancá-la ou empurrá-la, a mulher seguiu em frente com a cabeça erguida.

Serina esperou que, quando chegasse sua vez, conseguisse enfrentar a morte com a mesma coragem e serenidade, mas tinha quase certeza de que estaria gritando.

— Vocês também — o guarda rosnou. — E não fiquem de gracinha. Vamos matar quem sair da linha. São ordens do superior.

Serina seguiu Âmbar para fora da cela. Val andava ao seu lado, com o corpo rígido e o rosto inchado.

Uma longa fila de mulheres seguiu atrás deles. Ela se perguntou quantas restavam. Cem? Quantos dias até Asa ficar impaciente e matar mais que uma por vez?

Elas subiram as escadas escorregadias até uma passagem graciosa com piso de mosaico, então saíram do palazzo.

O sol estava tão forte que seus olhos arderam. Tudo parecia esmaecido e irreal. Os soldados as levaram para a frente do palazzo. Do outro lado do canal, uma multidão acompanhava em silêncio.

Serina agradeceu o fato de não estarem comemorando. Talvez aplaudissem quando terminasse.

Foi até Âmbar e pegou suas mãos. Cada célula do seu corpo gritava horrorizada contra aquela injustiça, o desperdício de uma vida.

— Me deixe ir no seu lugar — Serina implorou, rouca. — Por favor.

— Acho que você tem razão, Graça — disse Âmbar, com um leve sorriso cansado. Suas mãos estavam quentes e sólidas nas de Serina. — Acho que Oráculo está me esperando.

Serina apertou com mais força até ser afastada.

Um guarda entrou entre elas, bloqueando a vista da plateia com seu corpo grande.

— Parada — ele ordenou.

Serina cuspiu em seu rosto. Pensou que ia apanhar, mas ele não se mexeu.

Outro soldado levou Âmbar a uma parede perto da escadaria principal. As botas da mulher afundaram em um trecho de grama macia. Eles a viraram para encarar a multidão.

Acima dela, Asa apareceu no topo das escadas. Mesmo daquela distância, Serina podia ver seu sorriso afiado.

Ele ergueu os braços num gesto de boas-vindas para a plateia. Depois de um momento, aplausos fracos encheram o ar — e morreram depressa.

— Bom dia a todos — Asa disse. — As mulheres que veem à sua frente cometeram crimes graves contra nosso grande país. Sei que meu pai tinha certas... ressalvas quanto à execução de mulheres, mas é muito importante que sejam responsabilizadas por suas ações. Seu desprezo pelas normas e leis de Viridia não pode ser, e não *será,* tolerado. Hoje, a líder deste grupo vai pagar o preço máximo por sua traição. Executaremos uma delas por dia.

Traição.

Serina engasgou em meio aos seus soluços. Não sabia o quê, mas tinha que fazer algo.

Asa parou de falar e deu o sinal aos soldados.
Serina cantou.
Fogo, respire
Água, queime
Terror, amaine
Seu reino terminou.
Tiros atravessaram o ar. Ela fechou os olhos.
Fogo, respire
Água, queime
Estrela, guie
Sua irmã chegou.

TRINTA

Nomi

Nomi não conseguiu chegar perto de Asa. Ficou para trás enquanto as graças eram levadas pelo corredor e procurou um jeito de escapar quando saíram no terraço, mas não teve oportunidade de fugir.

Foi empurrada com as outras e se escondeu entre elas. Não corria o risco de ser reconhecida, mas era inútil ali. Impotente.

Asa foi para o topo das escadas do palazzo, longe demais para que ela jogasse sua faca.

Ele falou de traição e de execuções diárias, então disse que a líder da rebelião ia morrer naquele dia.

Ah, Serina.

Nomi não conseguia se controlar, não conseguia respirar. Ia gritar e...

Na grama diante do palazzo, os soldados levaram uma mulher até uma parede de pedra perto da escadaria. Ela andava de cabeça erguida, seu cabelo ruivo brilhando sob o sol.

Ruivo...

Não era Serina.

As mulheres de Monte Ruína e a multidão na piazza faziam um silêncio sepulcral.

Nomi sentiu um aperto no coração. Alívio e vergonha a encheram em medidas iguais — Serina não morreria naquele dia, mas outra mulher, sim. De algum modo, tomara o lugar de sua irmã.

Asa deu o sinal.

Então uma voz trêmula começou a cantar.

Nomi a reconheceu — tinha cantado para ela durante sua infância, contado histórias, censurado-a quando se rebelava.

E, não muito tempo antes, havia aberto uma votação.

Mais vozes se uniram à de Serina, mas não conseguiram abafar os tiros — estalos nítidos que rasgaram a manhã.

A figura ruiva estremeceu como uma marionete e então, com as cordas cortadas, desabou.

As mulheres continuaram cantando, suas vozes altas como sinos de uma catedral.

Nomi não fez nenhum som. O furacão dentro dela era forte demais — se começasse a gritar, não pararia mais.

Só um pensamento evitou que desmoronasse: *Asa vai morrer esta noite.*

TRINTA E UM

Serina

Serina nunca quisera tanto algo quanto ver Asa sofrer. Queria tirar o país — e a vida — dele. Nomi tinha razão, Asa era muito pior que o pai.

Ela voltou para a masmorra cercada de mulheres de olhar vazio. Val segurava sua mão e suas correntes chacoalhavam juntas. Se não estivessem acorrentadas, Serina diria a todas para lutar... com armas ou não, conseguiriam derrotar os guardas. E, se não conseguissem, não faria diferença, já que iam todas morrer de qualquer jeito. Por que esperar?

Serina manteve a cabeça erguida enquanto imaginava Asa esfolado vivo, matando-o de centenas de jeitos diferentes. Não tinha nenhum poder ali nem esperança para a própria vida, mas ainda era capaz de controlar seus pensamentos — e neles, ela o eviscerava.

Asa estava esperando na porta da prisão. Deu um sorriso amigável para as mulheres que entravam na cela. Serina pôde entrever o manipulador que tinha enganado sua irmã. Ele parecia gentil, até sincero — mas havia acabado de executar Âmbar.

Quando passou por Asa, Serina cuspiu a seus pés.

Ele ergueu uma mão e um dos soldados parou Serina, empurrando Val para a cela lotada.

Asa a examinou dos pés à cabeça.

— Ah — ele disse. — É claro. Você é a irmã de Nomi.

— E você é um assassino — ela rosnou. — Uma fraude, um traidor, mentiroso e...

— Você será a próxima — ele interrompeu. Não ergueu a voz, mas seu rosto estava corado. — Amanhã de manhã é sua vez, Serina. Sua família a aguarda.

Um vento gélido passou por ela e dissipou todos os seus pensamentos. Ela empinou o queixo.

— O que quer dizer com isso?

Asa só sorriu.

Serina o golpeou com as mãos acorrentadas, impelida pelo ódio. A cabeça de Asa foi jogada para trás e sangue espirrou da bochecha. Ele gritou.

Um rugido selvagem explodiu de Serina quando saltou sobre ele outra vez. A fúria superava todos os pensamentos e sentimentos — seu único desejo era matá-lo.

Um guarda bateu no rosto de Serina, fazendo-a recuar. As mulheres espremidas no corredor avançaram como uma onda e, por um momento, ela pensou que poderiam mesmo se revoltar. Mas os guardas bateram nelas com as armas, empurrando até que todas, incluindo Serina, estivessem de volta à masmorra fedorenta.

Ela ergueu as mãos acorrentadas ao ponto inchado e dolorido no rosto.

— Você está bem? — Val perguntou, abrindo caminho até ela.

Serina apoiou a testa em seu peito. Sua raiva tinha se exaurido, e ela só estava cansada.

— Asa me escolheu para amanhã — contou suavemente. Era difícil demais repetir o que ele dissera sobre sua família, seus pais, Renzo...

Mas Asa achava que Nomi estava com as mulheres de Monte Ruína. Talvez... talvez ela tivesse escapado. Talvez a irmã continuasse viva.

O dia passou devagar e silencioso, diferente da noite anterior, quando todas tinham contado sua história. Serina passou suas últimas horas ao lado de Val, apertando as mãos dele. Val tentou falar com ela algumas vezes, mas Serina não tinha ânimo para responder.

— Não deixe que eu te assombre — foi tudo o que ela disse. — Prometa.

Ele escondeu o rosto no ombro de Serina e suas lágrimas umedeceram o tecido fino da camisa dela.

Um guarda levou mais baldes de água e duas dúzias de pães pequenos — vinte e quatro para cem corpos. Serina não comeu. Por que desperdiçar comida se não precisaria dos nutrientes depois de morta? Val tampouco comeu, por mais que ela implorasse.

Algumas garotas adormeceram. Algumas acordaram gritando. Helena batia um pé no chão e torcia as mãos. Ninguém tinha visto Maris na execução e os soldados não a haviam devolvido à masmorra.

— Ela provavelmente está com as outras graças — Serina disse, mas não foi um grande consolo para Helena.

Nem para Serina.

— Acha que Malachi vai conseguir consertar tudo isso? — ela perguntou.

— *Isso* não — disse Val. — Mas talvez Viridia, com um pouco de tempo.

— Nomi vai ajudar. Vai garantir que ele se lembre de nós. — Serina deixou suas pálpebras fecharem. Sua cabeça girava. Ela se sentia solta, como se parte de si já tivesse deixado seu corpo e flutuasse, pronta para deixar tudo aquilo para trás. Mas um buraco no estômago lhe dizia que o pânico estava à espreita, e que ela não estava tão resignada quanto seu corpo indicava.

— Nomi não vai deixar que ele esqueça — Val concordou.

— Ela vai ficar triste — Serina disse, sonolenta. — Queria que salvássemos uma à outra...

As horas — as *últimas* horas de Serina — passaram muito rápido e muito devagar.

TRINTA E DOIS

Nomi

Nomi passou o dia querendo escapar da própria pele, escondida em seu antigo quarto e repassando seu plano. Era simples: esperaria até tarde da noite, invadiria o quarto e mataria Asa na cama. Exatamente como esperara fazer na noite anterior — mas, daquela vez, não importava o que ouvisse, não ia hesitar.

Por algum milagre, Ines e os guardas não a tinham visto na execução, mas ela não podia arriscar de novo. Então estava presa naquele quarto, mantida refém pela luz do dia. Rezou para que sol se movesse mais depressa e que o mundo mergulhasse logo na escuridão.

Por algumas horas, dormiu na cama de Ria, ao lado da janela, acordando repetidamente de pesadelos.

No fim da tarde, Angeline lhe levou um pouco de comida. Cassia e Maris a seguiram com a expressão preocupada.

— Quero saber o que está acontecendo. — Cassia afundou na beira da cama de Ria. — *Por que* Malachi matou o pai e nos deixou com o irmão dele? Você sabe por que, Nomi?

Ria tinha passado a manhã provando vestidos. Estava deitada de costas, encarando o teto. Seu corpinho magro mal afundava o colchão.

— Malachi não matou o pai — Nomi explicou. — Foi Asa. Ele culpou o irmão, o esfaqueou e o mandou para Monte Ruína. Me usou em seus planos e depois desapareceu comigo para que eu não contasse a ninguém o que vi.

— E comigo — Maris acrescentou —, que também vi o que ele fez.

— Mas nenhum de nós morreu — disse Nomi. — Pelo menos não ainda. Malachi está reunindo tropas e logo vai retomar seu lugar de direito. E Asa morrerá esta noite. — Ela se ergueu e andou pelo quarto, ignorando a comida que Angeline empurrava em sua direção.

Cassia olhou para o chão.

— Sua história parece o tipo de coisa que devia me surpreender, mas não surpreende. — Ela ergueu os olhos, apertando os lábios. — O novo superior é cruel. Nunca achei que o palazzo seria uma prisão.

Nomi sempre o vira daquele jeito, mas aprendera que havia diferentes modos de ser aprisionada.

Ria puxou os joelhos para o peito e se abraçou, como se pudesse se proteger daquelas revelações ou do próprio Asa.

— Só quero ir pra casa — ela sussurrou.

— Há uma passagem secreta no corredor para a sala de banho — Nomi contou. — Fica dez painéis para a esquerda, atrás de uma samambaia, e leva a uma padaria do outro lado do canal. Se eu fracassar e se Malachi não vier, saiam daqui e vão para casa. Tirem todas as garotas que conseguirem.

Ria a olhou boquiaberta, Cassia passou as mãos pelo cabelo. Angeline enfiou um doce nas mãos de Nomi.

— Vamos torcer para que não chegue a esse ponto.

Quando caiu a noite, ela ficou olhando pela janela. Assistiu ao pôr do sol mais lento de sua vida enquanto as últimas faixas rosadas eram engolidas por um azul profundo.

Cassia e Maris tinham voltado para o quarto.

Ria estava sentada à penteadeira, com as mãos imóveis sobre o colo. Ela parecia muito jovem, com seus membros longos e seu rosto ainda redondo e macio. Asa ainda nunca tinha requisitado sua presença, mas a garota vivia com medo — Nomi via seus ombros tensos e o modo como se escondia atrás do cabelo loiro, tal qual Maris costumava fazer.

— Chegou a hora? — a garota perguntou, olhando para o céu que escurecia.

— Ainda não. — Ela se ergueu da cama alta e macia. Queria ter dormido melhor, mas pelo menos a comida que Angeline a obrigara a aceitar a tinha fortalecido. Precisaria de toda a sua força naquela noite.

Nomi usou o banheiro e vestiu as roupas da prisão — a calça lhe dava mais liberdade de movimento e a fazia se sentir próxima de Serina. Por fim, prendeu a capa de Renzo, que ia ajudá-la a se misturar às sombras.

Nomi gostaria de procurar Serina, mas a melhor coisa que podia fazer pela irmã era matar Asa. Talvez não fosse morta imediatamente e pudesse encontrar a masmorra depois de completar sua missão.

Mas provavelmente não sairia viva do quarto de Asa.

Ela verificou a faca em sua bota, então enfiou a mão no bolso da capa e encontrou o lápis e o caderno que comprara em Bellaqua. Deixou-os ali. Eram um conforto estranho, um lembrete de que sabia mais do que devia.

Angeline torcia as mãos sobre o avental.

— Gostaria de ir com você. Quero ajudar.

— Você *está* ajudando — Nomi retrucou. — Sabe sobre a rota de fuga e pode ajudar Ria e as outras. Mas espere alguns dias, se puder. Malachi virá.

Talvez ele não estivesse mais comprometido com as concessões que elas tinham exigido, mas Nomi percebera seu desgosto ao descobrir como Asa vinha coletando graças. Aquelas mulheres estariam seguras sob seus cuidados.

Ela abraçou a amiga.

— Tome cuidado.

Angeline a apertou com força.

— Você também.

Nomi sentou à penteadeira enquanto Angeline e Ria se preparavam para dormir. Esperou ansiosamente até que o quarto mergulhasse na escuridão e a respiração delas ficasse regular.

Então chegou a hora.

Ela pegou uma lâmpada pequena que Angeline trouxera, abriu uma fresta da porta devagar e ficou ouvindo. Lembranças da noite em que escapara para se encontrar com Asa ameaçavam afogá-la — como fora ingênua de planejar a queda de Viridia sem desconfiança e sem medo.

Pensando naquela noite e na confiança que depositara nele, Nomi até conseguia entender sua tolice. Estivera desesperada, sentindo-se culpada e morrendo de medo pela irmã — com razão, como descobrira depois. Então fizera a escolha errada.

Em seu âmago, sabia que matar Asa era a decisão correta. Estava tramando outra vez, mas lutava pela alma de Viridia.

Era quase como se a noite soubesse daquilo. Nomi percorreu o corredor sem interrupções — não ouviu passos atrás dela, nem ecoando em corredores adjacentes. Não viu nenhum guarda. A passagem secreta permitia evitar soldados ou criados. Ela lembrou que Malachi mantinha um guarda fora de sua porta e tinha certeza de que Asa também teria um. Provavelmente Marcos, aquele em quem ele mais parecia confiar, aquele que transmitira as mensagens de Nomi — e aquele que a tinha colocado no barco para Monte Ruína.

Ao fazer uma curva, ela congelou. Uma figura esperava diante do painel secreto como se soubesse que Nomi apareceria ali.

— Eu te vi no terraço esta manhã — disse Ines. Seu roupão branco de seda cintilava ao luar. — Me perguntei se tinha entrado por aqui.

A serenidade da mulher mais velha tinha sumido. A idade a alcançara nas semanas em que Nomi estivera fora; rugas emolduravam seus olhos e ela franzia o cenho, apesar de ter dito uma vez que graças nunca faziam aquilo.

— Malachi disse que só ele e o pai sabiam sobre os túneis. — Nomi disse, cruzando os braços e a capa a envolveu completamente, transformando-a em uma sombra, em contraste com a luz de Ines.

— Malachi tinha um grande potencial para a bondade — disse Ines. Nomi ficou impressionada outra vez pela exaustão que a mulher emanava. Ela tinha sofrido nas semanas anteriores, aquilo estava claro. — Ele deveria ter se tornado o superior.

— E será — disse Nomi. — Malachi está vivo.

Ines recuou um passo.

— Você está mentindo.

— Asa tentou matar o irmão, mas fracassou. Só foi bem-sucedido com o pai. Não foi Malachi quem o matou.

Ines a encarou. Seus olhos eram buracos negros no corredor escuro.

— E o que você pretende fazer?

Nomi respirou fundo. Se contasse a verdade, Ines ia deixá-la ir?

— Sou uma graça — ela disse por fim. — Vou visitar o superior.

Ines apertou as mãos ao lado do corpo sem dizer nada. Então, depois de um longo momento, ergueu os olhos acima da cabeça de Nomi como se ela tivesse ficado invisível e desceu o corredor. Nomi a observou, mas a mãe de Asa não virou para trás.

Nomi não esperou. Só abriu o painel e entrou no túnel.

TRINTA E TRÊS

Serina

A PORTA DA MASMORRA RANGEU E ABRIU — cedo demais. Serina sentou, atordoada e com sede, mas não preparada.

Estivera determinada a aceitar seu destino com tanta calma quanto Âmbar, mas, agora que o momento chegara, apertava o braço de Val em desespero.

Então um sussurro passou sobre o mar de corpos.

— Serina?

Ela levantou. Havia uma figura na porta, mas não era Asa.

— *Renzo?*

Ele a viu e seu rosto se abriu num sorriso. Chamou-a com um gesto.

— Vamos, tenho as chaves para as correntes e peguei uma arma. Precisamos correr.

Serina abriu caminho entre as mulheres que acordavam e começavam a levantar, chacoalhando as correntes.

— Como chegou aqui? — ela perguntou, atordoada.

Será que estava dormindo?

— O herdeiro me contou como entrar no palazzo pelos túneis. Só havia um guarda lá fora e eu peguei as chaves e a arma dele. — Renzo tomou o rosto dela nas mãos, estudando-a como se fosse uma desconhecida. O machucado ainda ardia. — Nem acreditei quando Nomi me contou, mas você... é mesmo uma guerreira.

— O herdeiro... Nomi... — ela murmurou. — Como...?
Uma sombra passou pelo rosto de Renzo.

— Eles me encontraram.

— Então vocês vieram juntos, com o regimento? — Uma leve esperança cresceu no peito dela.

— Não — disse Renzo, abrindo as algemas. — Mas espero que o herdeiro esteja a caminho.

Serina esfregou os pulsos doloridos. Sua mente ainda estava lenta e enevoada com o choque.

— E Nomi?

— Ela fugiu com a ideia idiota de vir atrás de Asa. Vim ajudar, então ouvi sobre as mulheres de Monte Ruína e as execuções. Imaginei que você poderia precisar mais de ajuda. — Ele também estava diferente, mais velho e sem seu sorriso irônico. Serina não conseguia tirar os olhos do irmão. — Fiquei com medo por você.

Serina jogou os braços ao redor dele.

— Asa disse que vocês estavam mortos. Eu pensei... Não acredito que está aqui.

Renzo a abraçou com força, mas se afastou logo em seguida.

— Papai e mamãe estão mortos — ele contou suavemente, com os olhos marejados. — Os soldados chegaram antes de mim.

O ar ficou preso na garganta de Serina. Então era àquilo que Asa se referira.

Ela olhou para as mãos sujas e cheias de calos e para os machucados nos pulsos. Da última vez que vira a mãe, tinha mãos macias, unhas perfeitas e pele imaculada. Tanta coisa havia mudado.

Sem erguer os olhos, Serina disse:

— Vamos tomar o palazzo e acabar com isso.

Asa, os soldados, o país... ela ia transformar tudo em cinzas.

— Ótimo — disse Renzo.

Serina pegou as chaves e começou a abrir os grilhões, indo de uma mulher a outra e passando a chave para aquelas mais no fundo.

— Rápido — ela sussurrou, então se virou para Renzo. — Você disse que pegou uma arma, mas tem uma faca ou espada? O silêncio é uma vantagem, é melhor evitar tiros se possível.

Ele assentiu.

— Tenho duas facas, mas só.

— Vamos pegar mais. — Ela olhou além dele e viu o guarda caído no corredor começando a se mexer.

— Você não o matou? — Serina perguntou. Sua mente estava afiada agora. Via com mais clareza do que nunca; sabia o que tinha que fazer e como aquilo ia acabar.

Renzo olhou para o guarda.

— Eu, hum, só o deixei desmaiado. Não sou exatamente de matar.

Serina pegou uma das facas e fez o que era necessário.

Renzo a encarou com olhos arregalados.

— Estamos em uma guerra — ela disse, com a voz e a mente calmas. No fim das contas, ia ter sua batalha e sua revolta, começando ali. — Um guarda vivo pode soar um alarme ou nos atacar por trás. Por isso eles têm que morrer. Entendido?

Renzo assentiu, mas seu rosto estava pálido.

Quando todas estavam livres dos grilhões, Serina falou em um tom baixo e urgente.

— Planejamos ir para Azura, mas os planos mudam. Para aquelas que queriam lutar, esta é sua chance. Vamos derrubar Asa. Matem todos os guardas ou soldados que virem, mas não os nobres e criados. Coletem todas as armas que puderem. Quando matarem um soldado, peguem as armas e o que mais ele tiver.

Anika se aproximou dela e pegou uma das facas de Renzo.

— Acha que conseguiremos vencer?

— Vamos resistir. — Serina apertou o cabo da faca. — Sempre.
Ela preferiria morrer lutando a ter sua execução exibida como a de Âmbar. Faria aquilo pela amiga.

E pela família dela.

Serina e Anika entraram no corredor, guiando Renzo, Val e o resto das mulheres de Monte Ruína para fora da prisão. Quando um guarda virou uma esquina, as duas o derrubaram. Anika pegou a arma dele e Serina pegou a faca.

Estavam só começando.

TRINTA E QUATRO

Nomi

O CAMINHO PELA PASSAGEM SECRETA foi mais rápido com a lâmpada para guiá-la, mas seus pés ainda relutavam. Seu coração batia tão alto que Nomi jurava que as pessoas nos quartos por que passava seriam capazes de ouvi-lo.

Ela chegou à escada e seguiu em frente. Contou as portas empoeiradas e cobertas de teias de aranha — pequenos painéis quadrados e painéis altos, todos com maçanetas pequenas —, então parou diante do último retângulo: a entrada para os aposentos do superior.

Respirou fundo, fechou os olhos e pensou em Serina e Renzo a caminho de Azura. Em seus pais, mortos no chão de casa.

Em Malachi e na esperança que ela nutria de que ele seria um superior diferente e ajudaria as mulheres de Viridia. *Por favor*, orou.

Então apagou a lâmpada e abriu a porta.

O luar entrava no quarto do superior pela porta do terraço. Uma cama vasta ocupava a metade direita do cômodo e um armário dourado estava encostado na parede oposta sob armas com aspecto feroz reluzindo sob a fraca iluminação. A cama era parcialmente oculta por cortinas com fio de ouro. Nomi não conseguia ver se Asa estava nela, ou alguém mais. O que faria se ele tivesse companhia?

Sentiu um arrepio na nuca.

Tirou a faca da bota e avançou em silêncio. Sabia que Serina era mais adequada para aquela missão, uma vez que a própria Nomi não sabia nem como empunhar a faca. Mas, mesmo se a irmã estivesse ao seu lado, teria tomado para si a responsabilidade. Tinha dado a Asa sua oportunidade, mesmo que não seu poder, e seria ela quem ia tirá-lo dele.

Nomi se esgueirou até as cortinas e espiou a cama. Os lençóis de seda — pretos e cintilantes — estavam intocados. Não havia ninguém.

Seu estômago despencou. Ela esperara encontrar Asa adormecido, com o cabelo desgrenhado. Imaginara que as lembranças voltariam com força e tinha se preparado para fraqueza e dúvidas, pensando que seria difícil conciliar o assassino volátil com o homem que lhe prometera o mundo.

Mas ele não estava ali.

Nomi recuou em direção à passagem secreta. Teria que esperar que ele voltasse, mas não ia abandonar a missão. Quando se virou, captou um vislumbre de movimento no terraço.

Ali, mais além da porta...

Ela tirou as botas com cuidado, segurou a faca e seguiu pé ante pé sobre o mármore frio. Antes de chegar, ouviu a voz dele, suave e persuasiva.

Deu uma espiada.

Asa estava no terraço encarando uma garota com cabelo preto longo e a cabeça abaixada. Sua mão estava apoiada entre o pescoço e o ombro dela. Mesmo do outro lado do terraço, Nomi notou a tensão dela.

Ah, não. Maris.

— Eu vi vocês — Asa ronronou. Ele era alguns centímetros mais alto que ela e usava a altura para impor seu poder. Maris se encolhia em sua sombra. — Fiz bem em te mandar pra Monte Ruína, não? Você tinha um segredo. Era uma... *aberração*.

Nomi reprimiu uma exclamação.

Maris não disse nada, mas suas mãos se fecharam ao lado do corpo.

Asa apertou os lábios, pegou um punhado de cabelo de Maris e *torceu*, puxando a cabeça dela para baixo. A garota caiu de joelhos com um grito.

Nomi apertou a faca com força e atacou.

A pequena distância a ajudou — três passos curtos e ela estava ao lado deles. Asa se virou para ela, abrindo a boca, e Nomi usou todo o seu ímpeto, toda a sua fúria e todo o seu ser despedaçado para enfiar a faca até o cabo na barriga dele.

O superior recuou um passo, mas não caiu como ela esperava. Furioso, soltou um grito com os olhos selvagens de um animal ferido. Nomi tropeçou na capa quando tentou recuar.

Ele saltou sobre ela, a faca ainda se projetando grotescamente do corpo, e fechou as mãos ao redor de seu pescoço.

De repente, ela não conseguia respirar.

— Nomi — rosnou Asa. — Que bom que veio. Queria te matar pessoalmente.

Ela se debateu inutilmente, tentando soltar os dedos dele, mas as pernas de Asa e as dobras da capa a mantinham presa no chão. Pontos negros dançaram diante de seus olhos. Nomi devia ter cortado a garganta dele, devia ter...

Maris se jogou sobre Asa. O ataque o fez cair, e, por alguns segundos Nomi conseguiu puxar o ar. Maris tentou sair do caminho, mas Asa rastejou até ela, com a faca ainda enterrada no torso, mas sem reduzir o ritmo. A garota soluçava enquanto tentava escapar.

Nomi correu até eles e empurrou Asa com toda a força. Ele tombou de lado com um grunhido furioso, mas se recuperou depressa e deu um tapa no rosto dela. Nomi caiu de joelhos. O superior agarrou seu pescoço outra vez e a colocou de pé.

— Sabe — ele grunhiu, puxando-a para perto —, eu realmente queria você como minha rainha, ajoelhada a meus pés. — Os olhos de Asa, que Nomi já pensara serem gentis e brincalhões, tinham um brilho perverso. — Mas então você me traiu.

O rosto dele se retorceu em uma expressão assassina.

Nomi deu uma joelhada na virilha dele. Asa balançou, mas não a soltou.

Então ela sentiu a mão direita bater na capa — ou melhor, no bolso da capa.

Tremendo, pegou o lápis, com sua ponta selvagemente afiada, e o enfiou no olho do superior.

Asa tropeçou para trás, batendo no parapeito do terraço. Um gemido estranho deixou seus lábios. O outro olho a encarou fixamente até que, aos poucos, a luz se esvaiu dele.

O corpo de Asa pendeu para trás, e Nomi o empurrou furiosa para mandá-lo sobre a amurada.

O tempo pareceu desacelerar enquanto ela o via cair, sua camisola de seda preta esvoaçando até o chão.

Um segundo depois, ela ouviu um baque surdo. Não houve gritos de surpresa ou alarme. Ninguém o tinha visto.

Mas logo veriam.

Ela tossiu, sentindo a garganta queimar. Desabou ao lado de Maris e puxou o ar profunda e dolorosamente algumas vezes.

— Nomi, Nomi... — Maris jogou os braços ao redor dela e segurou firme.

— Temos que ir — Nomi murmurou. — Os guardas vão nos encontrar e não sei se consigo dar conta deles.

— Eu ajudo como puder — disse Maris, surpreendentemente firme. — Ajudei em Monte Ruína.

Elas cambalearam até o painel secreto. Nomi esperava que houvesse um guarda ali ou que Asa chamaria Marcos quando a visse.

Não tinha contado realmente com uma chance de fugir. O tempo antes que encontrassem o corpo dele era um presente, e ela pretendia usá-lo para libertar Serina e as mulheres de Monte Ruína.

De repente, um rugido subiu de algum lugar das profundezas do palazzo, agarrando-se às paredes e fazendo as pedras estremecerem. Era o rugido de uma centena de vozes femininas, cheias de raiva.

Era um grito de guerra.

Ela e Maris passaram ao corredor e seguiram o som. Talvez não fosse tão difícil encontrar Serina.

TRINTA E CINCO
Serina

Os andares inferiores do palazzo eram um labirinto tão intricado quanto os aposentos das graças, mas em uma escala muito maior. Não havia só celas e masmorras; em meio aos soldados, todos mortos rapidamente para evitar gritos de alerta, criados corriam entre despensas, depósitos e adegas. Uma dessas criadas — uma mulher robusta usando um avental manchado — gritou até ficar vermelha ao ver Serina, com seu olho roxo e seu exército de mulheres.

Ela agarrou o braço da mulher.

— Como chegamos no andar de cima?

A outra não parava de gritar.

— Por favor — Serina insistiu. — Só precisamos sair daqui! Não vamos te machucar.

A voz da criada foi morrendo. Ela não respondeu, mas olhou de esguelha para um corredor à esquerda.

Serina deu um tapinha em seu ombro e foi naquela direção. Atrás dela, a onda de mulheres tomou passagem e subiu a escada estreita.

— Precisamos achar o superior — disse Anika. — Se ele cair, tudo cairá junto.

— Ele deve estar fortemente guardado — Serina disse, sombria. — Se encontrarmos os guardas, encontraremos Asa. — *E Nomi, se já não estiver morta.*

Ela deixou Val e Renzo na retaguarda — Val para protegê-las e Renzo para que ficasse seguro. Ou o mais seguro possível, pelo menos. Não queria nenhum dos dois na linha de frente.

— Fique fora da luta, entendeu? — ela disse ao irmão, sacudindo seus ombros. Ele assentiu sem protestar.

Quando entrou em uma galeria longa, Serina teve um vislumbre do lado de fora — era noite de lua cheia, e uma faixa de luz cintilava no oceano. A visão era linda.

Então ela fez uma curva e estancou. O corredor largo estava cheio de guardas, todos empunhando armas. Deviam ter ouvido o grito da criada. E não eram poucos — pareciam um regimento inteiro.

Mas ainda estavam em número menor que as mulheres de Monte Ruína.

Serina trocou um olhar rápido com Anika. Não havia medo nos olhos da outra — ela estava pronta. De repente, Serina também estava. Aqueles homens, com suas armas, seus corpos imponentes e seus rostos inexpressivos representavam todos aqueles que a tinham oprimido, julgado e ferido. E haviam feito o mesmo com as mulheres atrás delas.

Eram o inimigo.

Um grito cresceu em seu peito, a mesma pressão selvagem que ela libertava toda vez que entregava um corpo ao vulcão de Monte Ruína, toda vez que tinha que presenciar outra morte inútil, outra vida desperdiçada. Oráculo, Petrel, Jacana, Âmbar. Ao redor dela, o grito cresceu e se ampliou, ecoando das paredes douradas do palazzo. Os homens hesitaram. Conforme o grito crescia, pareceram encolher até ficar pequenos e desimportantes. Impotentes.

No auge daquela alquimia milagrosa, ela, Anika e o exército de Monte Ruína atacaram.

Os homens acertaram alguns tiros antes que elas os alcançassem. A garota à esquerda de Serena caiu, mas ela mesma não vacilou. Apunhalou, cortou e empurrou. Esmagou olhos e chutou virilhas. Abriu caminho entre os homens e tirou as armas deles. Seu cérebro desligou e seu mundo foi reduzido a movimentos — *apunhalar, cortar, empurrar, chutar*.

Os soldados recuaram, tentando abrir distância para usar as armas — ou talvez com medo.

A onda de mulheres os varreu, empurrando-os do corredor para um pátio. Gritos soaram e cadeiras caíram no chão de ladrilhos. Por um momento, ela foi distraída por um grupo de homens de colete colorido, fumando cachimbos.

Eles fugiram, ou pelo menos tentaram.

As luzes pendendo revelavam a batalha em seus mínimos detalhes.

Soldados e lutadoras pularam uns sobre os outros e tombaram sobre os homens elegantes de cachimbo. Serina empurrou um senhor robusto usando veludo roxo para fora do caminho.

— Saia daqui! — ela rugiu.

No caos, Penhasco ergueu duas facas roubadas para atacar um soldado, mas alguém bateu em suas costas e a fez errar o alvo — em vez do soldado, empalaram um homem de jaqueta azul encolhido ao lado da mesa. Ela abriu a boca enquanto ele desabava no chão, recuou horrorizada e ergueu as mãos com as facas pingando sangue como se pedisse perdão.

O soldado que Penhasco não acertou ergueu seu revólver. Serina gritou para avisá-la, mas a batalha estava caótica e barulhenta demais, e sua voz se perdeu na algazarra. Ele atirou em Penhasco à queima-roupa. Ela despencou ao lado do nobre agonizante.

Serina se virou com uma pontada no peito. Havia um soldado à sua frente, tão perto que ela via os pontos prateados em seus olhos azul-claros. Ele ergueu uma espada e ela esmurrou sem pensar a boca do estômago do homem, empurrando-o até um grupo de soldados. Anika correu atrás deles, despachando-os antes que pudessem recuperar o equilíbrio.

Um soldado enorme com uma barba loira cheia e punhos grossos apareceu na frente dela. Antes que Serina pudesse reagir, ele lhe deu um soco que a fez voar e cair no chão. Os ouvidos dela zuniram. Era óbvio que aquele homem não precisava de armas — ele *era* uma arma.

A cabeça de Serina girou e os gritos da batalha ficaram distantes. O gigante lhe deu um chute no torso e a costela quebrada dela explodiu de dor. A garota se curvou, protegeu a cabeça e ofegou. Não suportaria outro chute como aquele. Suas costelas iam se estilhaçar e ela quebraria no meio.

Abriu os olhos a tempo de ver três mulheres se lançarem contra o soldado enorme, erguendo as vozes num grito agudo. Elas não tinham armas, só suas unhas quebradas e a força do desespero. Serina não as reconheceu, com os rostos e cabelos cobertos de sangue.

Ela levantou com dificuldade, ignorando a bochecha e o torso ardentes. Quando teve certeza de que as mulheres dariam conta do soldado, ajudou Espelho com outro homem — um de estatura normal, mas ainda perigoso, com um revólver em uma mão e uma espada curta na outra.

Espelho bateu uma bandeja de ferro pesada na cabeça dele e Serina terminou o serviço cortando sua garganta.

— O que você está fazendo? — ela sibilou. — Devia estar na retaguarda com as outras feridas!

Espelho exibiu os dentes em algo que podia ser uma careta de dor ou um sorriso feral.

— Não vou me esconder — disse, tirando a arma do soldado caído e atirando em outro que corria em sua direção. Ele caiu de joelhos, com sangue despontando no peito.

Mais corpos caíram, tanto de homens como de mulheres. Tiros ecoaram na noite, com as luzes balançavam loucamente acima deles. Era difícil entender o que estava acontecendo na confusão.

Serina usou sua faca, seus punhos e seus joelhos. Em algum momento, Val apareceu ao seu lado. Ele atirou e pegou outra arma da cintura para alvejar um novo atacante.

Havia mais mulheres que soldados, mas eles continuavam aparecendo, atraídos pelo som dos tiros. Serina queria ir atrás de Asa, mas não conseguiu escapar na confusão.

Um homem grande de ombros largos e com ar de autoridade apareceu e começou a gritar ordens para os soldados. Eles tentaram se reagrupar, mas Serina e suas mulheres não lhes deram chance. Elas eram sobreviventes — tinham vencido batalhas no ringue e sabiam como dividir, debilitar e distrair.

Serina torceu para que Renzo tivesse se mantido fora da luta como tinha dito, mas não podia procurá-lo no meio da batalha. Sua própria sobrevivência estava constantemente em risco a cada soldado que erguia sua arma ou seu punho contra ela.

Ela e Anika seguiram em direção ao homem que tentava assumir o controle.

Ele a lembrava do comandante Ricci — o mesmo ódio e a mesma descrença brilhavam em seus olhos. Mesmo quando Serina enfiou a faca no estômago do homem, ele parecia não acreditar que aquelas *mulheres* eram uma ameaça.

Mas ela e Anika lhe mostraram que eram.

A última coisa que o homem viu foi o rosnado de Anika e seu rosto coberto de sangue enquanto cortava a garganta dele.

TRINTA E SEIS

Nomi

Nomi correu pelo corredor até uma escada longa e sinuosa, descendo dois lances para chegar ao térreo, com Maris ofegando atrás. Elas emergiram em um longo corredor iluminado por tochas em arandelas. Nomi tentou ouvir gritos ou sons de conflito. Onde estaria Serina?

— Nomi — Maris chamou. — Olhe.

Uma faixa de sangue atravessava a parede como uma seta apontando o caminho. Nomi correu; na próxima curva, viu um corpo no chão sobre uma poça de sangue seco. O soldado encarava o teto com olhos vazios. Ela engoliu bile e pisou com cuidado sobre ele, seguida de perto por Maris.

Havia mais corpos, formando uma trilha macabra. Logo os sons de luta ficaram mais altos, e Nomi rezou para não deparar com o corpo de Serina. Maris pegou um revólver de um soldado morto enquanto ela mesma apanhou uma adaga ao lado de uma mulher morta usando o uniforme azul de Monte Ruína.

Elas não viram uma alma viva. Os cômodos por que passaram — salas de estar luxuosas, uma galeria de arte arejada e uma biblioteca — estavam todos abandonados.

O corredor seguinte estava cheio de corpos, alguns empilhados. Ela estancou, percebendo pela primeira vez que estava descalça sobre o carpete encharcado de sangue. Para além do massacre, o terraço se abria para um pátio largo. Nomi avistou figuras em movimento e ouviu tiros.

Tinham encontrado a batalha.

Para sua surpresa, Maris avançou sem hesitar, pisando em trechos de chão livres. Nomi a seguiu, desejando ter calçado as botas para não sentir os fluidos escorregadios dos corpos sob os pés.

Elas pararam nas margens da luta. Nomi esticou o pescoço em busca de Serina, mas estava tudo um caos — era difícil ver quem vencia, se era que alguém vencia.

Ela queria subir em uma mesa e gritar que Asa estava morto e que eles podiam parar, mas sabia que não ia adiantar — era mais provável que levasse um tiro e ninguém escutasse. Mas tinha que fazer algo.

De repente, Maris deu um salto para a frente. Nomi acompanhou com olhos arregalados quando a antiga graça firmou os pés, ergueu sua arma e atirou. Um soldado desabou, revelando Helena. A garota estava cambaleando, dobrada na cintura e apertando o ombro ensanguentado.

— Helena! — Maris gritou, puxando-a para longe da batalha.

A outra a envolveu com o braço bom e apoiou a cabeça em seu ombro.

Perto das bordas do pátio, onde areia cobria os ladrilhos, duas mesas redondas de ferro forjado estavam deitadas de lado, como escudo. Nomi pegou o braço de Maris.

— Vamos para lá — ela disse.

As duas levaram Helena até as mesas.

Do outro lado várias mulheres feridas estavam deitadas na areia. Um homem ajoelhado ao lado delas levantou depressa quando as ouviu chegar. Nomi tropeçou em meio às ondas de choque reverberando pelo corpo.

— Renzo!

Ele estava sujo e desgrenhado, com um arranhão no pescoço e as mangas ensanguentadas da camisa enroladas até o cotovelo. Renzo as ajudou a sentar Helena. Assim que a garota estava acomodada, Nomi levantou e deu um soco no braço dele.

— Por que não está a caminho de Azura? — ela gritou. — Deveria estar a *salvo*!

Ele revirou os olhos.

— Você fugiu no meio da noite para vingar nossos pais. — Renzo indicou a luta. — E Serina está liderando um *exército*. O que achou que eu ia fazer?

— Onde está Malachi? — ela perguntou. — Ele veio com você?

Se o herdeiro estivesse ali agora que Asa estava morto...

Mas Renzo balançou a cabeça em negativa.

— Ele saiu de Lanos no mesmo dia que eu, mas voltou para Porto Rosa atrás de Dante.

— Espero que o tenha encontrado.

Um tiro atraiu a atenção de Nomi, que espiou sobre a borda da mesa. Parecia que a briga estava no fim. Havia muito mais mulheres em pé do que homens. Os soldados estavam vacilando. Alguns correram para a praia e entraram na água, fugindo a nado.

Nomi pensou em Asa, morto em um pátio do outro lado do palazzo. Aqueles homens não tinham líder, ninguém para gritar ordens ou enviar reforços.

Ela olhou de relance para Maris — que só tinha olhos para Helena — e seguiu para o pátio, acompanhada por Renzo.

— Estou tentando tirar as mulheres feridas do caminho — ele disse. — Não sou um lutador, não sei como... fazer o que Serina faz.

Eles se aproximaram furtivamente, andando sobre o labirinto de ladrilhos livres entre os corpos. O luar dava um brilho prateado às manchas de sangue.

Encontraram Serina no centro do pátio, empunhando uma faca e assistindo ao último soldado correr para as ondas. Ela ofegava, cambaleando, com a mão ensanguentada até o pulso, mas ainda em pé. Ainda viva.

Lágrimas escorreram pelo rosto de Nomi.

A noite se assentou de novo ao redor delas, conforme o som de tiros morria.

Serina ergueu os olhos e congelou quando a viu, boquiaberta. Nomi jogou os braços ao redor da irmã mais velha.

Elas se apertaram como se aquele abraço pudesse apagar as últimas horas, o sangue, a morte e talvez até os meses antes de tudo aquilo, todo o tempo que haviam passado separadas, lutando para salvar uma à outra.

Perto delas, Anika caiu de joelhos, apertando o estômago. Serina a soltou e ajoelhou ao lado da mulher. Nomi a seguiu.

— Você está bem? — Serina perguntou.

Era difícil ver à noite, mas a pele de Anika parecia pálida, quase cinzenta. O branco de seus olhos reluzia. Ela se ergueu com a ajuda de Serina, então afastou as duas com um gesto. Caminhou entre os corpos com os ombros caídos e desabou numa espreguiçadeira que não fora destruída na carnificina, mas não respondeu à pergunta. Serina a seguiu, o pânico evidente em seu rosto inchado.

— Anika!

Nomi tentou pensar no que fazer. Avistou Val perto delas, balançando de exaustão.

Anika puxou o ar bruscamente.

— Eu... estou bem... só preciso... descansar.

— Você precisa de um médico — respondeu Serina, olhando ao redor como se pudesse encontrar um facilmente.

Nomi também olhou ao redor, mas só viu as lutadoras sobreviventes, os soldados em fuga e o luar. A alguns passos dali, Marcos jazia com a garganta cortada. Ela não se sentiu culpada pelo alívio que a percorreu.

— Pegamos ele? — Anika perguntou, fraca. — O superior?

— Ainda não. — Então Serina olhou para a irmã e sua expressão mudou quando viu o rosto dela.

— Asa está morto — Nomi contou. Vinha tentando ignorar o nó na garganta, mas sua voz saiu estranha e rouca como se ela tivesse engolido cacos de vidro. Tentou não desmoronar ao se lembrar da expressão dele enquanto a estrangulava, do baque do seu corpo contra o chão...

— Ah, Nomi — disse Serina. Com aquelas duas palavras, ela entendeu que a irmã sentia muito, que entendia por que as mãos dela ainda tremiam, que conhecia os pesadelos que ambas teriam pelo resto da vida.

Elas se abraçaram de novo e, por um momento, a escuridão pareceu menos densa.

TRINTA E SETE

Serina

SERINA NÃO QUERIA SOLTAR NOMI. Não acreditava que a irmã estava ali, a salvo, e que tinha matado o superior.

Asa está morto.

A batalha tinha acabado.

Serina ainda estava em pé.

Ela enterrou o rosto no pescoço de Nomi e inspirou fundo.

— Temos um problema. — A voz de Val atravessou sua paz crescente, e ela soltou Nomi com um suspiro. Ele apoiou uma mão nas costas dela.

— Há tropas se reunindo na piazza do outro lado do canal. Mais do que podemos combater.

— Talvez seja Malachi — disse Nomi, com um pouco de luz retornando aos olhos. — Ele pode ter encontrado Dante.

— Ou podem ser reforços do superior — disse Val. — Ninguém sabe que Asa está morto e os soldados fugitivos podem ter soado o alarme para a guarnição de Bellaqua.

— Como podemos saber? — perguntou Nomi, desanimada.

Serina apertou seu braço.

— Vamos torcer para que seja Malachi. — Ela olhou para Anika, que ainda apertava o estômago com o rosto contraído de dor. O momento devia ser de vitória, mas todos pareciam exaustos e derrotados. — Precisamos de tempo e de um lugar que possamos defender enquanto nos recuperamos. — Serina enxugou a testa com a mão limpa. — Não conheço o palazzo muito bem, mas talvez...

Nomi tocou seu braço.

— Sei aonde podemos ir.

Havia tantas mulheres caídas quanto homens, e uma trilha de corpos levava ao corredor. Serina viu Gia, Tremor e Penhasco entre as mortas. As sobreviventes esperavam em grupinhos, com a roupa suja e o cabelo bagunçado. Chama estava na margem do pátio, olhando para o rastro da lua sobre a água.

O rosto machucado de Serina doía e sua cabeça latejava. Fazia dias que ela não comia, e seu estômago sentiu que aquele era o momento certo para resmungar. Mas não havia tempo para se preocupar com nada daquilo.

— A maioria das feridas está ali — disse Renzo, apontando para as mesas viradas na margem do pátio. Serina foi até lá e encontrou Helena e Maris junto a Espelho. A última garota parecia acabada, mas conseguiu abrir um sorriso para ela.

— Renzo e Val, ajudem as feridas — Serina ordenou. — Maris e Nomi, coletem todas as armas e munição que conseguirmos carregar. Peçam ajuda das outras. Rápido!

Assim que as mãos de Nomi estavam cheias, Serina ajudou Anika a levantar. A cabeça da mulher balançou um pouco, e Serina tentou examinar seu ferimento.

— Não. — Anika afastou a mão bruscamente. — Depois.

Nomi as levou para dentro. Serina fez uma contagem aproximada das mulheres — havia cerca de setenta sobreviventes. Tinham perdido mais de um terço do grupo na batalha.

Ela engoliu em seco. Tantas mulheres haviam morrido por uma liberdade que talvez nenhuma delas alcançasse.

Por favor, que sejam as tropas de Malachi.

Ela não dividiu suas dúvidas com Nomi. O que o herdeiro faria em relação a elas? Ele poderia entrar em Viridia livremente depois de toda aquela matança?

— Todas lutamos — Anika disse, rouca.

— O quê? — ela perguntou. As duas seguiam na retaguarda, com as outras feridas.

— Estou vendo você contando as perdas. — Anika se retraiu de dor e pigarreou. — E estou dizendo que pelo menos lutamos. Graças ao seu irmão, não tivemos que esperar Asa nos executar em público uma por uma. Mesmo se morrermos todas hoje, pelo menos lutamos por nossas vidas.

Resista. Sempre.

Petrel continuava com Serina.

— Você tem razão — ela disse enquanto entravam no palazzo.

As duas foram as últimas a chegar aos aposentos das graças. Serina entrou no cômodo circular, decorado com damasco e veludo, e ficou desconfortável com sua roupa suja, as mãos e o rosto ensanguentados. Aquele era um lugar de beleza, ao qual conferira feiura e sofrimento. As mulheres se espalharam pela sala central e pelas arcadas, acomodando-se nas áreas de estar e de jantar, jogando-se em sofás macios e tapetes grossos que cobriam o chão de mármore. Assustaram as graças, que emergiam dos quartos em camisolas brancas de seda, com os olhos arregalados.

Vários homens vestidos de branco passaram por Serina e saíram. Pelo menos os criados não estavam resistindo.

Um pequeno indulto. Elas precisavam aproveitar aquela breve folga.

Serina ajudou Anika a deitar em uma espreguiçadeira de veludo, certificou-se de que ainda estava consciente e atravessou os cômodos lotados em busca de Nomi.

Encontrou-a em um terraço encarando o canal, onde lanternas

iluminavam os barcos largos levando soldados ao palazzo. Elas não tinham uma visão direta, já que os aposentos das graças estavam voltados principalmente para o oceano. Mas ali no terraço parte da cidade e do canal ficavam visíveis, revelando mais soldados do que Serina gostaria de contar.

— Malachi pretendia trazer o regimento pelos túneis — disse Nomi. — É um mau sinal soldados estarem vindo de barco?

— Vamos torcer para que seja Malachi até que eles ataquem — Serina disse. — Estaremos prontas, de qualquer forma. — Era uma mentira para tranquilizar a irmã. Eram soldados demais e, se atacassem, as mulheres de Monte Ruína seriam derrotadas. — Mas você precisa estar preparada. Mesmo que *seja* Malachi, ele... pode não ser mais nosso aliado.

Nomi se virou, ainda usando a capa escura e pesada na qual aparecera no pátio. Sob as tochas acesas, o sangue que manchava suas mãos e os machucados ao redor de seu pescoço eram nítidos.

— Como assim? — perguntou Nomi.

Ela deu de ombros.

— Ele tem todo o poder agora. Não temos com o que barganhar. Somos uma força maltrapilha e pequena demais para representar uma ameaça, a não ser à legitimidade dele, talvez. Malachi terá que decidir qual mensagem enviar a Viridia como governante. Eles tendem a achar que rebeliões devem ser esmagadas.

Nomi balançou a cabeça.

— Malachi não fará isso, ele... — A voz dela sumiu e uma sombra cruzou seu rosto. Não achava aquilo possível, mas não tinha certeza absoluta.

— Quanto a Asa... — Serina hesitou. — Você está bem?

— Não sei — disse Nomi. — Eu não... não foi como tinha imaginado.

Serina beijou a testa da irmã.

— Quando estava em Monte Ruína, tentei imaginar como você sobreviveria no palazzo. Você sempre foi uma lutadora e fez o que tinha que ser feito.

— Eu o matei por mamãe e papai — Nomi disse suavemente. — E por mim. Por nós. Pensei que o mundo ia se transformar magicamente quando ele morresse. — Lágrimas escorreram por seu rosto. — Mas temos um exército se reunindo nos portões e ainda somos rebeldes que precisam ser silenciadas. Fora isso, nenhuma morte vai trazer papai e mamãe de volta. Sou uma idiota.

Serina enxugou as lágrimas da irmã, com o coração tão partido quanto o dela.

— Viridia *vai* mudar. Tem que mudar. Eles não podem nos apagar.

Nomi fungou e apertou os lábios para evitar que tremessem.

— Claro que podem.

Ela se virou para o terraço, examinando os barcos e soldados visíveis além da borda do prédio. Serina também o fez.

Ines apareceu ao lado delas, usando um vestido preto de corte severo e parecendo tão implacável quanto no dia em que pegara Serina com o livro de Nomi.

— Pedi que preparassem refeições e chamei um médico para cuidar das mulheres. Os criados vão me obedecer.

Seu rosto não traía nada.

— Obrigada — Serina disse, lutando contra o impulso de fazer uma mesura. Ela não era mais uma graça.

Ines se virou para Nomi.

— Presumo que o superior não esteja em posição de fazer objeção.

Nomi engoliu em seco.

— Não, ele não está.

★

Serina mandou Val e as garotas mais fortes para vigiar as portas da sala circular, então colocou Maris e Helena no terraço e deu ordens para que a encontrassem quando todos os soldados tivessem chegado ao palazzo.

Era estranho que o exército não demonstrasse urgência em sua aproximação — os homens pareciam despreocupados com a perspectiva de ser atacados, como se já soubessem que as forças no interior não eram uma ameaça real.

Serina comeu um pedaço de pão e bebericou um cálice de água. Seu estômago estava embrulhado, mas a comida a fez parar de tremer. Então foi ver Anika, que tinha levado uma bala de raspão. O médico disse que era uma ferida superficial, mas a garota rosnou.

— Não parece superficial.

As mulheres feridas estavam deitadas em camas de verdade pela primeira vez desde que tinham sido mandadas para Monte Ruína. Até Espelho parecia mais saudável agora que estava acomodada no quarto de uma das graças com um médico de verdade cuidando de seus ferimentos.

Ines manteve os criados correndo de um lado para o outro, levando comida e suprimentos médicos para as recém-chegadas, e até ordenou que recuperassem o corpo de Asa e o colocassem sobre um lençol preto na entrada principal, para que não houvesse dúvidas sobre o destino do superior. Os soldados veriam seu líder caído assim que atravessassem as portas do palazzo.

Ninguém a questionou. Serina suspeitava que era por causa da linha rígida de sua boca e do fato de que ninguém mais estava dando ordens no palazzo. Todos — incluindo criados e graças — esperavam para ver o que os soldados fariam.

Serina, Nomi e algumas garotas em melhores condições tomaram um banho rápido e colocaram as roupas limpas e secas dadas por Ines: calças de linho e blusas largas. Não eram exatamente roupas de luta, mas eram melhores que os uniformes de prisão rasgados e manchados de sangue.

Serina estremeceu quando suas palmas cheias de calos roçaram o tecido fino. Era natural mas estranho ao mesmo tempo, como se as duas partes dela — a graça e a guerreira — estivessem em oposição constante, lutando para assumir o controle.

Nomi a apresentou a uma garota loira e baixa chamada Angeline, a aia que a tinha substituído. A garota parecia dócil, mas a primeira coisa que disse foi:

— Juntei todas as graças na sala de jantar para que fiquem fora do caminho se vocês precisarem lutar.

Era como um soldado fazendo um relatório.

Serina assentiu e a garota se afastou depressa.

Nomi terminou de trançar seu cabelo molhado e o jogou sobre o ombro.

— Podemos tentar tirar as graças pelo túnel. Contei a Angeline sobre isso, para o caso de não voltar... ou de Malachi não conseguir ajudar.

— Claro, as passagens — disse Serina, pensando depressa. — Talvez possamos todas escapar, se for necessário. A não ser que tropas estejam escondidas nelas.

As duas caíram em silêncio.

Então Renzo apareceu na porta com uma expressão estranha, quase aliviada, que Serina não conseguia explicar considerando o exército à porta.

— Está tudo bem? — ela perguntou, ansiosa.

O irmão entrou na sala, revelando outra figura.

Malachi.

Ao contrário dos soldados que haviam enfrentado, vestidos com o uniforme do palazzo, o herdeiro portava uma armadura de batalha e segurava um elmo sob o braço.

— Nomi, Serina — ele cumprimentou.

TRINTA E OITO

Nomi

— M-malachi — Nomi balbuciou, com o coração disparado. Ela não sabia se queria jogar os braços ao redor dele ou fugir. As emoções a atravessavam rápido, sem que uma delas se fixasse.

Ele parecia grande e intimidador em sua armadura de batalha, e sua expressão não revelava nada. Sua boca se curvou para baixo e sua mandíbula barbeada estava tensa e implacável.

— Gostaria de falar com você em particular — Malachi disse, sério.

Em pânico, Nomi lançou um olhar para Serina, que assentiu.

— É claro — ela respondeu, apertando as mãos para que não tremessem enquanto o conduzia até seu antigo quarto. Não conseguia pensar em nenhum outro lugar onde teriam privacidade.

Ria não estava lá; todas as graças de Asa estavam na sala de jantar, longe do perigo. O quarto estava escuro e fresco. A brisa que entrava pela janela aberta atraiu o olhar dela para a linha dourada no horizonte — o sol estava nascendo.

Ela acendeu a luz. Com cuidado, Malachi colocou o elmo na cama, então removeu as manoplas e as dispôs sobre a coberta também. Finalmente, virou-se para Nomi.

— Fui ao quarto do meu pai primeiro — ele disse, sua voz rouca fazendo a pele dela se arrepiar. — Estava com medo de encontrar você ferida ou morta... Mas não havia ninguém lá.

Malachi pigarreou.

— Eu o matei — ela disse antes que o herdeiro fosse obrigado a perguntar. Reprimiu o impulso de se desculpar; sentia muito pela dor que a revelação poderia lhe causar e tinha medo de que nunca mais a olhasse do mesmo jeito, mas não se arrependia de ter matado Asa. — O corpo dele está na entrada, mas vocês vieram pelo túnel, não é?

Malachi ergueu a mão e roçou os dedos em seu pescoço machucado.

— Ele fez isso.

Ela assentiu.

Emoções cruzaram o rosto de Malachi rápido demais para distinguir.

— Eu teria carregado esse fardo para você — o herdeiro disse suavemente. — Ele e eu... Eu tinha coisas para dizer a meu irmão.

— Está aborrecido porque não terá mais a chance? — ela perguntou.

Ele balançou a cabeça.

— Estou aborrecido porque Asa machucou você. Só isso.

— Aquelas tropas se reunindo nos portões são suas? — Nomi perguntou, ainda sem entender sua expressão. Era alívio ou tinha más notícias?

Malachi assentiu.

— Voltei para Porto Rosa assim que você partiu. Dante tinha recebido minha mensagem e estava à espera. — Ele olhou de relance para a janela. As primeiras faixas douradas da manhã se erguiam. — Dante tinha escondido seus soldados... não podia obedecer às ordens de Asa de tomar mulheres à força e punir qualquer um que entrasse em luto por meu pai. Estava considerando suas opções e chegou a pensar em tentar um golpe. Ficou feliz em ter notícias minhas. — Um sorriso leve tocou seus lábios, então sumiu.

Malachi estendeu a mão para pegar a dela, mas Nomi se afastou.

— Que... que bom — ela disse, com a voz falhando. Respirou fundo e reuniu sua coragem como um escudo. — Mas esse é o *nosso* golpe, Malachi. Você deve honrar as concessões que fez em Monte Ruína. Essas mulheres não lutaram para que as coisas permaneçam iguais.

Nomi se preparou para a resposta com o coração na garganta. Ele ia se provar digno da confiança — e do afeto — dela ou ia traí-la como Asa fizera?

— Não.

Nomi o observou com o coração em pedaços. As palavras de Serina cruzaram sua mente. *Rebeliões devem ser esmagadas.*

— Preciso fazer *mais*. — Malachi deu um passo adiante, mas não tentou tocá-la de novo. — Nomi, não quero ser o superior.

— Você... o quê? — Ela não conseguia processar o que ele tinha dito. — Tudo isso, fugir de Monte Ruína, encontrar Dante, matar seu irmão... Foi tudo para recuperar seu lugar de direito. Malachi, você *é* o superior.

Ele respirou fundo.

— Sei que começamos assim, mas não é tão simples. Quero que Viridia mude.

Nomi o encarou boquiaberta.

— Me diga como tornar esse país um lugar melhor — Malachi continuou. — O que devo fazer? O que *devemos* fazer?

O coração dela pulsava na garganta dolorida.

— Do que está falando?

— Como posso mudar o modo como o país é governado? Farei como você disser. — Ela não via mentira nem trapaça em seus olhos.

— Como poderá mudar alguma coisa se não quer governar? — ela perguntou. — Este é seu país. Você não pode só... quer dizer, as coisas não funcionam assim. Não pode achar que outro homem seria um líder melhor.

Ele deu de ombros.

— Não estou falando de um superior, entende? Houve um golpe, como você disse. Asa está morto e só meus homens sabem que estou aqui. Você e sua irmã ganharam a luta, Nomi. *Vocês* decidem as regras.

— Por quê? — ela perguntou de novo, com um nó na garganta.

— Você sabe por quê. — A expressão dele fez seu coração doer. Malachi tomou suas mãos com gentileza. — Vocês venceram a guerra, Nomi. A escolha é sua.

Escolha dela. O futuro de Viridia era *escolha dela*.

No passado, Nomi desejara a liberdade de escolher seu próprio futuro — e agora tinha que decidir por um país inteiro. Por mais que pensasse que Malachi tinha perdido a cabeça, não ia recusar a oportunidade.

Ela não hesitou.

— Está bem. Sei o que fazer.

TRINTA E NOVE

Serina

— São as forças do herdeiro, certo? — Serina perguntou, apertando a amurada. Ela e Val estavam no canto que Maris e Helena haviam vigiado mais cedo. — A não ser que ele tenha entrado pelos túneis.

Val entortou a cabeça para ver melhor. Havia centenas, talvez milhares de soldados, alguns no jardim diante do palazzo e outros em barcos que recobriam o canal. Uma das mulheres do bando da floresta tinha ido ao outro lado do palazzo para investigar as docas do lado do oceano e descobrira mais tropas. Elas estavam cercadas.

— Parece que estão esperando ordens — Val respondeu, olhando para ela por cima do ombro. — Mas se acham que virão de Asa...

Do outro lado do canal, a piazza estava vazia. Nenhum vendedor tinha aparecido com sua barraca, mas Serina viu muitos rostos nas janelas. Ninguém queria ficar no caminho dos soldados. Também estavam esperando.

— Se forem leais a Asa, teremos que proteger o herdeiro — ela disse. — Enquanto tivermos forças.

Val se virou e a envolveu com os braços.

— Até o fim — ele concordou.

Serina se apoiou em seu peito e ouviu a batida do coração dele. Era tão surreal estar naquele terraço com Val. Quando era candidata a graça, ela desejara morar no palazzo mais que tudo; agora, como Graça de Monte Ruína, era esquisito e desconfortável estar ali, como se usasse um vestido que não servia mais.

— Estou feliz por não ser uma graça — ela murmurou. — Mas prefiro bordar tecido a costurar pele. Disso sinto falta.

— Você ainda quer um conto de fadas — ele provocou.

Rindo baixinho, ela se ergueu na ponta dos pés para beijá-lo.

— E meu príncipe encantado.

Val retribuiu o beijo, acendendo chamas na barriga. Serina enfiou as mãos no cabelo dele.

— Se estivesse em um conto de fadas — Val disse —, não teria tempo para bordar nem sair por aí com o príncipe. Viveria ocupada demais. — Ele deu uma mordidinha no lábio dela. — Como uma princesa liderando um exército.

— Que tal uma rainha?

Serina se assustou com a voz de Nomi e soltou Val.

A irmã estava parada a alguns passos deles. Sua calça preta e sua camisa de linho pendiam do quadril e do ombro com elegância e seu cabelo trançado estava jogado sobre o ombro. Pela primeira vez na vida, Nomi parecia serena e genuinamente em paz, sem qualquer faísca de revolta nos olhos. Parecia uma graça de fato.

— Do que está falando? — Serina perguntou, alarmada. Matar Asa teria feito a irmã enlouquecer? E onde estava o herdeiro?

— O regimento lá fora é de Malachi — Nomi informou. — São homens leais a ele, liderados por seu melhor amigo.

Um pouco da tensão se dissipou de seus ombros, mas Serina permanecia desconfiada.

— Quais são as intenções dele? Farei o que for preciso para proteger as mulheres...

— Ele sabe disso. — Nomi olhou para Val. — Nos dê alguns minutos, por favor. Preciso falar com minha irmã.

Ele beijou o rosto de Serina.

— Estarei lá dentro — Val murmurou.

Assim que ele saiu, Nomi pegou as mãos da irmã. Seus olhos brilhavam de um modo estranho.

— Malachi não quer ser superior. Ele me pediu para escolher quem deve governar, porque... bom, lideramos um golpe. Segundo ele, isso significa que o país é *nosso*.

Serina abriu e fechou a boca. Não sabia o que dizer. Era possível que *ela* estivesse enlouquecendo.

Nomi abriu um sorriso largo e contente, com os olhos transbordando de amor.

— Serina, o país é *seu*.

Ela começou a balançar a cabeça em negativa, mas a irmã continuou, inexorável:

— Você é a próxima rainha guerreira de Viridia, como a primeira, a rainha Vaccaro. Reuniu um exército e tomou o palazzo. Essa vitória é sua. Você será rainha e transformará esse país no que deve ser... um lugar onde as mulheres não serão compradas e vendidas, onde não serão punidas por ler ou usar dinheiro, onde poderão receber seu próprio salário. Um lugar sem graças e sem Monte Ruína.

Ela podia ver o futuro escrito claramente no rosto de Nomi. A irmã já estava vivendo em um mundo onde as mulheres tinham tantos direitos e escolhas quanto os homens, motivo daquela serenidade.

Naquele momento, vendo a expressão da irmã, Serina se lembrou de quem era Nomi e do que ela queria.

Serina a olhou nos olhos.

— Você está apaixonada por Malachi.

O sorriso extasiado da irmã morreu.

— O que isso tem a ver com o que eu disse?

— É verdade, não é? — Serina insistiu. Precisava que ela admitisse. Não podia sugerir o que tinha em mente se não tivesse certeza.

— Mesmo se estiver, não importa — Nomi respondeu, enquanto emoções conflitantes cruzavam seu rosto. — Isso tem a ver com *todas* as mulheres de Viridia.

— Mas *você* pode ser a rainha — disse ela, tomando as mãos da irmã.

As sobrancelhas de Nomi se ergueram e ela a encarou boquiaberta.

— Não! Essa vitória é sua, Serina. Você deve ser a rainha.

— Não *quero* ser rainha — ela disse gentilmente, sentindo a verdade daquela afirmação nos ossos. — O que quero, o que sempre quis, é proteger você. E farei isso.

Monte Ruína a transformara em uma guerreira, não em uma rainha. Seu lugar era ao lado de Nomi. Mais que tudo, Serina sempre quisera proteger a irmã. Aquilo nunca mudaria.

— Você e Malachi devem governar juntos — ela continuou, sem tirar os olhos de Nomi. Aquela versão do futuro se desdobrou em sua mente, mas não tinha o mesmo aspecto fantástico que a de Nomi. Serina sempre fora pragmática. — Isso vai facilitar a transição. Os magistrados ficarão tranquilizados pela presença de Malachi e você terá liberdade para tornar este país melhor. Vai mostrar aos homens de Viridia que as mulheres merecem ser tratadas como iguais e mostrar às mulheres o papel que podem ter. — Nomi a olhou como se ela estivesse falando outra língua. Serina a sacudiu com gentileza. — Você sabe *ler e escrever*. Conhece a história real deste país, é instruída e inteligente. É o exemplo do que *toda* mulher pode ser.

— Mas... — Nomi hesitou.

— Case com ele — disse Serina, com o coração transbordando

de alegria. — Seja a rainha de que este país precisa. Fique ao lado de Malachi para que não haja dúvidas sobre sua legitimidade nem a necessidade de negar seus sentimentos.

— Mas e você? — Nomi perguntou, por um momento soando como uma menina agarrada à irmã mais velha.

Serina sorriu.

— Ficarei aqui no palazzo com você. Vou te proteger das ameaças. Posso fazer isso agora. E foi o que sempre quis.

Nomi encarou as próprias mãos.

— Você quer que eu peça a Malachi para se casar comigo. Quer que *eu* seja rainha.

— Sim — Serina disse simplesmente. — Mas a escolha é sua. Não tenha medo, Nomi. É isso que você sempre quis: escolher seu próprio destino.

QUARENTA

Nomi

Será que eu quero ser rainha?

Nomi pensou nas rainhas do livro de Malachi, a guerreira e suas filhas, no modo como seus inimigos as tinham apagado da história e no preço que as mulheres de Viridia tinham pagado nos últimos duzentos anos. Pensou sobre Asa, o antigo superior e todas as graças que tinham vivido no palazzo, todas as mulheres como a mãe dela, que nunca tinham podido escolher. Pensou em Serina, enviada a Monte Ruína por ler, ainda que nem soubesse fazê-lo.

Sim, Nomi queria ser rainha — contanto que Serina estivesse ao seu lado. Ela abraçou a irmã com força.

— Diga às mulheres de vigia que podem descansar e pegar algo para comer com Ines. Descanse também, Serina. Você merece.

Nomi voltou ao seu antigo quarto. Malachi a esperava na beira da cama.

Ele tinha tirado a armadura agora que a ameaça de batalha tinha passado. A calça justa e a camisa fina se agarravam a seus músculos.

Malachi levantou quando ela entrou no quarto.

— Serina terá que organizar um evento formal — ele começou — e convidar todos os magistrados. Deve expor os crimes de Asa e fazer uma demonstração de força com seu exército, ampliado pelo de Dante, então assumir o comando. Vou desaparecer; não queremos que as pessoas sintam qualquer ameaça ao governo de…

— Espere. — Nomi tomou as mãos dele.

Malachi parou e ergueu uma sobrancelha. Ela examinou seu rosto. De alguma forma, nas últimas semanas, ele havia mudado aos seus olhos. Ainda tinha a mesma intensidade, mas ela não via a crueldade nos seus lábios franzidos que pensava ter visto no passado — nem a arrogância em sua postura que *sabia* ter visto. Lembrou-se do dia na praia quando Malachi a segurara na água quando ela se assustara. Fora o dia em que ele dissera que havia deixado o livro sobre a história secreta de Viridia para ela. Malachi tinha brincado de rebelde antes daquilo também — quando a escolhera em vez de Serina, desafiando o pai e os magistrados.

Ele estivera disposto a ceder seu lugar de direito para Serina. Era uma decisão honrada, mas seria o único motivo? Não estaria com medo?

— O que foi? — Malachi perguntou, trazendo-a de volta ao presente.

Nomi respirou fundo. Bem, se ele tinha medo, não era o único.

— Malachi — ela disse, então parou, sabendo que estava enrolando. Repetiu o nome dele com mais firmeza. — Malachi, você tem uma responsabilidade com este país. Não pode colocar Viridia em nossas mãos para consertarmos tudo sozinhas. — Era mais fácil começar falando sobre responsabilidade. Os sentimentos dela eram mais difíceis de abordar.

Ele estreitou os olhos e ela captou um vislumbre do antigo Malachi — brusco e inescrutável.

— Pensei que era isso que você queria. Estava tentando consertar as coisas... Foi sua ideia pôr uma ra...

— Eu sei — Nomi cortou. — Mas Serina não quer ser rainha.

— Então qual é a solução? — Ele cruzou os braços. — Voltamos ao antigo sistema, que você tanto odiava?

Ela respirou fundo para se fortalecer. Talvez tivesse começado errado, no fim das contas. Agora ele estava na defensiva, e o que Nomi tinha para perguntar...

Saiu de uma vez só.

— Você deveria ser o superior, e eu, a rainha. Governaremos juntos, como iguais. Vamos nos casar. — Ela prendeu o fôlego. — Você... quer se casar comigo?

Ele recuou um passo, trombou com a cama e sentou. Daquele jeito, ficavam quase na mesma altura. Ela deu um passo à frente. A expressão chocada de Malachi a fazia se sentir poderosa. Ela o tinha surpreendido de verdade.

— Você quer se casar comigo? — ele disse.

— Nada de graças — Nomi disse. — Só eu. E governaremos juntos, como parceiros. Vamos mudar este país. Abriremos as fronteiras, ensinaremos as mulheres a ler e permitiremos que escolham seu futuro. Serina vai ficar no palazzo, liderando os guardas. Ela disse que quer me proteger. Vamos... vamos chamar minha irmã de conselheira. Ela vai nos ajudar a combater as ameaças.

— Eu nunca quis outra graça depois de você, Nomi. Você quer se casar comigo? — ele perguntou de novo, maravilhado.

Ela bateu no ombro dele.

— Qual é o seu problema? A questão não é só essa! Temos que...

Ele envolveu sua cintura e a beijou, sua boca ávida e doce contra a dela. Nomi derreteu em seus braços, macios e quentes como cera de vela. Suas línguas deslizaram uma contra a outra e as mãos dela envolveram seu pescoço e se enfiaram em seu cabelo sedoso.

Quando Malachi se afastou, toda a brusquidão e intensidade tinham desaparecido, substituídos por um sorriso apaixonado.

— Você me ama! Tem que amar se está disposta a casar comigo. Não faria isso contrariada, só por Viridia.

Nomi sorriu, sentindo-se um pouco atordoada também.

— Você tem razão. — Ela o beijou de novo. — Não faria.

— Então aceito sua proposta — ele disse. — E essa parceria. — Malachi a beijou e ela sentiu o calor aumentar na barriga. Ele a puxou lentamente para si até que ambos estavam deitados na cama, com braços e pernas entrelaçados.

Uma mistura estranha de emoções a percorreu. Amor, alegria... Esperança.

Nomi ia se casar com Malachi e ser rainha. Estava escolhendo seu próprio destino — e, no fundo, sabia que tinha feito a escolha certa.

QUARENTA E UM

Serina

Serina alisou o vestido preto e prateado que cintilava como uma noite estrelada e acentuava suas curvas. Ergueu a bainha e tirou a adaga escondida ali. O cabo de prata trabalhado cabia em sua mão perfeitamente. Era uma arma bonita, mas tão afiada e mortal quanto as grosseiras que usara em Monte Ruína.

— Viu só? Uma guerreira *e* uma princesa — disse Val, espiando a perna exposta dela.

Serina devolveu a lâmina ao seu esconderijo e ajeitou o vestido. Examinou Val dos pés à cabeça, em seu paletó de veludo prateado com calça preta, e sorriu.

— E você parece um príncipe.

Ele fez uma mesura elegante.

— Imagino que seja mesmo, como amante da irmã da rainha.

— Futura rainha — Serina corrigiu, aproximando-se para beijá-lo. Val pressionou o corpo contra o dela, e a garota sentiu um arrepio na coluna.

Quando se afastou, os olhos dele estavam escuros e ávidos.

— Acha que teremos problemas? — Serina perguntou, calçando as sandálias baixas prateadas. Tinha decidido abandonar os saltos precários dos seus dias de treinamento de graça; não conseguiria correr neles.

— Todos os magistrados aceitaram o convite de Malachi e o

que sobrou do exército de Asa entrou na linha. — Val limpou uma mancha de batom do rosto. — Acho que o reinado curto e brutal de Asa abriu muitos olhos. Muitos viridianos estão prontos para uma mudança.

— Espero que você esteja certo — ela disse.

Serina o beijou de novo, então retocou a maquiagem. Val abriu a porta e a seguiu para o corredor, onde foram recebidos por um redemoinho de cor e luz.

Nas semanas seguintes à morte de Asa, os aposentos das graças tinham se tornado um refúgio para as muitas antigas prisioneiras de Monte Ruína. As leis ainda não tinham mudado e muitas mulheres não podiam retornar à família sem arriscar trabalho ou casamento forçado. Serina e Nomi concordaram que elas deviam ficar no palazzo até que fosse seguro voltar à sociedade viridiana — até que pudessem escolher seu próprio destino.

Naquele meio-tempo, Malachi tinha trazido familiares de algumas mulheres para a segurança do palazzo, como as irmãs de Espelho e Anika e a filha de Chama, apesar da dificuldade de encontrá-la.

Anika viu Serina e deu uma voltinha, seu vestido vermelho inflando ao redor de sua pele marrom e viçosa.

Serina riu.

— Você parece pronta para seu primeiro baile.

Anika revirou os olhos.

— Eu me sinto como um pavão. — A expressão dela se suavizou. — Mas você precisa ver minhas irmãs e minha mãe. Não se aguentam de alegria.

Embora Anika não tivesse perdido seu sarcasmo, a rebeldia tinha quase desaparecido de seus olhos. Agora que as irmãs e a mãe estavam seguras ao seu lado e ela não tinha mais que lutar por sua sobrevivência, se mostrava uma pessoa estranhamente alegre, que Serina amava ainda mais.

Ela abraçou a amiga.

— Dançar é como lutar — Serina disse. — Sem os chutes e as mordidas.

Anika riu, mas logo ficou séria e ergueu o vestido para mostrar uma adaga escondida em sua bainha.

— Espero que a gente só vá dançar mesmo.

— Eu também — Serina respondeu, sem sorrir.

Muitas das mulheres tinham passado anos lutando, e não era fácil abandonar aquele instinto de sobrevivência e o medo do perigo à espreita. Nomi tivera a ideia de deixá-las continuar treinando, se quisessem. Elas tinham se tornado um tipo de guarda pessoal, liderada por Serina e ainda mais eficaz porque ninguém sabia que eram algo além de nobres bem-vestidas.

E, com sorte, ninguém precisaria descobrir.

As graças da rainha.

Era assim que Nomi as chamava afetuosamente. O nome fazia Serina sorrir.

Ela e Val foram para a sala circular central, onde muitas mulheres já esperavam. Maris e Helena estavam sentadas num sofá creme. Ambas usavam vestidos verdes, o de Maris um tom mais escuro que o de Helena. O cabelo da última tinha crescido um pouco, e ela o prendera no alto da cabeça com broches prateados. O cabelo preto de Maris caía em uma trança sobre seu ombro, entremeada de laços prateados.

— Está quase na hora — disse Serina. — Acreditam nisso?

— Não — respondeu Maris, rindo. — Mas, pela primeira vez na vida, estou ansiosa por um baile.

Serina deixou os aposentos das graças, seguida por Val, e percorreu o corredor atapetado em direção ao quarto de Malachi. Parou quando chegaram à porta com o peixe entalhado.

— Se incomoda em esperar aqui um momento?

— Claro que não. — Ele levava armas, um revólver e uma adaga na cintura, e parou de costas para a parede ao lado da porta, como o guarda que já tinha sido. Ainda conseguia aprumar os ombros e enrijecer a postura quando necessário, e Serina se sentia segura sabendo que ele estava lá.

Ela bateu na porta e Malachi abriu, resplandecente em um terno branco bordado com ouro.

— Aí está você, ela estava esperando.

Serina deu um tapinha em seu braço.

— Tinha esquecido como demora para entrar nisso — ela disse, indicando o vestido, e seguiu para uma saleta ao lado do quarto. Podia ouvir Nomi cantarolando.

Eles nem consideraram se mudar para os aposentos do superior; Nomi não conseguia esquecer o corpo de Asa caindo do terraço e Malachi ficava mais confortável em seu próprio quarto do que nos aposentos opulentos do pai.

— Nomi? — Serina chamou, entrando.

A irmã estava sentada em um banquinho, cercada por uma saia azul plissada, enquanto Angeline trabalhava em seu cabelo.

— Serina! — exclamou, encontrando seu olhar no espelho.

— Desculpe pelo atraso. Meu vestido não estava cooperando.

— Você está linda — disse Nomi.

Ela sorriu para o reflexo da irmã.

— Você também.

Angeline prendeu um broche brilhante no cabelo de Nomi.

— Prontinho — ela disse. — Espero lá fora?

— Sim, por favor — disse Nomi. — Obrigada.

Angeline tinha concordado em continuar sendo a aia de Nomi. Corara intensamente quando a futura rainha lhe explicara que receberia um salário por aquilo. Ria e as outras graças raptadas de Asa tinham voltado para a família. Cassia permanecera lá

— esperava atrair o olhar de um dos amigos mercadores ricos de Malachi.

— Pronta? — Serina perguntou. Ela apertou os ombros da irmã e encarou o reflexo de ambas, lembrando-se de um momento muito tempo antes quando haviam encarado um espelho daquele jeito e se perguntado como Nomi tinha sido escolhida como graça em vez dela.

— Não — respondeu Nomi com um sorriso irônico. — Mas jamais estarei. Quando Malachi me anunciar como rainha, poderá haver revoltas e tumultos. Vai parecer que estamos desestruturando o país, mas não há como voltar atrás.

— O que quer que aconteça, estarei com você — Serina prometeu, grata por ter sobrevivido e poder estar ao lado da irmã naquele momento.

Passos ecoaram atrás delas e outro reflexo apareceu no espelho.

— Eu também — disse Renzo com seu sorriso preguiçoso. Parecia tão adulto em seu terno de veludo que Serina mal conseguia acreditar que era seu irmão caçula e que sua irmã estava prestes a se tornar rainha.

— Acha que mamãe e papai estariam orgulhosos de nós? — ela perguntou, porque não conseguia imaginar o que eles pensariam daquela cena e de tudo o que acontecera a seus filhos. O maior desejo da mãe era ter uma filha graça. Será que gostaria de ver uma delas se tornar rainha?

— Eles sempre tiveram orgulho de nós — disse Renzo suavemente, encontrando os olhos de Serina no espelho. — Ficaram horrorizados quando você foi mandada para Monte Ruína. Papai tentou apelar ao magistrado e quase foi preso por isso.

Nomi arfou. Os olhos de Serina marejaram.

— É mesmo?

Nomi pegou um lenço e o estendeu para ela. Serina fechou os

olhos e respirou trêmula, enxugando o rosto e tentando preservar o delineador que tinha aplicado com tanto cuidado. Não podia desmoronar, mas seu coração parecia um pouco mais firme sabendo que os pais tinham lutado por ela. Tinha pensado que eles ficariam envergonhados.

— Sempre quis saber o que teriam feito se soubessem que eu sabia ler — Nomi sussurrou. — Ficava me perguntando se seriam capazes de me denunciar.

— Eu também — ela disse suavemente. Tantas mulheres tinham sido enviadas pela própria família a Monte Ruína.

— Nunca. — Renzo balançou a cabeça negativamente. — Papai sabia. Você nunca soube disfarçar.

— O quê? — Nomi virou para olhá-lo.

Renzo deu de ombros.

— Ele e mamãe nos amavam. Queriam que fôssemos felizes.

Nomi deu uma risada embargada.

— Estou tão feliz por vocês estarem aqui. Eu... gostaria que os dois pudessem estar também.

Renzo cobriu a mão de Serina no ombro dela.

— Muitas pessoas deviam estar aqui hoje. É por isso que você está fazendo isso. Para honrar todas elas e criar um futuro melhor.

Eles trocaram sorrisos trêmulos. Serina recuperou um pouco de sua tranquilidade.

Nomi se ergueu, fazendo a saia inflar.

— Certo, *agora* estou pronta.

Serina e Renzo a seguiram até o quarto, onde Malachi esperava. Quando ele viu Nomi, seu rosto se iluminou como a aurora. Serina deu um olhar de esguelha para Renzo, que sorriu de volta para ela.

— Hoje, o povo de Viridia vai conhecer sua rainha — disse Malachi com orgulho, tomando o braço dela.

No entanto, por mais alegria e esperança que houvesse naquele quarto, a escuridão aguardava lá fora.

Todos sabiam que a batalha pela alma de Viridia estava apenas começando.

Serina imaginou o que veria quando entrassem no salão de baile, a suspeita e o nojo que os magistrados não conseguiriam mascarar. Mesmo que Malachi e Nomi trabalhassem juntos, haveria desafios. Ameaças.

Ela estava contente por sua adaga, por Val, Renzo e pelas graças da rainha. Juntos, manteriam Nomi segura.

Ela, Val, Renzo, Malachi e Nomi atravessaram os corredores silenciosos até a galeria fora do salão de baile. Ines estava em pé diante das portas de madeira entalhadas em um vestido violeta deslumbrante, com a coluna ereta e os olhos cheios de orgulho. Anika, Espelho, Maris, Helena e várias outras mulheres de Monte Ruína se postavam ao seu lado, usando vestidos coloridos graciosos que ocultavam armas mortais. Além da porta, os convidados esperavam.

Val e Renzo assumiram seus lugares na frente da procissão como acompanhantes de Ines. Serina e as graças da rainha entrariam em seguida. Ela se virou e teve um vislumbre de Malachi e Nomi de braço dado e cabeça erguida, por último na fila.

Por um momento, todos ficaram em silêncio, ouvindo apenas o rumor indistinto de vozes no salão.

Então, a um aceno de Malachi, os guardas de libré abriram as portas duplas.

Serina riu baixinho enquanto adentrava o salão brilhante flanqueada por Anika e Espelho. No fim, tinha mesmo se tornado uma graça.

QUARENTA E DOIS

Nomi

Nomi parou na entrada do salão de baile. Os músicos tocavam uma melodia baixa e os lustres tilintavam com a brisa vinda do terraço aberto. O lugar estava lotado — todos os homens importantes do país tinham ido ouvir o anúncio de Malachi.

E quase todos os nobres e magistrados na sala a encaravam.

Duas fileiras de soldados formavam uma rota através da pista de dança até uma plataforma adornada com flores. No estrado, havia duas cadeiras em vez de uma.

O soldado mais próximo inclinou a cabeça em direção a Malachi, sua boca apertada numa linha fina. Era Dante — ele não aprovava o que iam fazer.

Nomi avistou Renzo na multidão, observando com um sorriso orgulhoso. Serina estava do lado do estrado e observava todos os outros.

— Pronta? — Malachi apertou seu braço de leve.

— Há tantos jeitos disso acabar mal — ela murmurou. Estava presa num ponto surreal entre fantasia e pesadelo. De um jeito ou de outro, o sonho ia começar.

— Mudou de ideia? — ele perguntou.

Nomi reuniu coragem.

— Não.

Juntos, eles entraram no salão.

Os músicos tocaram uma fanfarra. Os soldados bateram continência, inclusive Dante. Seu olhar frio perfurou o coração dela. Como convenceriam o país se não conseguiam convencer o amigo mais próximo de Malachi?

Vai levar tempo, só isso.

Nomi manteve a cabeça erguida e deslizou pelo chão. Não se apoiou em Malachi nem se permitiu ficar escondida em sua sombra.

Somos iguais.

Não sou uma graça.

Quando chegaram ao estrado, se viraram para encarar seus súditos e as contas prateadas de seu vestido azul cintilaram na luz. Serina e as outras mulheres fizeram uma reverência profunda. Alguns dos magistrados inclinaram a cabeça, mas nem todos.

Os músicos terminaram com um floreio.

Cada respiração estava suspensa no gume de uma faca, cada gesto era cuidadoso e contido.

— Boa noite e obrigado pela presença — Malachi começou. — Hoje, nos reunimos para abrir e celebrar um novo capítulo na história de Viridia, do qual me sinto honrado de fazer parte e que me dá muita esperança. Nosso país sofreu muito. O assassinato de meu pai e a ascensão de meu irmão causaram conflitos e inquietude, mas, quando falo de sofrimento, me refiro a mais que o reinado breve e brutal de Asa e à morte de meu pai. Viridia também sofreu por suas mentiras.

Um murmúrio baixo rompeu o silêncio cristalino no salão.

Nomi continuou por ele, a voz firme e clara contrastando com seu coração frenético.

— Em particular, as *mulheres* de Viridia sofreram. Fomos quebradas e destituídas de nossas escolhas, agência e dignidade. Pagamos um preço alto pelo medo. As mulheres já governaram esse país... — Houve um arquejo da plateia. — Mas foram apagadas da história. Escondemos nossas rainhas e subjugamos suas descendentes. Isso nunca mais vai acontecer.

— Como o herdeiro de Viridia — disse Malachi —, não vou escolher graças. Em vez disso, escolho me alinhar a uma rainha. — Ele ergueu a mão de Nomi por um momento, embora ninguém aplaudisse. Serina e Anika se misturaram na multidão, movendo-se de modo casual enquanto ficavam de olho em magistrados, ajudantes e até criados carregando bandejas de vinho. Nomi perdeu o fôlego enquanto as observava patrulhar o salão em silêncio.

Malachi continuou:

— A rainha Tessaro vai governar ao meu lado como uma parceira, e vai liderar os esforços para revelar todas as mentiras de Viridia e criar leis para dar às mulheres desse país os direitos que lhes foram negados por tantos anos.

— O superior e eu vamos garantir que os homens *e* as mulheres da nação prosperem — Nomi concluiu. — Tornaremos Viridia mais forte e vibrante do que jamais foi.

Ela sorriu para os homens que a odiavam — o nobre corado perto de Renzo, o magistrado de Sola com uma capa dourada que contrastava com sua pele pálida, Dante. Até o signor Pietro, o magistrado de sua própria província, parecia enojado. Ela sorriu para todos.

De mãos dadas, Nomi e Malachi fizeram uma reverência.

A música preencheu o silêncio. Serina fez uma mesura para o signor Pietro e lhe dirigiu algumas palavras. Relutante, ele a tirou para dançar. As graças da rainha se espalharam pelo salão, oferecendo-se como parceiras aos homens mais furiosos.

Depois, Nomi e Malachi foram até o centro da pista com a cabeça erguida.

— Vão nos odiar — disse ele, seus olhos cor de mogno brilhando de empolgação com o desafio.

— Por um tempo — Nomi concordou, dando um sorriso afiado —, mas essa história é nossa, e vamos escrevê-la bem.

Eles giraram até as luzes se tornarem um borrão e os olhares furiosos desaparecerem na multidão.

AGRADECIMENTOS

Você não estaria lendo este livro sem as sugestões, o apoio e o entusiasmo de muitas pessoas talentosas e generosas.

Obrigada a Pam Gruber, Lanie Davis, Viana Siniscalchi, Polly Lyall-Grant e todos os editores e tradutores das edições estrangeiras desta série. A Katharine McAnarney, que fez um trabalho fantástico de divulgação e que me manda os e-mails mais gentis do mundo. Ao resto das equipes da LBYR e da Alloy, cujo entusiasmo e cujo apoio a este livro (e à duologia em geral) sempre aquecem meu coração. À minha agente, Linda Epstein, que sempre me faz sentir uma estrela. Tenho muita sorte de contar com todos vocês na minha equipe.

Aos docentes e colegas do workshop MadCap Writing Cross-Culturally, agradeço por serem tão receptivos e tão generosos com sua perspectiva, seus conselhos e sua amizade. Conhecer vocês mudou minha vida.

Um grande abraço aos amigos e colegas escritores que me apoiaram e incentivaram, me lembrando de confiar em mim mesma. A todos que leram rascunhos, ofereceram conselhos, apareceram em eventos e me lembraram de que meu valor como pessoa não está ligado às palavras que coloco na página: Michelle Nebiolo, dr. Jody Escaravage, Aimee L. Salter, Rachel Hamm, Natasha Fisher, Jax Abbey, Paige Nguyen, J. D. Robinson, Crystal Watanabe, Morgan Michael, April Anft, Kate Elliott, Kyra Whitton, Danielle Boateng, Kaitlyn Sage Patterson, Dhonielle Clayton e Natalie C. Parker.

Obrigada à minha família por todo o apoio e entusiasmo, por fazer seus amigos lerem *Graça e fúria*, por dirigir horas para ir a meus eventos, por me mostrar que têm orgulho de mim de jeitos grandes e pequenos. A meu filho, Oliver, por dizer a todos que sua mãe é uma "estrela dos livros". A meu marido, Andy, que escuta minhas angústias a respeito dos meus livros e me ama mesmo assim.

Obrigada ao pessoal da Fairyloot, da OwlCrate e da Cushy Crate por incluir *Graça e fúria* em seus clubes de assinatura. E a todos os assinantes, obrigada por compartilhar as fotos mais lindas que já vi. O Bookstagram se tornou meu lugar preferido.

Finalmente, agradeço a você, leitor ou leitora. Obrigada por escolher *Graça e fúria* e por se envolver tanto com Serina e Nomi a ponto de voltar para mais. Obrigada por encomendar, comprar, emprestar da biblioteca, se inscrever em clubes de assinatura, contar a seus amigos, compartilhar nas redes sociais, escrever resenhas e *ler*. São vocês que dão vida a um livro. O que fazem é magia, e sou extremamente grata por compartilharem seu poder comigo.

ESTA OBRA FOI COMPOSTA PELA VERBA EDITORIAL EM BEMBO
E IMPRESSA PELA GRÁFICA BARTIRA EM OFSETE SOBRE PAPEL PÓLEN SOFT DA
SUZANO PAPEL E CELULOSE PARA A EDITORA SCHWARCZ EM JULHO DE 2019

A marca FSC® é a garantia de que a madeira utilizada na fabricação do papel deste livro provém de florestas que foram gerenciadas de maneira ambientalmente correta, socialmente justa e economicamente viável, além de outras fontes de origem controlada.